KB248646

구중천
九重天

구중천 6

임영기 新무협 판타지 소설

초판 1쇄 찍은 날 § 2007년 2월 28일
초판 1쇄 펴낸 날 § 2007년 3월 8일

지은이 § 임영기
펴낸이 § 서경석

편집장 § 문혜영
편집 § 서지현 · 심재영

펴낸곳 § 도서출판 청어람
등록번호 § 제1081-1-89호
등록일자 § 1999. 5. 31
어람번호 § 제2-1143호

주소 § 경기도 부천시 원미구 심곡1동 350-1 남성B/D 3F (우) 420-011
전화 § 032-656-4452 팩스 § 032-656-4453
http://www.chungeoram.com
E-mail § eoram99@chollian.net

ⓒ 임영기, 2006

ISBN 978-89-251-0581-9 04810
ISBN 89-251-0293-5 (세트)

구중천
九重天
6
무극신공(無極神功)
임영기 신무협 판타지 소설
Fantastic Oriental Heroes
도서출판 청어람

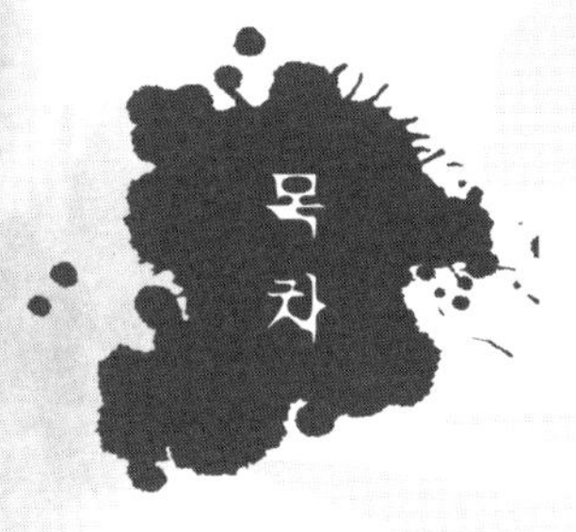

목차

第六十一章

은둔(隱遁)

과연 단상익의 호언장담은 틀리지 않았다.

부르기에도, 듣기에도 이상한 마을 이름인 심첩촌에는 열흘이 지나도록 낯선 사람은 아무도 찾아오지 않았다.

그동안 불편하기 짝이 없는 곡식 창고 속에서 숨어 지낸 화무린은 열흘이 지나서 단상익의 권유를 받아들여 그의 집으로 거처를 옮겼다.

그는 지난 열흘 동안 거의 잠도 자지 않은 채 곡창 속에서 운공조식만 했다.

적혈군과 흑멸신에게 연이어서 당한 이 장(二掌)이 남긴 상처는 그가 예상했던 것보다 훨씬 깊었다. 더구나 둘 다 극양장력이었다.

그의 가슴에는 세 개의 시커먼 손바닥 자국[掌印]이 뚜렷하게 찍혀 있었다.

하나는 적혈군에 의한 것이고, 두 개는 흑멸신이 새긴 쌍장이었다.

만약 그들 중 한 명만이라도 원래의 제 공력을 극양장력에 실어서 발출했더라면 화무린은 그 순간 즉사하고 말았을 것이다.

화무린은 예전에 악소와 담홍예가 극양장력에 적중되어 죽어가는 것을 연이어서 구해준 적이 있었다.

그랬던 터라 그는 오백 년 전의 의선 명천선옹이 남긴 명천신기서의 흡양주음법에 대해서는 어느 정도 일가견이 생긴 상태였다.

그는 열흘 동안 자신의 가슴에 생긴 양혈람을 꾸준히 흡양주음법으로 자가 치료를 했다.

그 결과 어렵게 위험한 고비를 넘겼으며, 공력은 이 할 정도를 회복할 수 있었다.

그래서 부축을 받지 않고서도 혼자 조심스럽게 걸을 수 있을 만한 처지가 되자 곡창을 나와서 단상익네의 집으로 거처를 옮긴 것이었다.

그는 자신이 승룡장에서 한 번도 진면목을 드러낸 적이 없었기 때문에 천외신계 내에서 자신의 얼굴을 알고 있는 사람은 아무도 없을 것이라고 확신했다.

그렇다면 굳이 곡창에 숨어 있을 이유가 없었다. 만일을 대비하여 은오검과 귀명비도의 도곤을 깊숙이 감춰놓고, 이곳 촌민들과 같은 옷을 입은 채 그들처럼 행동한다면 설사 천외무적군이 이곳까지 추적해 온다고 해도 자신이 흉수라는 사실을 알아낼 방법은 없을 것이다.

쏴아아—

초겨울의 강바람이 제법 매서웠지만, 야트막한 강가의 언덕에 앉아 있는 화무린은 전혀 느끼지 못했다.

오늘 하루 종일 식사 때 외에는 운공조식만 하던 그가 바람이라도 쐬려고 나왔다가 지금 이 자리에 앉은 것은 반 각 전이었다.

다시 닷새가 흘러 이곳에 온 지 보름이 지났지만 내상도, 공력 회복도 별다른 진전이 없는 상태였다.

와스스스—

때마침 불어오는 바람에 강가의 메마른 갈대가 일제히 쓰러지며 숨 가쁜 비명을 터뜨렸다.

겨울의 강바람은 매서웠지만 화무린의 답답한 심사를 식혀주기에는 부족했다.

일각이 여삼추건만, 목숨을 보존하기 위해서 이곳에 숨어 별 진전도 없는 운공조식을 날마다 하는 것이 답답함을 넘어서 시간이 아깝다는 생각마저 들었다.

그때 부러진 갈대 잎 하나가 날아와 그의 얼굴에 부딪쳤다가 휘날려 갔다.

'그래!'

순간 그의 머리를 스치는 무언가가 있었다. 왜 그때 그런 생각이 퍼뜩 떠올랐는지는 모르겠지만, 갈대 잎이 그의 얼굴에 부딪쳤기 때문은 아닐 것이다.

'그렇다! 허송세월을 보내느니 이곳에 있는 동안 천황무록의 구결들을 구체적으로 정리해 봐야겠다.'

주자운이 구중천에 지니고 들어왔다가 우연히 보게 되어 지난 사 년 동안 화무린의 머릿속에만 꽁꽁 갇혀 있던 천황무록의 내용이었다.

그것을 끄집어내어 차근차근 정리하는 데에는 장소든 시간적인 여유든 지금의 이곳만 한 곳이 없을 터이다.

"무사님, 제 소원이 뭔지 아세요?"

화무린이 방 안에 틀어박혀서 오전 내내 십여 차례의 운공을 하다가 잠시 바깥에 나와 강가 야트막한 언덕에 앉아서 쉬고 있을 때, 비홍이 쪼르르 다가와 그 옆에 앉더니 그렇게 물었다.

"비홍아, 형이라고 부르려무나."

화무린이 조용히 말하자 비홍은 눈을 커다랗게 뜨며 기쁜 표정을 지었다.

"정말 그래도 돼요?"

"그럼."

"아, 알았어요, 형!"

"그런데 네 소원이 뭐지?"

"음, 작은 소원하고 큰 소원이 하나씩 있는데 무엇부터 말할까요?"

비홍은 열두 살이다. 그러나 바깥 세상의 또래 소년들보다 머리 하나는 더 작았고 체구도 몹시 왜소했다. 이유는 하나뿐, 가난해서 제대로 먹지 못했기 때문이다.

"작은 소원부터."

그러자 비홍은 상체를 돌려 뒤돌아 앉으며 집 뒤의 가파른 언덕을 가리켰다.

"내년 봄부터 저길 개간해 볼 생각이에요."

화무린은 비홍이 가리키는 곳을 돌아보고 나서 가볍게 어이없는 표정을 지었다.

우선 그 언덕은 경사가 너무 가파라서 거의 절벽이나 다름이 없었다.

그리고 커다란 바위가 여러 개 박혀 있었으며, 바위 사이에는 굵은 나무도 제법 많이 자라고 있었다.

화무린은 밭일에 대해서는 문외한이지만, 저런 곳을 개간한다는 것은 장정이라고 해도 불가능할 것 같았다.

"다른 곳을 개간하지 그러느냐? 저런 산보다는 평지를 개간하는 편이 수월하지 않겠니? 바위나 나무, 돌이 없는 곳으로 말이다."

화무린의 말에 비홍은 곧 어두운 표정을 지었다.

"그것은 형이 잘 몰라서 그래요. 우리 마을은 주위에 산 빼고는 마을 전체의 땅이 온통 모래예요. 모래밭에는 아무것도 심을 수가 없어요."

비홍이 한곳을 가리켰다.

"저기가 마을 사람들이 공동으로 개간한 밭인데, 이십여 호가 매달려서 먹고살기에는 너무 좁아요."

그는 제법 어른스러운 투로 말을 했다. 아마도 어른들이 하는 얘기를 귀동냥으로 주워들었을 터이다.

화무린이 앉아 있는 곳은 야트막한 언덕이라 마을이 한눈에 내려다 보였다.

강가에는 비홍네 배처럼 낡고 조그만 거룻배 십여 척이 줄에 묶인 채 물결을 따라 흔들리고 있었다.

그리고 반달 모양의 둥근 산자락이 감싸고 있는 안쪽으로 폭 오십 장가량의 평지에 고만고만한 초라한 집들이 옹기종기 모여 하나의 마을을 형성하고 있었다.

마을 사람들이 공동으로 개간했다는 산전(山田)은 마을 가장 안쪽 산자락이었다.

그런데 화무린이 예상하던 것보다 면적이 훨씬 좁았다. 그가 보기에도 마을의 이십여 호는커녕 대여섯 집이 붙여 먹기에도 소출이 빠듯할 듯했다.

그나마 그곳은 다른 산자락보다 경사가 덜 가파른 편이었는데도 불구하고 바깥 세상의 사람들이 보면 혀를 내두를 정도의 비탈을 이룬 밭이었다.

더구나 밭 주변에 커다란 바위들과 밀생한 나무들을 보니 마을 사람들이 개간하는 데에 얼마나 고생을 했을지 어렵지 않게 짐작할 수 있었다.

그곳에서 더 이상 밭을 넓히려고 개간하는 것은 불가능할 것 같았다.

화무린이 둘러보니 과연 비홍의 말대로 마을을 둘러싸고 있는 산자락 중에서 그나마 지세가 완만한 곳은 조금 전에 그가 가리켰던 집 뒤의 산자락뿐인 듯했다.

화무린이 그런 생각을 하고 있을 때 비홍은 산자락을 쳐다보면서 자못 강인한 표정을 지었다.

"몇 년이 걸리든 반드시 개간하고야 말겠어요!"

밭에서 나는 수확이 오죽 형편없었으면, 그것으로 인해서 부모와 할머니가 얼마나 속을 끓였으면 어린 비홍이 밭도 되지 않는 산비탈을 개간하겠다는 결심을 했겠는가.

그러나 화무린은 비홍의 가상한 각오에 상처를 주기가 싫어서 화제를 바꾸었다.

"큰 소원은 뭐지?"

화무린의 물음에 비홍의 얼굴에 금세 어두운 그늘이 자욱히 드리워졌다.

그는 강을 응시하면서 조그만 입술을 잘근잘근 깨물더니 조용히 말문을 열었다.

"아버지 다리를 고쳐 드리고 싶어요."

비홍의 아버지 단상익은 왼발을 심하게 절었다.

"아버지는 태어나면서부터 다리를 전 게 아니라 다쳐서 그런 거니까 반드시 고칠 방법이 있을 거예요."

비홍의 눈가에 물기가 비쳤다.

단상익이 다쳐서 다리를 전다는 사실은 화무린이 처음 듣는 말이었다. 하긴, 그는 단상익네 가족에 대해서 아는 것이 거의 없었다.

"아버지가 다리를 저는 것은 괜찮은데 너무 아파하시니까… 저는 그게 견디기가 힘들어요."

그러더니 끝내 주먹으로 눈물을 닦으며 어깨를 들먹였다.

화무린은 아무 말 없이 비홍의 머리를 쓰다듬어 주었다.

화무린은 매일 밤마다 단상익의 고통스러운 신음 소리를 들었다.

신음 소리는 그리 크지 않았다. 아마도 화무린이 깰까 봐 이를 악물며 고통을 참는 것 같았다. 그래서 그 신음 소리는 더 애절하게 들렸다.

비홍네 집에는 방이 두 칸뿐이다. 원래 단상익 부부가 방

하나를, 다른 방을 비홍과 노모가 사용했었다.

그런데 화무린이 거처를 곡창에서 집으로 옮긴 날부터 노모와 비홍이 쓰던 방을 그에게 내주고 네 식구가 방 하나를 사용하고 있는 중이었다.

그러면서도 비홍네 가족 중에서 싫은 내색을 하는 사람은 아무도 없었다.

내색은커녕 모두들 정말 지성으로 화무린을 대접했다. 아니, 그것은 모신다는 표현이 걸맞았다.

하지만 화무린은 아직까지 그들에게 고맙다는 말 한마디도, 표현도 한 적이 없었다.

다시 닷새가 지나 화무린이 이곳 심첩촌 비홍네 집에 기거한 지 이십 일이 됐다.

자정이 훌쩍 넘은 한밤중.

화무린은 저녁 식사 후 곧장 방으로 들어와 두 시진 동안 내리 운공조식을 했다.

그 후 다시 두 시진 동안 천황무록의 구결을 해독했다.

천황무록에는 인간이 오를 수 있는 가상 높은 성지의 무공들이 수록되어 있었다.

무기를 사용하는 무공으로는 검법(劍法), 도법(刀法), 창법(槍法), 편법(鞭法), 곤법(棍法), 궁법(弓法) 등이 있었고, 내공을 사용하는 무공으로는 장법(掌法), 권법(拳法), 지법(指法), 격공장(隔空

掌), 금나수법(擒拏手法), 점혈수법(點穴手法) 등이 있었다.

그것과는 별도로 한 종류의 경공법과 두 종류의 보법, 한 종류의 건곤대나이법(乾坤大那移法)이 있었고, 천황무록의 뿌리라고 할 수 있는 천황신공과 명천선옹의 명천신신기서가 마지막을 장식했다.

그 많은 무공 중에서 화무린의 눈길을 끄는 것이 몇 가지 있었다.

하나씩의 금나수법과 편법, 그리고 경공법과 보법이었다.

그가 우선 금나수법을 처음부터 차근차근 정리해 보려고 할 때 맞은편 방에서 오늘 밤에도 어김없이 단상익의 가느다란 신음 소리가 들려왔다.

"으으……."

아내와 노모가 깨어 걱정스럽게 뭐라고 하는 말소리가 뒤를 이었다.

화무린은 그가 어쩌다가 다리를 다쳤는지 모른다.

원래 오래된 상처는 몸을 움직일 때보다는 쉬거나 잠을 잘 때 더 아프게 마련이다.

완치되지 않은 상처는 뼛속이나 오장육부 속 깊숙이 파고들어 죽을 때까지 그 사람을 괴롭힌다.

화무린은 막 구결 정리를 시작하려다가 멈추고 방문 쪽으로 시선을 주었다.

"으으……."

끊어질 듯 간간이 이어지는 신음 소리.

신음 소리 속에는 뼈마디가 쪼개지고 살이 뒤틀리는 고통이 진득하게 배어 있었다.

고통이란 당해본 사람만이 공감할 수 있다.

화무린은 아직도 적혈군과 흑멸신에게 당한 상처가 채 이할도 아물지 않은 상태였다.

박살 난 갈비뼈는 겨우 붙여놓은 상태라서 무리하게 몸을 움직이지 않으면 자연히 아물겠지만, 깊은 내상은 좀처럼 치유될 기미를 보이지 않고 있었다.

공력도 고작 본래의 삼 할 정도 회복된 채 답보 상태에 머물러 있었다.

몸을 움직일 때나 운공조식을 할 때마다 채 붙지 않은 갈비뼈와 조각났다가 겨우 뜯어 맞춘 오장육부가 몸부림을 쳐서 진땀이 흐를 정도의 고통을 안겨주고 있었다.

끼이.

그때 단상익네 방문이 열리는 소리가 작게 들려오더니 사람이 나오는 기척이 뒤를 이었다.

그리고는 조심스러운 발자국 소리와 함께 누군가 집 밖으로 나가는 소리가 들렸다.

화무린은 묵직하면서도 한 발을 끄는 듯한 발자국 소리를 듣고 그가 단상익이라고 짐작했다.

화무린은 잠시 눈을 감고 무언가 생각을 정리한 후 몸을 일으켜 방 밖으로 나갔다.

방금 나간 단상익은 어디로 갔는지 보이지 않았다. 하지만 애써서 그를 찾아다닐 필요는 없었다.

"으으으……."

강변 쪽 커다란 바위 뒤에서 단상익의 신음 소리가 새어 나오고 있었다.

다리가 아픈 것도 고통스러운데, 그는 집 안에서 마음 놓고 신음을 흘릴 수도 없었다.

그의 아내와 노모, 그리고 비홍은 신음 소리에 웬만큼 익숙해져서 별로 개의치 않는다.

그는 손님인 화무린의 잠을 깨울까 봐 몰래 밖으로 나와 집에서 멀리 떨어진 곳에 자리를 잡고 아픈 다리를 부여잡은 채 신음을 토해내고 있는 것이었다.

화무린이 기척을 내지 않으면서 커다란 바위를 돌아서니 과연 그곳에 단상익이 바위에 기대어 앉아 두 손으로 왼발을 그러안듯이 잡고는 얼굴 전체를 일그러뜨리면서 신음 소리를 흘려내고 있었다.

그의 얼굴은 온통 고통으로 물들었으며 비지땀이 비 오듯이 뚝뚝 떨어졌다. 어금니를 악물었는데도 이빨 사이로 신음이 계속해서 흘러나왔다.

"으으으……."

문득 화무린은 그의 고통스러운 얼굴이 무척 낯익다는 생각이 들었다.

고통.

그것은 과거의 화무린과는 떼려야 뗄 수 없는 무척 친숙한 것이었다.

가문의 멸문.

천애 고아가 되어 거지꼴로 천하를 헤맸고, 은자 이만 냥을 모으기 위해서 축록방에 들어가 온갖 고생을 해야 했으며, 그리고 구중천에 들어가서는 살아남으려고 한 마리 벌레처럼 꿈틀거렸었다.

그리고 원수를 갚다가 깊은 상처를 입은 지금까지도 화무린은 고통이라는 놈을 떼어내지 못하고 있었다.

"어디 좀 봅시다."

"아!"

갑자기 어둠 속에서 화무린이 단상익의 앞으로 불쑥 나타나며 말하자 그는 크게 놀라 동작을 뚝 멈추었다. 그의 얼굴에는 당황과 미안함이 교차되어 떠올랐다.

"무… 사님, 왜 나오셨습니까?"

단상익은 놀란 얼굴로 일어나려고 애쓰며 그렇게 묻다가 곧 자신의 신음 소리 때문에 화무린이 잠에서 깼고, 자신을 따라 나왔을 것이라고 짐작했다.

"제가 잠을 깨웠군요. 미안합니다."

그는 제대로 서지도 못하고 손으로 바위를 의지한 채 얼굴 가득 미안한 표정을 지었다.

"잠깐 앉읍시다."

화무린은 하나의 납작한 돌을 가리키며 자신은 그 반대편에 앉았다.

단상익은 화무린의 의중을 짐작하지 못하고 의아한 표정으로 앉아 조심스럽게 그의 얼굴을 쳐다보았다.

"어쩌다가 다쳤소?"

화무린이 단상익의 왼발을 쳐다보며 묻자 그는 고통과 머쓱함이 섞인 복잡한 표정으로 잠시 망설이다가 이윽고 어두운 허공을 응시하며 씁쓸한 표정으로 입을 열었다.

"징소(徵召:징병)를 받아 섬서성 북방에 배치되어 북적(北狄:북쪽의 오랑캐)과 싸우다가 철퇴로 다리를 맞았는데, 그때 제대로 치료하지 않아서 고질병이 돼버렸습니다. 벌써 칠 년이나 지난 일입니다."

현재의 중원은 사방에서 이만융적(夷蠻戎狄:동서남북의 오랑캐)들이 들끓고 있어서 나라에서는 십육 세 이상, 사십오 세 이하의 멀쩡한 남자들은 모조리 징소하여 국경의 크고 작은 전쟁에 내보내고 있었다.

단상익 역시 나라에 징소되어 보졸(步卒)로 북쪽의 변강 땅에서 삼 년 동안 무수한 전투에 참가했었으나 운 나쁘게도 퇴영(退營:전역)을 두어 달 남겨두고 다리를 심하게 다치고 만

것이다.

변강의 열악한 병영 같은 곳에 의료 시설이 제대로 되어 있을 리 만무했다.

뼈가 부러져서 피를 철철 흘리는 그의 왼발은 그저 더러운 천으로 대충 묶인 채 집으로 돌아가도 좋다는 명령을 받았을 뿐이다.

그렇게 그는 다리 병신이 되어 집으로 돌아왔고, 제때에 치료를 하지 않은 다리는 날이 갈수록 악화되어 지금에 이른 것이다.

지금은 초겨울의 한밤중이다. 더구나 이런 깊은 산골의 강가 마을은 강바람과 산골짜기에서 몰아치는 바람 때문에 추위가 아니라 혹한(酷寒)에 가까웠다.

자다가 홑옷만 입고 나온 단상익은 추위 때문에 몸을 덜덜 떨고 있었다.

화무린은 마른 나뭇가지를 수북이 가져와 자신과 단상익 사이에 모닥불을 피웠다.

단상익은 묵묵히 화무린을 지켜보고 있었다.

모닥불은 기세 좋게 타올라 곧 단상익의 몸을 녹여주었다.

집에 들어가서 자면 될 일을 왜 불을 피우는 것인지 단상익은 화무린의 의도를 조금도 짐작할 수가 없었다. 그저 그를 깨운 것이 미안할 뿐이었다.

"다친 다리를 좀 살펴봐도 되겠소?"

그러나 단상익의 궁금증은 곧 풀어졌다. 화무린이 단상익의 다리를 가리키며 입을 연 것이다.

그의 말은 의향을 묻는 것이 아니라 이제부터 다리를 보겠다는 통보 같은 것이었다.

"아, 아닙니다. 저는 괜찮습니다. 번거롭게 수고하실 필요 없습니다."

단상익은 극구 사양했다.

그것은 화무린을 얕봐서가 아니라 그에게 수고를 끼치는 것이 미안하기 때문이었다.

또한 단상익은 자신의 다친 다리는 이미 세월이 오래 지나서 고질병이 됐으므로 이제는 고칠 수 없을 지경에 처했다고 나름대로 포기하고 있는 실정이었다.

그래서 천하에서 이름을 떨치는 명의라고 해도 자신의 다리를 고치지 못한다고 여겼다.

그는 칠 년 전에 다리 병신이 되어 절룩거리면서 수천 리먼 길을 걸어 집으로 돌아왔다.

그때 노모와 아내, 그리고 어린 아들 비홍은 그저 그가 살아서 돌아온 것만으로도 눈물을 흘리면서 기뻐했으며, 지금까지도 그가 다리를 다쳤다는 사실에 대해서는 언급하지 않고 있었다.

가장이 전쟁터에 나가 있는 집안이라 하루 한 끼를 때우는 것조차 어려울 지경으로 가난했던 터라, 다쳐서 곪아 썩은 다리를 질질 끌면서 돌아온 남편, 그리고 아들을 데리고 의원에도 한 번 가보지 못했다.

옛말에도 가난은 대물림이고 임금도 어쩌지 못한다고 했다. 전장에 나갔던 단상익이 돌아왔다고 해서 찢어지게 가난했던 살림이 나아지지는 않았다.

그저 하루에 근근이 한 끼를 먹던 것을 두세 끼 잡곡밥이라도 먹을 수 있게 됐을 정도였다.

그런 넉넉지 못한 형편에 의원에 가는 일은 언감생심 꿈조차 못 꿀 일이었다.

그 이후로도 형편이 좀처럼 나아지지 않아서 지금에 이른 것이다.

"저 때문에 잠을 깨셨군요. 미안합니다. 저는 나중에 들어갈 테니 먼저 들어가십시오."

단상익이 미안한 마음에 그렇게 말했지만, 화무린은 듣지 못한 듯 오히려 그의 발 앞에 자리를 잡고 앉았다.

단상익은 더 이상 화무린을 만류하지 못한다고 여기고 가만히 있을 수밖에 없었다.

그는 대부분의 무사들이 약간씩의 의술을 할 줄 안다는 사실은 알고 있었다.

그래서 신세를 지고 있는 화무린이 조금이나마 보답을 하려는 차원에서 자신의 다친 다리를 어떻게든 고쳐 보려고 한다고 여겼다.

화무린은 단상익의 바지 왼쪽을 걷어올린 후 묵묵히 발을 굽어보았다.

굳이 자세히 살펴볼 필요도 없었다. 그의 왼발 정강이 부위가 크게 뒤틀려 있는 것이 한눈에 보였다.

그 부분에는 커다란 흉터가 마치 짓이겨진 반죽처럼 생겨 있었다.

화무린은 손바닥을 펴서 상처 부위에 대고 약간의 진기를 주입시켰다.

단지 그것만으로도 단상익은 고통이 씻은 듯이 가시는 것을 느끼고 해연히 놀란 표정을 지으며 자신의 다리와 화무린의 얼굴을 번갈아 쳐다보았다.

그러나 주입한 진기는 임시방편이라서 채 일각이 지나기 전에 소멸될 것이다.

그리고는 고통이 다시 찾아올 것이다. 근원적으로 치료하지 않으면 안 되는 것이다.

화무린은 상처 부위를 두어 차례 쓰다듬어 본 후 뼈가 어떻게 된 상태인지 즉시 알아차렸다.

칠 년 전, 강한 힘이 실린 철퇴에 맞은 다리뼈는 두 동강이 났었다.

그런데 아래쪽의 뼈가 어긋나면서 살 속으로 파고들어 버린 것이다.

더구나 부러진 뼈의 단면이 삐죽삐죽 날카로웠기 때문에

한 번 근육 속에 박혀 버린 다리뼈는 그 이후로도 움직이지 않고 그 자리에 고정되어 버렸고, 칠 년이라는 세월이 흐르는 동안 완전히 굳어버렸다.

화무린은 구중천에서 사 년 가까이 은겸과 무공을 연마하는 과정에서 몇 번의 중상을 당한 적도 있었으며, 팔과 다리가 부러진 적은 셀 수도 없을 정도였다.

그때마다 은겸이 별로 대수롭지 않다는 듯 간단하게 뼈를 접합시킨 후 그 부위에 부목을 대주었었다.

그리고 보름 정도 운공조식을 하면 거뜬하게 나아서 아무렇지도 않은 듯 다시 은겸과 비무를 했던 화무린이다.

무공을 연마한 사람은 보통 사람과 근본적으로 다르기 때문에 완치되는 시기도 빠를뿐더러 부목을 대고도 거의 정상적으로 행동할 수 있다.

"이걸 입에 악물도록 하시오."

그때 화무린이 주위에서 나무토막 하나를 주워와 단상익에게 내밀었다.

단상익은 엉겁결에 나무토막을 받아 들었지만 아직 화무린의 뜻을 알지 못했다.

하지만 그 나무토막이 긴요하게 사용되리라는 사실을 곧 알게 되었다.

"조금 아플 것이오."

화무린이 그렇게 말하면서 단상익이 어떤 반응을 보이기

도 전에 그의 왼발을 곧게 폈다.

"……!"

그제야 단상익은 화무린의 의도를 알아차렸다. 자신의 부러진 뼈를 고치려는 것이었다.

"괜히 애쓰지 마십시오, 무사님. 이 다리는 굳어버려서 쉽게 고쳐질 수……."

우둑!

그렇지만 단상익은 말을 끝까지 잇지 못했다.

화무린이 왼손으로 무릎을 잡은 채 오른손으로 발목을 움켜잡고 슬쩍 비틀자 부러진 부위에서 나무뿌리 뽑히는 소리가 터져 나온 것이다.

"……."

그 순간 단상익은 밤마다 자신을 괴롭혔던 고통을 모조리 합친 것보다 몇 배나 더 엄청난 고통을 느끼고는 입을 쩍 벌리고 말았다.

얼마나 고통스러웠으면 비명도 터져 나오지 않을 정도였다.

화무린은 결코 친절하지 않았다.

나무토막을 주었고, 그것을 입에 악물라고 했으니 그로서는 이미 경고를 한 것이다.

그러므로 나무토막을 입에 물지 않은 것은 순전히 단상익의 실수였다.

단상익은 뭔가 심상치 않음을 직감했다. 그는 급히 나무토막을 입에 가로질러 어금니로 힘껏 악물었다.

화무린은 단상익이 마음의 준비를 하도록 기다려 주는 아량마저도 베풀지 않았다.

우두둑!

화무린은 오른손에 지그시 힘을 주어 단상익의 왼발을 단숨에 잡아당겼다.

그러자 근육 속에 칠 년 동안이나 박혀 있으면서 그곳이 제자리인 양 여겼던 부러진 뼈가 살을 찢으면서 아래쪽으로 쑥 뽑혔다.

"흐악!"

지독한 고통에 단상익은 나무토막을 악물어야 한다는 사실을 잊고 오히려 입을 더 크게 벌리는 바람에 나무토막이 툭 빠져 버렸다.

하지만 그는 더 이상 비명을 터뜨리지 않았다. 아니, 고통이 너무 컸기 때문에 그저 입만 크게 벌어지고 목구멍에서 꺽! 꺽! 하는 소리만 흘러나올 뿐이었다.

원래 고통이란 어느 한계점을 넘으면 비명조차 지르지 못하는 법이다.

뚜둑! 우두둑!

단상익은 자신의 왼발에서 터져 나오는 소리를 마치 멀리서 들려오는 것처럼 낯설게 듣고 있을 뿐이었다.

“끄으으…….”

심장이 목구멍을 통해서 터져 나올 것만 같은 극도의 고통이었다.

이렇게 아플 줄 미리 알았더라면 결사적으로 하지 말라고 말렸을 것이다.

투둑! 뚝!

여태까지의 고통은 맛보기였다.

칠 년 동안이나 다른 자리에 있던 부러진 뼈를 제자리에 맞추는 과정에서 수반되는 고통은 상상을 초월할 정도였다.

단상익은 뒤로 벌렁 누운 채 온몸을 부들부들 떨면서 눈을 까뒤집었다.

이윽고 화무린은 단상익의 발에서 두 손을 떼고 일어섰다.

“다 됐소.”

땀도 흘리지 않았고, 힘든 기색도 보이지 않았다.

“으아악!”

태풍은 한가운데보다 가장자리가 무서운 법이다. 단상익은 그제야 처절한 비명을 터뜨렸다.

第六十二章

제룡수(帝龍手)

공력이 사 할까지 회복됐다.

삼 할로 회복된 지 여드레 만의 일이었다.

화무린은 지난밤을 꼬박 새우면서 천황무록의 금나수법 구결을 거의 완벽하게 해석했다.

그렇지만 아직 동작을 취해보지는 않았다. 해석이 끝났을 무렵에는 벌써 동이 트고 있었다.

그래서 그 길로 자신이 자주 찾던 이곳 강가의 언덕에 나와 내리 다섯 차례 운공을 했다.

그 결과 그동안 답보 상태였던 공력이 사 할 정도 회복됐다는 사실을 깨닫게 되었다.

그는 크게 심호흡을 하면서 시선을 정면으로 던졌다.

강 건너에는 강을 따라 좌우로 높은 절벽이 보이지 않는 곳까지 병풍처럼 펼쳐져 있었다.

그 꼭대기에 나무가 군사들의 행렬처럼 일렬로 길게 늘어서 있는데, 그 사이로 아침의 태양이 눈부신 햇살을 비추고 있었다.

사박사박.

그가 한차례 더 운공을 하려고 눈을 감으려는데 이쪽으로 다가오는 조심스런 발자국 소리가 들렸다. 그렇게 조그만 발자국 소리를 내는 사람은 비홍뿐이었다.

화무린이 돌아보자 다가오던 비홍이 멈춰 서서 그를 바라보며 울먹거리고 있었다.

"이리 와라, 비홍아."

"으아앙! 형!"

그러자 비홍은 갑자기 울음을 터뜨리면서 화무린의 품으로 뛰어들었다.

그는 아무 말도 못하고 화무린의 품에서 눈물을 펑펑 쏟으며 울기만 했다.

화무린이 비홍의 머리를 쓰다듬으면서 맞은편 절벽 위를 쳐다보았다.

태양은 나무 위로 불끈 솟아올라 있었다.

열두 살.

화무린도 비홍의 나이였을 때가 있었다. 하지만 비홍과 같은 처지는 아니었다.

그 어린 나이에 그는 구중천에 가기로 결심하고 하오문인 축록문에 들어갔었다.

그 당시에는 무엇이든 다 혹독하기만 했다.

너무도 추웠던 겨울,

허리가 휘어질 것 같은 배고픔,

혹독한 매질과 하루가 멀다 하고 벌어졌던 싸움.

그때 만약 그의 곁에 친누나 같은 상명이 없었더라면 모질었던 삼 년은 몇 배나 더 힘들었을 것이다.

“고마워요, 형. 정말 고마워요.”

한참 만에야 비홍은 화무린의 품에서 벗어나 얼굴은 웃고 눈에서는 눈물을 흘리며 고맙다는 말을 되풀이했다.

“비홍아.”

“네?”

“착한 사람은 언제든 복을 받게 마련이란다.”

“…….”

비홍은 무슨 밀인지 몰라서 어리둥절한 표정을 지었다. 원래 착한 사람은 착한 일을 하고서도 그게 착한 일인지 잘 모르는 법이다.

만약 단상익 부자가 그물에 걸린 화무린을 낡은 그물을 포기하면서까지 건져 내지 않았더라면 그는 죽었을지도 모르는 일이다.

은혜를 무게로 쳐서 따지자면 단상익 가족의 선행이 만 근이고, 화무린이 단상익의 다친 다리를 고쳐 준 것은 백 근에 불과할 터이다.

"비홍아, 무사님과 아침 식사하러 들어오너라!"

그때 단상익의 아내가 문밖으로 나와 행주치마에 손을 닦으며 외쳤다.

두 사람을 바라보는 그녀의 얼굴은 환하게 밝았으며, 목소리는 어제와는 달리 생기가 넘치고 있었다.

이른 새벽에 화무린이 강변의 언덕에서 운공을 하고 있을 때 집 뒤쪽이 약간 소란스러운 것 같더니 단상익이 그예 기르던 염소 한 마리를 잡았던 모양이다.

통나무로 조악하게 만든 낡은 식탁에는 염소고기로 만든 갖가지 요리가 그득하게 차려져 있었다.

"우리 엄마가 만드신 염소찜은 정말 맛있어요! 이것 좀 먹어봐요, 형!"

비홍이 젓가락으로 향긋한 냄새가 피어오르는 커다란 고깃덩이 하나를 집어 화무린의 밥그릇 옆 그릇에 놓아주며 환하게 웃었다.

비홍이 고깃덩이를 놓아주기 전에 화무린의 밥그릇 옆에 놓인 그릇에는 이미 단상익과 그의 아내, 그리고 노모가 번갈아 가면서 놓아준 염소고기로 만든 여러 요리가 수북이 쌓여 있었다.

아니, 사실은 모두들 그럴 필요가 없었다.

단상익의 아내가 밥상을 차리면서 맛있는 요리는 죄다 화무린 앞으로 모아놓았고, 그것을 노모가 좀 더 가깝게 밀어놓았기 때문이다.

더구나 가족들은 식사를 할 생각은 하지 않은 채 고맙고 기쁜 표정으로 화무린만 빤히 주시하고 있었다.

화무린은 그들이 왜 그러는지 알 것 같았다.

그렇지만 그것이 부담스러웠다.

화무린 자신은 목숨을 구해준 은혜에 대해서 일언반구 고맙다는 인사도 못했다.

그런데도 다리 하나 고쳐 준 것이 무슨 큰일이라고 이 난리란 말인가.

탁!

문득 화무린이 젓가락을 탁자에 내려놓았다.

가족들은 깜짝 놀라서 그를 쳐다보았다.

"나는 한 번 한다고 하면 반드시 하는 사람이오."

갑자기 화무린이 조용하면서도 약간 냉정한 어투로 말하자 가족들은 바짝 긴장했다.

화무린은 당장이라도 일어날 듯한 기세로 말을 이었다.

"여러분이 지금부터 식사를 시작하지 않는다면 나는 밥을 먹지 않고 나가겠소.”

단상익 가족의 얼굴에 일제히 놀라움이 떠올랐다.

드릭!

그때 화무린이 의자를 뒤로 빼고 몸을 일으켰다.

그러나 그는 곧 다시 앉아야만 했다.

모두들 밥그릇에 얼굴을 박고 부지런히 식사를 하기 시작한 것이다.

화무린의 입가에 엷은 미소가 떠올랐다.

그날 밤 이후부터 단상익은 왼발에 부목을 댄 채 절뚝거리면서 걸어다녔다.

절뚝거린다고 해도 치료받기 전처럼 다리를 끌 듯이 저는 것이 아니라 거의 걷는 것처럼 절었다.

게다가 다친 왼발이 땅을 디딜 때마다 느껴야만 했던 찌릿찌릿한 고통도 따르지 않았다.

더구나 그에겐 넘치는 희망이 있었다. 한두 달쯤 지나 부목을 떼기만 하면 그는 칠 년 동안의 고통을 벗어던지고 어엿한 정상인이 되는 것이다.

지금 그는 햇살이 가장 잘 내리쬐는 집 앞마당 땅바닥에 퍼질러 앉아 찢어진 그물을 손질하고 있었다.

이십여 일 전, 화무린이 걸려 올라왔을 때에 너무 많이 찢어져서 포기했던 그물이다.

그런데 사람의 마음이라는 것이 또 그렇지가 않았다. 도저히 사용할 수 없다고 판단하여 버린 그물이지만, 그물이 없으면 도대체 올해 겨울을 어찌 견뎌야 할지 눈앞이 캄캄해진 단상익이었다.

그래서 그는 그 다음날 강가에 버려두었던 그물을 슬그머니 가져와 집 마당 구석에 던져 놓았었다. 틈나는 대로 어떻게든 수선해서 사용해 볼 요량이었다.

그러나 워낙 낡은 그물이라서 완전히 여러 쪽으로 절단이 난 상태였다.

하지만 단상익은 포기하지 않고 지난 이십여 일 동안 그물을 한 벼리(綱)씩 잇고 꿰매면서 정성을 쏟은 결과 모양새는 형편없지만 그런대로 물고기가 새어 나가지 않을 정도로 수선을 마치게 되었다.

단상익이 그물을 잘 펼쳐서 담벼락에 걸어놓고 있을 때 집에서 화무린이 나왔다.

"어디 가시렵니까?"

화무린은 그저 가볍게 고개를 끄덕여 주고는 느릿한 걸음으로 집 뒤로 돌아갔다.

집 뒤에서 똑바로 십여 걸음쯤 가면 거기서부터 가파른 산비탈이 시작됐다.

그는 오늘부터 낮에는 천황무록의 무공을 직접 몸으로 연마를 할 생각이었다.

그리고 밤에는 운공을 하여 내상 치료와 공력 회복을 병행하기로 계획을 세웠다.

이곳에 온 지 이십여 일이 지났지만 산에 오르는 것은 지금이 처음이었다.

산비탈 아래에 선 그는 두 발에 불끈 힘을 주었다가 쾌풍운을 전개하여 곧장 쏘아 올랐다.

그러나 평소 사 할의 공력, 즉 오십 년 남짓한 공력만으로 쾌풍운을 전개하니 속도감이 전혀 느껴지지 않았다.

만약 지금과 같은 상황에서 재수없이 투번 고수라도 맞닥뜨리게 되는 날에는 제대로 반항조차 못하고 죽임을 당하고 말 것이다.

산비탈은 아래에서 볼 때보다 훨씬 높았다.

거의 수직에 가까운 급경사를 삼십여 장쯤 오르자 마침내 비탈이 끝났다.

그곳에서부터는 경사가 조금 완만해지고 갑자기 수목이 울창해서 본격적인 산이 시작되고 있었다.

화무린은 그곳에서 사람이 다닌 듯한 희미한 오솔길을 발견했다.

여기저기 자잘한 나뭇가지가 흩어져 있는 것으로 미루어 단상익의 아내와 비홍, 노모가 나무를 하러 산을 오르내리면서 생긴 길인 듯했다.

심첩촌 사람들은 산에서 땔감을 구해와 음식을 만들고 방을 데운다.

다른 집 마당 한쪽에는 화력이 좋은 나무만 골라서 잘라와 패놓은 장작더미가 수북했지만, 단상익네 마당에는 낫으로 쳐내거나 산에서 주운 나뭇가지나 솔가지 부스러기가 고작이었다.

그나마도 빠듯해서 그날 쓸 땔감이 떨어지는 경우가 종종 생겼다.

그럴 때에는 아내나 비홍이 부랴부랴 산에 올라가 임시로 쓸 것을 조달해 오는 형편이었다.

단상익이 다친 다리로는 나무를 자르고 옮기기는커녕 산에 오르는 것조차 불가능하기 때문에 땔감 조달은 전적으로 여자들과 비홍의 몫이었다.

심첩촌 사람들은 강과 산에 의지하여 하루하루를 꾸려 나가지만, 둘 다 안전하지가 않았다.

홍수가 나면 강물이 마을까지 범람하기 때문에 사람들은 모두 산으로 대피해야만 했고, 산에서는 호랑이나 늑대가 마을까지 내려와서 가축을 물어갔으며, 심한 경우에는 사람까지 잡아먹었다.

강과 산은 심첩촌 사람들의 삶의 터전인 동시에 죽음의 그림자가 짙게 드리워진 생과 사의 치열한 현장이었다.

숲이 시작된 곳에서 이십여 장쯤 오르자 오솔길은 그곳에서 끊어졌고 경사는 조금 평탄해졌으며 숲은 더욱 울창하게 변했다.

바스락, 바삭—

그는 경공을 전개하지 않고 꾸준히 걸어서 점점 더 깊은 산속으로 들어갔다.

마을에서 가까운 곳은 어쩐지 께름칙했다.

만약 마을 사람들이 나무를 하러, 혹은 약초라도 캐려고 산속에 들어왔다가 화무린이 무공 수련하는 것을 목격하게 돼서 좋을 일이 없기 때문이다.

마을 사람들이 호랑이나 늑대, 우글거리는 독사들 때문에 깊은 산중에는 들어가지 않는다는 비홍의 말을 기억하고 있던 화무린은 되도록 깊은 산으로 들어갔다.

중중첩첩(重重疊疊)이라는 말은 아마도 이 산속을 가리키는 것일 게다.

보이는 것은 온통 숲뿐이고, 높은 곳에 올라서면 사방이 산뿐이었다.

마침내 화무린은 단상익네 집을 출발한 지 이각쯤 지나서 수련을 하기에 적합한 장소를 찾아냈다.

하나의 아담한 폭포 옆인데, 바닥에 널찍한 바위가 서너 개 합쳐져서 꽤 큰 평지를 형성한 곳이었다.

폭포 아래에는 타원형의 아담한 소(沼)가 형성됐다가 계류가 되어 산 아래로 흘러내려 갔다.

화무린이 이곳을 택한 이유는 폭포 옆에 넓은 공간이 있다는 것과, 폭포 양쪽과 소와 계류의 양쪽으로 숲이 우거져서 바깥쪽에서 눈에 잘 안 띈다는 이유 때문이었다.

그는 우선 바위 한복판에 앉아 한차례 운공을 하여 회복된 사 할, 즉 오십 년의 공력을 팔다리로 모았다.

이어서 몸을 일으킨 후 우뚝 서서 머릿속으로 초식의 구결을 처음부터 끝까지 외웠다.

지금 그가 익히려고 하는 무공은 제룡수(帝龍手)라는 금나수법이었다.

천황무록의 무공, 아니, 절학들은 하나같이 경천동지의 위력을 지녔다.

그중에서도 이 제룡수는 아주 특이했다.

예전의 그는 이런 종류의 무공이 있다는 말조차 들어본 적이 없었다.

사실은 그뿐만 아니라 무림인들조차도 제룡수라는 무공이 생소하다는 사실을 그는 아직 모르고 있었다.

아침나절에 산에 올라와서 수련을 시작하여 잠시도 쉬지 않은 화무린은 신시(申時:오후 4시) 무렵이 돼서야 이윽고 움직임을 멈추었다.

초겨울의 산속은 몹시 쌀쌀한 날씨인데도 그의 옷은 땀이 흠뻑 젖어 있었다.

그는 처음에는 오십 년 남짓의 공력으로 수련을 하다가 오래지 않아 곧 포기했다.

제룡수를 전개하기에 턱없이 모자란 공력이어서 진전은 없고 힘만 배로 더 들었기 때문이다.

그래서 그는 공력을 거두고 그때부터 맨손으로 제룡수의 초식과 변화를 몸에 익히는 수련만 반복적으로 거듭했다.

그렇게 해두면 나중에 공력을 모두 회복하게 됐을 때 실전에서 곧장 사용할 수 있을 것이라고 판단한 것이다.

'정말 신기하군.'

그는 숨을 헐떡이면서도 입가에 흐릿한 미소를 머금었다.

그가 제룡수를 몸으로 직접 연마하는 것은 구결을 모두 이해했기 때문이다.

그런데 그는 여태껏 백여 차례가 넘는 제룡수를 펼쳤지만 똑같은 것은 하나도 없었다.

물론 초식을 백여 차례 수련하는 동안 손이 허공의 똑같은 방향을 찌르거나 궤적을 그을 수는 없는 일이다.

보이지 않는 허공에 표적을 정하고 전개하는 수련이라서, 한 치나 두 치쯤 방향이나 궤적을 벗어나는 것은 어쩔 수 없는 일이었다.

그러나 화무린이 발견한 상이점은 그게 아니라 변화였다.

제룡수를 백여 차례 전개했는데 그중에서 일치하는 것이 하나도 없으며 백여 개의 변화가 나타났다는 뜻이다.

즉, 백여 차례의 전개가 초식 명만 제룡수일 뿐 모두 제각

각의 변화를 나타낸 것이었다.

이런 식이라면, 천 번 전개하면 천 개의 각기 다른 변화가 나타날 것이라는 얘기다.

화무린은 그 사실이 몹시 이상해서 방금 펼친 초식을 곰곰이 생각하다가 다시 전개하면 어김없이 또 다른 변화가 펼쳐지기 일쑤였다.

실로 신기하기 짝이 없는 일이었다.

천상성계의 천지조화검이나 혈객의 파천혈인강은 인세에 보기 드문 절학이며 제룡수보다 연마하기가 어려웠지만 지금과 같은 현상은 없었다.

무려 백여 차례 전개해서 단 한 번도 일치하는 변화가 없었다는 것은, 자신이 펼치는 초식을 제대로 이해하지 못했다는 뜻일 수도 있다.

또한 공력을 실어서 그 초식을 펼친다고 해도 어떤 변화와 결과가 일어날지 예측할 수 없다는 뜻이기도 했다.

실전에서 자신이 펼치는 무공의 위력이나 진행 방향, 그리고 결과를 모른다는 것은 말도 되지 않는 일이었다.

그 자리에 서서 잠시 생각에 잠겼던 화무린은 결국 한 가지 결정을 내렸다.

표적을 허공으로 삼을 것이 아니라 보이는 물체를 상대로 제룡수를 전개해 보려는 생각이었다.

그는 즉시 폭포를 벗어나 숲 속으로 들어갔다가 곧 한 장소에 멈췄다.

폭포를 벗어나기만 하면 주위가 온통 숲이므로 멀리까지 갈 필요가 없었다.

그가 서 있는 곳은 사방으로 두어 걸음을 옮기기도 어려울 정도로 아름드리 나무가 빽빽한 곳이었다.

장소와 표적만 바꾼 것이 아니라 그는 지금부터는 오십 년 공력을 주입하여 제룡수를 전개할 생각이었다. 이왕 하려면 제대로 해보자는 의도였다.

본래 금나수법의 특징은 잡고 낚아채는 것인데, 배우는 사람의 기호에 따라서 그것에 때리고 미는 몇 가지 동작이 가미되는 것이 보통이다.

그런데 제룡수에는 때리는 것이 없는 대신 찌르는[衝] 변화가 있고, 미는 것이 없는 대신 꺾기[折]가 있다.

그것 외에도 밀기[推], 비틀기[捻], 죄기[梱], 당기기[控], 후리기[拐], 걸기[掛], 묶기[束], 던지기[投], 휘돌리기[回], 끊기[斷] 등이 있었다.

놀랍게도 일반적인 금나수법에 비해서 수법이 곱절이나 더 많은 것이다.

화무린이 이해하지 못하는 것이 하나 더 있었다.

제룡수의 여러 독특한 수법들 중에서 '끊기' 라는 특이한 수법이 그것이었다.

제룡수의 다른 열 가지 변화들은 손가락 끝이 상대의 몸이나 옷에 살짝 스치기만 해도 순간적으로 전개하여 상대를 제압할 수 있는 수법들이다.

그러나 구결상으로 보면, '끊기'는 손이 상대의 몸이나 옷에 닿지 않도록 전개하는 수법이었다. 금나수법의 특성상 그것은 거의 불가능했다.

화무린은 비록 오십 년의 공력이지만 그것을 모조리 자신의 온몸에 팽팽하게 보낸 후 구결에 따라 제룡수를 전개하기 시작했다.

우선 나무들을 표적으로 삼기 전에 폭포 옆에서처럼 허공을 상대로 펼쳤다.

후우웅!

맨손으로 수련할 때와는 달리 그의 손바닥과 주먹에서 웅혼한 공력이 쉴 새 없이 뿜어져 나갔다.

오십 년 공력이라고는 하지만 그것만으로도 거목을 부러뜨리고 바위를 깨기에 부족함이 없었다.

우드드— 그그극—

그때 주위의 나무들이 이상한 음향을 터뜨렸다. 마치 나무끼리 서로 부대끼면서 내는 소리 같았다.

그는 즉시 동작을 멈추고 천천히 주위를 둘러보았다.

우우우—

전면과 왼쪽, 그리고 뒤쪽의 나무 세 그루가 작게 진저리를 치면서 잔향(殘響)을 흘려내고 있었다.

화무린은 방금 전에 세 가지 각기 다른 동작을 펼쳤으며, 그것들의 방향은 지금 떨어 울리고 있는 세 그루 나무가 있는 곳이었다.

그는 머리 위 허공을 올려다보았다.

바람이 불고 있다고 해도 나무가 워낙 빽빽해서 바람이 비집고 들어올 틈조차 없었다. 더구나 하늘은 바람 한 점 없이 잔잔했다.

그러므로 방금 전에 나무들이 흔들린 것은 바람 때문이 아닌 것이다.

더구나 나무가 흔들릴 정도의 강한 바람이라면 그가 느끼지 못했을 리 없었다.

'설마!'

순간 화무린의 뇌리를 스치는 그 무엇이 있었다. 그게 사실이라면 대단한 발견이 될 것이다.

그의 가슴이 여리게 뛰었다. 흥분이었다.

이런 흥분을 느끼는 것은 천지조화검과 파천혈인강을 배웠을 때 이후 처음이었다.

'다시 해보자!'

그는 다시 제룡수를 펼치기 시작했다. 이번에는 조금 전보다 동작을 조금 더 크게 했다.

후웅! 후우욱!

그의 움직임에 따라 무형의 경기가 사방으로 급류처럼 뿜어져 나갔다.

드그그극― 우지직―

순간 예의 그 소리가 다시 들려왔다.

동작을 더 크게 했기 때문에 조금 전보다 더 크고 분명한 소리였다.

순간 화무린은 눈을 약간 크게 떴다. 물론 동작을 멈추지 않은 상태였다.

거목들의 윗부분이 마치 태풍에 휩쓸리듯이 마구 요동치는 것이 보였다.

그런데 화무린과 가까운 앞쪽의 나무뿐만이 아니라 그 뒤쪽의 나무들까지 마구 흔들리고 있는 것이 아닌가?

말하자면 일선(一線)과 이선(二線)의 나무들이 모두 함께 요동을 치고 있는 것이었다.

어떻게 이런 일이 일어날 수 있는지 화무린은 잠시 어리둥절한 표정을 지었다.

이해할 수가 없었다. 제룡수의 구결에도 이것에 대한 언급은 전혀 없었다.

그가 조금 전에 뭔가 느낀 것은, 제룡수를 전개하면 손이 닿지 않아도 공력으로 나무를 움직이게 할 수도 있을 것 같다는 점이었다.

그런데 손이 닿지 않아도 나무들이 움직이는 것은 맞는데, 그가 표적으로 삼은 나무는 물론이고, 그 뒤의 나무들이 움직이고 있다는 사실을 이해할 수가 없었다.

'어쩌면……?'

순간 화무린의 뇌리를 두드리는 예감이 있었다.

그는 오른손을 매의 발톱처럼 구부린 상태에서 오십 년의 공력을 주입하여 전면 반 장 거리에 서 있는 아름드리 나무를 향해 후리기를 전개했다.

파아아!

순간 일선에 서 있는 나무의 아래에서 일 장 높이 두꺼운 나무 껍데기가 여지없이 뜯겨져 나갔다.

그리고 그 부위 나무줄기에는 네 개의 손가락 자국이 깊게 새겨져 있었다.

화무린의 홍분이 조금 더 커졌다. 그러나 그는 멈추지 않고 이번에는 좌측의 나무를 향해 왼팔을 구부려 비틀기를 전개했다.

우지직!

목표로 삼은 나무의 아래에서 일 장 높이 부분이 강력한 강철 고리로 옥죈 것처럼 움푹 들어가더니 그대로 부러지며 나무 윗부분이 무너져 내렸다.

그 나무 역시 일선의 나무였다.

후우욱!

투아악!

화무린의 양손에서 제룡수의 열 가지 수법이 차례대로 현란하게 쏟아져 나왔다.

두두둑!

우지끈!

그와 반 장에서 일 장 거리에 있던 사면팔방의 나무들이 부러지고 비틀리고 뽑혀서 날아갔다.

화무린은 제룡수의 마지막 한 가지 수법만을 남겨놓은 상태였다.

그것은 바로 '끊기'였다.

그러나 지금 이 순간까지도 화무린은 '끊기'를 완전히 이해하지 못한 상태였다.

다만 조금 전에 이선의 나무들이 요동쳤던 원인을 지금부터 알아내려는 것이다.

방금 그가 한차례 제룡수를 전개했기 때문에 반경 이 장 이내가 텅 빈 상태가 되었다.

그는 즉시 옆으로 오 장쯤 이동하여 다시 빽빽한 숲 속으로 들어갔다.

이어서 한 그루 나무를 향해 그의 손바닥이 맹렬하게 뻗어나갔다가 뚝 멈추었다.

이 자세는 손바닥을 활짝 펼친 것이 아니라, 반쯤 펼친 상태에서 다섯 손가락을 구부리고 손목의 안쪽으로 '밀기'를 전개한 것이었다.

또한 손을 그저 멈춘 것이 아니라 빛처럼 빠르게 쏘아 나가던 손바닥을 끊듯이 딱 정지했다.

제룡수의 이른바 '끊기' 였다.

투우!

찰나 주먹에서 무형의 경기가 발출됐다.

그것은 화무린이 의도적으로 공력을 발출한 것이 아니라, 구결에 따라 동작을 취했을 뿐인데 경기가 저절로 형성되어 발출된 것이었다.

그러나 그가 겨냥했던 나무는 아무렇지도 않았다.

뭔가 잘못됐다고 여기는 순간,

뿌악!

겨냥했던 나무 뒤에 서 있는 나무에서 경쾌한 격타음이 터져 나왔다.

우드등!

그리고 두 아름쯤 되는 그 나무가 부러져서 묵직하게 쓰러졌다.

'맙소사! 끊기는 격공(隔空)이라는 것인가?

화무린은 적이 놀라서 속으로 중얼거렸다. 격공은 말 그대로 허공을 격하여 어떤 물체 뒤편에 있는 목표물을 적중시키는 상승 수법이었다.

그는 고개를 갸웃거렸다.

'어째서 금나수법에 격공수법이 들어 있는 것이지?

실로 이상한 일이었다.

금나수법이면 금나수법이고 격공수법이면 격공수법이지, 어째서 금나수법에 격공수법이 들어 있는 것인지 알다가도 모를 일이었다.

'혹시……'

문득 어떤 생각이 떠오른 그는 공력을 끌어올려 이번에는 한 그루 나무를 향해 휘돌리기 수법을 펼치는 것과 동시에 끊기를 병행해 보았다.

휴우웅!

오른팔로 허공에 팔 안쪽을 향해서 한 개의 원을 그리는 동작을 취하다가 한순간 딱 끊으면서 슬쩍 잡아당기는 동작을 취했다.

역시 앞쪽에 있는 나무는 아무렇지도 않았다.

우지직!

그러나 다음 순간, 그 뒤쪽에 있던 나무가 마치 빨래를 쥐어짜듯이 왼쪽 방향으로 비틀리는가 싶더니 뚝 끊어져서 화무린 쪽으로 날아왔다.

마지막 순간에 그가 동작을 끊으면서 슬쩍 잡아당기는 시늉을 했기 때문인 듯했다.

쿵!

그가 슬쩍 피하자 거대한 나무가 방금 그가 서 있던 자리에 육중하게 떨어졌다.

이윽고 화무린의 얼굴에 어떤 커다란 깨달음의 표정이 떠올랐다.

'그래! 제룡수는 격공금나수법(隔空擒拏手法)이었어!'

격공금나수법.

한 번도 들어본 적 없는 생소한 이름이지만, 그렇게밖에는 붙일 수 없는 초식 명이었다.

보통의 금나수는 손이 표적에 닿아야 기술을 발휘할 수 있는데, 이것은 손이 닿지 않아도 표적을 마음먹은 대로 요리할 수가 있다.

물론 금나수법으로 말이다.

눈에 보이지 않는 기(氣), 즉 공력은 손이나 무기를 통해서 발출된다.

그리고 발출된 후에는 표적을 부수거나 자를 뿐이다.

무형의 공력이 어떤 움직임을 만들어내지는 않는다. 공력은 그저 공력일 뿐이다. 그러므로 표적은 부서지거나 잘라질 수밖에 없다.

싸움의 목적이 상대를 부수거나 잘라서 오직 죽이는 것이기 때문이다.

하지만 상대를 죽이는 것 외에 또 다른 목적이 있다면?

아니면 무기나 손발을 사용해서도 상대를 죽이지 못하는 상황이라면 어쩌겠는가?

엄밀히 설명하자면 제룡수는 세 가지의 수법이 결합되었다고 볼 수 있다.

손이 상대의 몸에 직접 닿아서 펼치는 수법과 닿지 않은 채 펼치는 수법, 그리고 격공금나수법이다.

"격공금나수법 제룡수라……. 멋지군."

화무린은 엷은 미소를 지으며 나직이 중얼거렸다. 천황무록의 여러 절학들을 정리하면서 제룡수가 유독 마음에 들었던 이유를 이제야 이해할 수 있을 것 같았다.

그는 구중천에 올라갔을 때 두 가지 무공을 요구할 자격을 갖고 있었다.

그래서 천지조화검과 파천혈인강을 요구했으며 그것들을 충실하게 배웠다.

이후 강호에 출도하여 천외무적군 고수들을 상대로 여러 차례 싸움을 하는 과정에서 천지조화검과 파천혈인강은 기대 이상의 위력을 보여주었다.

그러나 만약 화무린에게 무기를 사용하는 무공이 아닌 또 다른 무공이 있었다면 어떻게 됐을까?

어쩌면 전혀 다른 결과가 나오지 않았을까?

적혈군을 급습하다가 그가 일장을 발출했을 때 화무린도 일장으로 응수할 수 있었을 것이다.

은오검은 오른손 한 손만으로 잡고 있었기 때문에 그랬다면 심각한 부상을 입지 않았을 것이고, 적혈군을 좀 더 수월하게 죽였을 수도 있었다.

그리고 흑멸신이 자신의 머리를 쪼개려고 하는 은오검을

두 손으로 잡았을 때에도 화무린이 오른손으로는 은오검을 잡은 채 왼손으로 그에게 일장을 발출하거나 다른 수법을 전개할 수 있었을 것이다.

그랬더라면 흑멸신에게 치명적인 일장을 당하지도 않았을 것이다.

"좋아, 이곳에서 몇 가지 수법을 배워서 나간다면 원수 놈들을 죽이는 일에 적잖은 보탬이 되겠군."

화무린은 흐릿한 미소를 지으면서 힘있게 혼잣말을 중얼거렸다.

"이것은 제룡수라기보다는 삼절제룡수(三絶帝龍手)라고 불러야 맞겠군."

이어서 그는 한차례 크게 심호흡을 하고 나서 정신을 바짝 차리고 다시 제룡수를 전개했다.

폭포에서 공력을 사용하지 않고 맨손으로 연마한 시간이 한나절 이상이기 때문에 초식의 변화는 웬만큼 숙달되어 있는 상태였다.

그러나 지금 그가 전개하고 있는 것은 폭포 옆에서 했던 것도 아니고 조금 전까지 했던 것도 아닌, 진짜 격공금나수법이었다.

여태까지는 제룡수의 진가를 모른 채 수련을 했지만, 이제부터는 알고 하는 것이다.

제룡수에 대해서 다 알게 된 것은 아니지만.

후우웅!

투아악!

부우욱!

화무린이 잠영보를 밟아 빽빽한 나무 사이를 교묘하게 빠져나가면서 제룡수를 전개하자 서로 다른 여러 음향이 어지럽게 흘러나왔다.

그의 동작은 마치 춤을 추는 것 같았다. 아니, 용이 승천하고 맹호가 도약하며, 독수리가 날개를 접고 먹이를 향해 내리꽂히는 것 같았다.

이른바 용무(龍舞)이고 호무(虎舞)이며 취무(鷲舞)였다.

만약 산에 나무를 하러 온 사람이나 약초꾼이 화무린의 그런 모습을 봤다면, 필경 신선이 지상에 하강하여 신기한 춤을 추고 있는 것으로 착각을 하리라.

우지끈!

퍼퍼퍽!

쿠쿵!

아니, 거목들이 지푸라기처럼 부러지고 비틀리며 꺾이고 뿌리째 뽑혀서 날아가는 광경을 본다면 분노한 천신의 모습이라고 할 것이다.

"헉헉헉!"

얼마나 시간이 흘렀을까?

마침내 화무린은 삼절제룡수를 멈추고 우뚝 선 채 가쁜 숨을 몰아쉬었다.

그는 천천히 주위를 쓸어보다가 얼굴에 적잖이 놀라는 표정이 떠올랐다.

주위 오십여 장 이내의 아름드리 거목들이 모조리 부러지고 뽑히고 비틀려서 꺾인 채 나뒹굴어 있는 아수라장의 광경이 펼쳐져 있었다.

아름드리 나무만 해도 족히 삼백여 그루는 넘을 듯했다. 더구나 그것들은 화무린의 손이 닿지 않은 상태에서 부러지고 뽑힌 것이다.

또한 그가 이리 뛰고 저리 뛰며 표적으로 사용할 나무를 찾아다니면서 수련을 한 때문이었다.

그리고 겨우 사 할의 오십 년 공력으로 전개한 삼절제룡수가 만들어낸 결과였다.

만약 화무린이 원래의 공력 이 갑자를 전부 회복하여 삼절제룡수를 전개하게 된다면 그 위력은 이것과는 비교도 할 수 없을 정도로 대단할 것이다.

사실, 평소에는 조금 심하게 움직이기만 해도 내상 때문에 가슴과 복부가 고통스러웠던 그다.

그런데 제룡수를 수련하는 동안에는 신기하게도 추호도 아프지 않았다.

아마도 새로운 무공의 묘미에 흠뻑 심취되어 고통이 마비된 듯했다.

가슴속을 얼음물로 씻어낸 것처럼 후련했다. 얼마 만에 느껴보는 상쾌함인지 몰랐다.

아마 옛 선인들이 말하던, '산꼭대기에 올라가서 속세의 먼지를 털어낸 뒤에 느끼는 상쾌함[振衣千仞岡]' 이라는 것이 바로 이럴 터이다.

'너무 늦었다.'

문득 정신을 수습한 화무린은 그제야 주위가 캄캄하다는 사실을 깨달았다.

삼절제룡수의 묘미에 푹 빠져 그것을 전개하면서 깨우치느라 시간이 가는 줄도 몰랐다.

'서둘러야겠군. 다들 걱정하겠다.'

그는 속으로 중얼거리며 밤하늘을 올려다보았다. 북두성이 있는 방향이 심첩촌이 있는 곳이었다.

독불장군 같기만 하던 그가 이제는 자신을 걱정하고 있을 단상익네 가족을 염려하고 있었다. 하지만 그 자신은 그런 사실을 미처 깨닫지 못했다. 그저 자연스러운 일상으로 여기고 있을 뿐이었다.

그가 막 서너 걸음을 떼어놓았을 때,

크르르!

왼쪽에서 맹수의 울음소리가 나직하게 들려왔다.

화무린은 걸음을 멈추고 재빨리 그쪽을 쳐다보다가 가볍게 놀라는 표정을 지었다.

"……!"

호랑이였다.

쓰러진 거목을 앞발로 딛고 상체를 세운 채 화무린을 쏘아보고 있었다.

그르렁거리는 소리는 호랑이의 약간 벌어진 입에서 흘러나오고 있었다.

콧등을 좁혀서 주름을 만들며 이빨을 드러내는 모양이 곧 공격해 올 것만 같았다.

드러난 송곳니의 굵기가 족히 아이들 팔뚝 굵기는 될 듯했으며, 두 눈에서는 번갯불이 뿜어지는 것 같았다.

화무린은 호랑이를 보다가 조금 더 놀랐다. 무서워서가 아니라 호랑의 덩치가 너무 컸기 때문이다.

사람들이 대호(大虎)를 표현할 때 흔히 송아지만 하다고 하는데, 이놈은 송아지 정도가 아니라 다 자란 어른 황소 정도의 크기였다.

무게만 해도 족히 사오백 근은 나갈 듯했다.

호랑이, 아니, 대호는 화무린이 정신없이 삼절제룡수를 수련하는 중에 터져 나온 요란한 소리 때문에 이곳까지 이끌려 온 것 같았다.

문득 화무린의 시선이 대호의 몸을 천천히 훑었다.

선명한 색깔에 푹신한 털가죽을 지니고 있었다.

화무린은 대호의 호피를 벗겨 단상익네 가족이 사용하는

방에 깔아주면 노모가 겨울을 따뜻하게 날 수 있을 것이라는
생각이 들었다.

대호와의 거리는 오 장 남짓.

크르르!

대호가 어슬렁거리면서 화무린에게 다가왔다. 그를 먹잇
감 정도로 여긴 모양이다.

그러나 화무린은 씨익 미소를 지으면서 오히려 대호에게
마주 걸어갔다.

이 산중에서는 지금껏 대호가 왕 노릇을 했는지 모르지만
이제부터는 아닐 것이다.

대호는 오늘 재수가 없었다.

第六十三章

천황오무(天皇五武)

과연 화무린의 예상이 맞았다.

단상익네 식구는 모두 나와서 집 뒤쪽 산비탈 아래에 모여 하염없이 산 위를 쳐다보고 있었다.

두말하지 않아도 그들이 산속에 들어간 화무린을 걱정하면서 기다리고 있다는 것을 알 수 있으리라.

밤중이라서 단상익네 가족은 기껏해야 오륙 장 거리밖에 보이지 않았다.

네 사람은 아무도 입을 열지 않았다. 그저 얼굴 가득 염려 어린 표정을 떠올린 채 고개를 들고 산비탈 위만 쳐다보고 있을 따름이었다.

"저기!"

그때 눈도 깜빡이지 않고 산비탈 위를 쳐다보던 비홍이 갑자기 나직이 외치면서 위쪽을 가리켰다.

그러나 굳이 그가 소리치지 않았더라도 시력이 나쁜 노모를 제외한 단상익과 아내도 막 그가 가리키는 곳을 보고 있는 참이었다.

"아앗!"

"으왓!"

순간 노모를 제외한 세 사람은 소스라치게 놀라 비명을 질러댔다.

단상익은 본능적으로 두 팔을 활짝 벌려서 노모와 아내, 그리고 비홍을 한꺼번에 끌어안고 보호하면서 뒤로 몇 걸음 급히 물러섰다.

그곳 산비탈 가장 아래쪽에 있는 커다란 바위 뒤에서 느닷없이 한 마리 거대한 호랑이가 불쑥 나타났던 것이다.

그러니 이들이 얼마나 혼비백산했겠는가.

"움직이지 마라."

단상익은 극도로 긴장하여 나직이 속삭이면서 주위를 둘러보며 어떻게 할 것인가를 궁리했다.

"형이에요!"

그런데 비홍이 단상익의 팔을 뿌리치고 산비탈로 달려가며 반갑게 소리쳤다.

단상익과 아내가 반신반의하면서 긴장된 표정으로 자세히 보니 과연 단상익의 허름한 옷을 입고 있는 화무린의 모습이 호랑이 아래쪽에 보였다.

정확하게 말하자면, 자신의 몸보다 서너 배는 더 큰 대호를 어깨에 멘 화무린이 나타난 것이다.

앞으로 축 처진 대호의 머리가 전면을 향하고 있었기 때문에 그의 모습이 파묻혀서 잘 보이지 않았고, 오히려 대호가 나타난 줄 알았던 것이다.

거대한 대호를 메고 있는 화무린은 아무렇지도 않게 가벼운 발걸음으로 산비탈을 내려와 경악하고 있는 네 사람 앞에 이르렀다.

그는 산비탈 꼭대기에서 단상익 가족을 발견하고 그곳에서부터 경공을 펼치지 않았다. 이들을 놀라게 하고 싶지 않았기 때문이다.

쿵!

화무린이 대호를 네 사람 앞에 묵직하게 내려놓고 한참이 지나도 아무도 입을 열지 않았다.

그저 경악에 경악을 더한 표정으로 대호를 쳐다보고 있을 뿐이었다.

"…이거, 형이 잡은 거예요?"

역시 가장 먼저 입을 연 사람은 어린 만큼 겁도 없는 비홍이었다.

“그래.”

“와아! 굉장해요!”

비홍은 무서움 반 신기함 반의 표정으로 머뭇거리면서 대호에게 가까이 다가가 살펴보았다.

그런데도 단상익과 아내, 노모는 미처 정신을 수습하지 못하고 있었다.

화무린은 머쓱한 표정으로 노모를 보면서 중얼거리듯이 입을 열었다.

“호피를 모친께 깔아드리면 좋을 것 같아서…….”

그는 단상익네 식구들이 무슨 반응을 보이기도 전에 얼른 집 모퉁이를 돌아 빠르게 걸어갔다.

이런 식으로 누굴 위해서 무얼 해준 것은 상명에게 상명각을 내준 것이 처음이자 마지막이었다.

정말이지, 화무린으로서는 지금의 이 행동이 너무도 어색해서 죽을 맛이었다.

화무린의 말에 어느 정도 정신을 수습한 단상익은 큰 감동을 받아 가슴이 찌르르 했으며, 아내와 노모는 급기야 눈물을 쏟고 말았다.

그때 집 모퉁이를 돌아간 줄 알았던 화무린이 이쪽으로 고개를 내밀고 어색한 표정으로 물었다.

“혹시… 찬밥 남은 것 있소?”

아내와 노모가 달리기를 하듯 달려가며 외쳤다.

"찬밥이라니! 뜨거운 밥 해줄게요!"

화무린은 단상익의 아내가 차려준 밥을 눈 깜짝할 사이에 게눈 감추듯이 먹어치웠다.

아침 일찍 식사를 하고 하루 종일 굶어가면서 잠시도 쉬지 않고 사력을 다해서 무공 연마를 한 후에 먹는 밥이라서인지 꿀맛이었다.

단상익네 식구는 밥을 먹는 화무린을 어제보다 한층 존경스럽고 경이로운 표정으로 지켜보았다.

화무린이 식사를 마친 후 단상익 아내가 따라준 차를 한 모금 마시고 나자 침묵을 지키고 있던 단상익이 조심스럽게 입을 열었다.

"저렇게 큰 대호를 무엇으로 죽였습니까?"

대호는 피를 흘리고 있지 않았다. 물론 겉으로 드러난 상처는 한 군데도 없었다. 그렇기 때문에 단상익은 그것이 몹시 궁금했던 모양이다.

화무린이 은오검과 귀명비도가 들어 있는 도곤을 곡창에 감춰두었다는 사실을 단상익은 알고 있었다.

슥—

단상익의 질문에 화무린이 잠자코 있다가 이윽고 오른손을 천천히 들어올려 보였다.

단상익의 눈이 화등잔처럼 커졌다.

"매… 맨손으로 대호를 때려잡았다는 말입니까?"

화무린은 막 중지 하나를 펴서 세우려다가 얼른 구부렸다.

사실 그는 삼절제룡수의 찌르기 수법을 발휘하여 허공을 격하고 지풍으로 대호의 미간 급소를 찔렀고, 대호는 그 즉시 거꾸러졌다.

만약 화무린이 손가락을 다 폈다면, 그래서 그가 손가락으로, 아니, 손가락에서 공력을 뿜어내어 대호를 찔러 죽였다는 사실을 단상익이 알게 된다면 아마도 입에 거품을 물고 졸도하고 말았을 것이다.

그러나 비홍은 화무린이 손가락을 펴려다가 급히 구부리는 것을 봤다.

비홍은 입을 크게 벌리고 놀랐지만, 그것을 본 사람은 화무린뿐이었다.

단상익은 놀라움을 겨우 삼킨 후 안쓰러운 표정으로 말문을 열었다.

"그러시면 호피만 벗겨오실 일이지 저 무거운 것을 예까지 들고 오시다니……."

화무린은 단상익 아내에게 빈 찻잔을 내밀어 보이며 조용한 어조로 설명했다.

"호간(虎肝:호랑이 간)은 노인의 시력을 좋게 해주고, 호담(虎膽)은 여자의 생식과 자궁에 좋소."

노모와 아내의 얼굴에 감격이 물결을 쳤다.

노모의 나이는 칠십삼 세였는데 근년 들어서 기력이 급격히 쇠약해졌다.

특히 노안(老眼)이라 시력이 많이 안 좋아져서 거의 눈뜬 봉사나 다름이 없었다.

단상익은 군역(軍役)에서 돌아온 후 다소 늦기는 했지만 둘째 아이를 가지려고 부단히 노력했다.

그렇지만 아내의 몸이 약해서 임신을 했다가도 번번이 유산을 해야만 했다.

호담이 여자, 특히 임산부나 임신을 하려는 부인에게 좋다는 것은 유명한 사실이다.

하지만 그것을 복용하는 것은 단상익 부부에겐 삼생을 살아도 불가능한 일이었다.

"또한 호육(虎肉)을 장복하면 추위와 더위를 능히 이길 수 있으며, 호혈(虎血)은 뼈를 강건하게 만들어주고, 호골(虎骨)은 말렸다가 가루를 내어 보관하면 여러 용도의 좋은 약재로 사용할 수 있소."

화무린이 설명한 것들은 모두 명천신기서에 들어 있는 내용들이었다.

단상익네 집에서는 노모가 제일 먼저 일어난다. 나이가 들면 새벽잠이 없어지는 법이다.

이날 새벽에도 노모는 어김없이 경시(새벽 5시)에 깨어나

문을 열고 집을 나섰다.

그런데 노모는 마당에 벌어져 있는 광경에 크게 놀라더니 곧 큰 소리로 식구들을 모두 깨웠다.

"얘, 애들아! 모두 어서 나와보거라!"

마당에는 아름드리 나무가 족히 오십여 그루 이상 차곡차곡 쌓여 있었던 것이다.

그것들은 동이 트기 전에 화무린이 산에서 잘라 이곳까지 옮겨놓은 것이었다.

나무를 잘라다 놓으면 장작으로 패는 것은 단상익이 할 수 있을 것이라 여겼다.

보통 사람에겐 꿈도 꾸지 못할 일이지만 화무린은 별로 힘들지 않았다.

다만 단상익네 가족이 깰까 봐 조심을 하는 것이 어렵다면 어려웠을 뿐이다.

한겨울을 나는 데 장작이 얼마나 필요한지 몰라서 넉넉하게 가져다 놓았다.

"여보……."

단상익의 아내는 어느새 또 울고 있었다. 그녀는 요즘 걸핏하면 잘 우는 울보가 돼버렸다.

"나무관세음보살……."

노모는 화무린이 올라갔을 산을 향해 합장을 하며 연신 불호를 외웠다.

그녀는 화무린이 죽어가는 모습으로 그물에 걸려 자신의 집에 묵게 된 것이 다 부처님의 놀라운 자비에 의한 것이라고 굳게 믿었다.

그리고 요즈음 들어서는 혹시 화무린이 잠시 인간의 모습을 빌려 현신한 부처님이 아닐까 하는 조심스러운 생각마저 들 정도였다.

화무린은 하루 종일 거의 한마디도 하지 않을 정도로 과묵한 성격이다.

그러나 사람의 따뜻한 정을 주고받는 일이란 굳이 말로 할 필요가 없었다.

"자, 이것을 읽어보아라."

화무린은 두어 시진에 걸쳐서 기록하여 만든 소책자를 비홍에게 내밀었다.

비홍은 그것이 뭐냐고 묻지도 않은 채 호기심과 긴장이 교차하는 표정으로 공손히 소책자를 받아 들었다.

소책자는 오백 년 전의 의선으로 추앙받았던 명천선옹이 남긴 희대의 의서 명천신기서에서 약초에 대한 부분만 발췌해 기록한 것이었다.

화무린이 같이 지내면서 살펴본 결과 비홍은 총명할 뿐만 아니라 근골도 뛰어났다.

그렇다고 해서 비홍에게 무공을 가르치고 싶은 생각은 추호도 없었다.

사람으로 태어나서 한평생을 살아가는 방법은 수없이 많을 것이다.

무공을 배워 무림인으로 행세하는 것이 한 방법이라면, 그저 평범하게 초야에 묻혀서 가족과 오순도순 행복하게 사는 것도 한 방법일 터이다.

아니, 화무린은 아무것도 모르는 비홍이 살인과 권모술수, 탐욕이 난무하는 무림계의 일원이 되는 것을 절대 반대하고 싶은 마음이었다.

만약 화무린이 죽어서 다시 이 세상에 태어날 수만 있다면, 그래서 혹시 부모를 마음대로 선택할 수 있는 자격이 주어진다면 그는 서슴없이 농사꾼이나 어부 같은 평범한 사람의 자식으로 태어나고 싶었다.

그만큼 그는 초야에 묻혀서 평범하게 살고 싶다는 열망이 누구보다 강렬했다.

평소에도 그런 소망을 품고 있었던 그가 죽을 고비를 넘긴 끝에 이곳에 들어와서 지내다 보니 단상익네 가족이 비록 시루에는 수북이 먼지가 쌓이고 솥 안에는 물고기가 헤엄칠 만큼(甑塵釜魚) 궁핍한 형편이지만, 더없이 화목하고 행복하게 서로를 위하면서 살아가는 모습을 보고 그런 마음이 더욱 확고해졌다.

그래서 언젠가 가문의 원한을 다 갚게 되고, 그때까지도 자신이 살아 있다면 꼭 하고 싶은 것이 하나 생겼다.

그것은 사랑하는 소군과 단둘이 경치 좋은 산이나 바닷가에 은거하여 세상과는 인연을 끊고 초연하게 평생을 보내고 싶다는 것이었다.

총명한 비홍이 명천신기서의 약초 분별법이나 제조법을 절반만이라도 배우게 된다면 앞으로 살아나가는 데에 큰 도움이 될 터이다.

화무린은 비홍을 묵묵히 쳐다보았다.

아버지로부터 글을 배워 깨우친 비홍은 어느덧 독서삼매에 깊이 빠져 있었다.

화무린은 오늘은 무엇을 할 것인지 계획을 세우느라 잠시 맞은편 벽에 시선을 고정시킨 채 생각에 잠겼다.

그가 이곳 심첩촌에 들어온 지도 어느덧 두 달 가까이 지나고 있었다.

부러진 갈비뼈와 내상은 거의 다 나은 상태다. 또한 공력은 팔 할가량 회복되었다.

그런데도 그는 아직 이곳을 떠나지 못하고 있었다.

그것은 작은 욕심 때문이었다.

그는 지난 두어 달 동안 천황무록의 절학 중에서 무려 다섯 가지를 배웠다.

격공금나수법인 삼절제룡수.

편법인 금봉신추(金鳳神箒).

건곤대나이법이라고 할 수 있는 대원발뢰궁(大元拔賴窮), 경공인 탄영비활(彈影飛闊), 보법인 운무답축(雲霧踏逐) 등이었다.

그것들은 한 가지만 완벽하게 익힌다고 해도 무림계에서 명성을 드날리며 적수를 찾아보기 어려울 정도의 천고의 절학들이었다.

그것을 화무린은 무려 다섯 가지나 익힌 것이다.

물론 그 다섯 절학의 각각은 보통 사람이라면 평생을 피땀 흘려 연마한다고 해도 완성하기 어려울 만큼 난해하기 짝이 없었다.

어쩌면 범인들은 평생이 걸려도 구결조차 이해하지 못하는 사람이 수두룩할 것이다.

그런 것을 화무린이 다섯 개씩이나, 그것도 불과 두어 달이라는 짧은 시일 만에 터득할 수 있었던 데에는 그럴만한 이유가 있었다.

화무린은 구중천에서 삼 년 반에 걸쳐서 각고의 노력을 쏟은 결과 천지조화검을 터득했었다.

천지조화검은 천상성계에서도 성제(聖帝) 일족에게만 전해져 내려오는 천상천하 최고, 최강의 절학이다.

사실 처음에 화무린이 구중천에 천지조화검을 요구했을 때, 균천제, 즉 구중천주는 화무린이 그토록 짧은 시일에 그것을 터득할 줄은 단 일 할도 예상하지 못했다.

화무린이 평범한 사람이라면 구중천에서 평생 천지조화검에 매달려 있을 것이고, 다행히 총명하면서도 자질이 뛰어나다면 아무리 빨리 잡아도 족히 십 년 이상은 소요될 것이라고 예상했었다.

아니, 구중천주뿐만 아니라 용장봉선이나 창천제도 그렇게 생각했다.

그런데 화무린이 삼 년여 만에 천지조화검을 터득함으로써 모두의 예상을 송두리째 뒤엎어 버린 것이다.

그뿐이 아니었다. 화무린은 만약 혼자 연마했더라면 최소한 십 년 이상은 걸리고도 남았을 은겸을 지도하고 이끌어서 같은 기간에 그가 천지조화검을 육성까지 터득하도록 만들기까지 했다.

처음에 구중천주는 은겸이 먼저 천지조화검을 배운 다음 그가 화무린을 가르치도록 지시했었다.

은겸의 진전은 구중천주가 예상한 그대로였다. 은겸은 보통 사람에 비하면 뛰어난 인물이지만, 그가 연마하는 무공은 다름이 아닌 천지조화검인 것이다.

반면 화무린의 진전은 놀라울 만큼 빨랐다. 그렇다고 해서 결코 대강대강 배우는 것이 아니었다.

그가 천지조화검 일초식 풍운만변의 기초 아홉 단계를 완전히 터득했을 무렵, 은겸은 겨우 삼 단계째에서 진도가 나가지 않아서 헤매고 있었다.

답답함을 느낀 화무린은 결국 은겸에게 자신과 공동으로 천지조화검을 연구하면서 배우자고 제안하기에 이르렀으며, 답보 상황을 공감하고 있던 은겸은 그 제안을 구중천주에게 품신했다.

그때까지의 상황을 줄곧 관심 깊게 지켜본 구중천주는 그것도 하나의 방법이라고 여겨 그 제안을 받아들였다.

이후부터 은겸은 구중천주가 전수해 주는 천지조화검의 구결과 자세, 동작을 모두 외웠다가 그것을 그대로 화무린에게 전해주었다. 물론 은겸은 그것들을 조금도 이해하지 못한 상태였다.

화무린이 은겸을 이끌어준 데에는 그럴 만한 충분한 계산이 깔려 있었다.

구중천주는 천지조화검 삼 초식을 수십 단계로 세분화하여 은겸에게 가르쳤다.

먼저 가르친 것을 터득해야만 다음 단계로 진도가 나가는 방식이었다.

그렇기 때문에 화무린은 다음 단계를 배우기 위해서라도 은겸을 이끌고 지도할 수밖에 없었다.

또한 은겸의 자존심을 배려하여 자신이 가르치고 있는 것을 노골적으로 드러내지 않고 어디까지나 공동으로 노력하여 깨우치는 것처럼 보이게 했다.

현재 화무린은 천지조화검 전체로 볼 때 팔성 정도 터득한 상태였다.

그러나 그는 나머지 이성이 자신이 지금껏 터득한 팔성의 몇 배에 달하는 오묘함과 위력을 지니고 있다는 사실까지는 모르고 있었다.

물론 구결은 모두 이해했고 동작 또한 완전히 몸에 익혔지만, 그것은 어디까지나 수박의 껍질을 핥은 것에 불과할 뿐이었다.

어쨌든, 천지조화검의 극도로 난해한 구결을 모두 이해한 화무린에게 천황무록의 절학을 이해하고 터득하는 일은 그다지 어려운 일이 아니었다.

물론 그는 천황무록의 다섯 가지 절학을 모두 완벽하게 터득하지는 못했다.

일단 구결은 모두 이해했고 동작은 몸에 익혔다.

이제는 그 절학들이 완벽하게 자신의 것이 되도록 꾸준히 반복적으로 수련하는 일이 남은 것이다.

그리고 생사가 걸린 실전에서 얼마나, 그리고 어떻게 유효적절이 사용하느냐가 관건이었다.

화무린은 비홍이 읽고 있는 소책자의 앞장 겉 표지에 ‘명천약보(命天藥譜)’라는 제목을 붙여주었다.

화무린은 독서삼매에 빠져 있는 비홍을 놔두고 슬그머니 집 밖으로 나왔다.

언제나 그랬던 것처럼 산에 올라가 천황무록에서 고른 다섯 절학을 연마할 생각이었다.

그는 그것들을 연마하는 과정에서 자연스럽게 '천황오무(天皇五武)'라는 이름을 붙였다.

퍽! 퍽! 퍽!

조금 늦었다는 생각을 하면서 산으로 오르기 위해서 막 모퉁이를 돌려던 그는 어디선가 들려오는 둔탁한 소리에 걸음을 멈추고 그쪽을 쳐다보았다.

집 옆쪽 약간 높은 언덕이었는데, 사람은 보이지 않고 땅을 파는 듯한 소리만 계속해서 들려왔다.

궁금한 마음에 그곳에 가보니 어쩐 일인지 단상익이 하나의 구덩이 속에 들어가서 땀을 뻘뻘 흘리며 삽으로 땅을 파고 있었다.

단상익이 얼마나 열심히 땅을 파고 있는지 화무린이 지켜보고 있는지도 모를 정도였다.

무엇 때문에 땅을 파고 있는지는 모르지만 폭 다섯 자, 깊이 석 자의 구덩이 속에서 비지땀을 흘리는 단상익이 안쓰럽다는 생각이 들었다.

더구나 지금은 한겨울이라서 땅이 바위처럼 꽁꽁 얼어 있었기 때문에 땅을 파는 것보다는 차라리 얼음을 깨는 것이 훨씬 쉬울 지경이었다.

단상익은 이미 보름 전쯤에 왼발의 부목을 떼어내고 정상적인 활동을 하고 있었다.

“집을 짓는다는군요.”

그때 단상익의 아내가 화무린 곁으로 다가와 단상익을 굽어보며 수줍게 말해주었다.

그렇게 말하는 그녀의 얼굴에는 환한 기대와 행복이 물결처럼 번지고 있었다.

그녀의 목소리에 단상익이 그제야 일손을 멈추고 허리를 펴다가 화무린을 발견하고는 환한 웃음을 지었다.

“아직 산에 올라가지 않으셨습니까?”

화무린은 그저 가볍게 고개만 끄덕여 주었다.

구덩이에서 올라오려고 하는 단상익에게 화무린이 손을 내밀었다.

단상익은 가볍게 놀란 표정을 짓더니 쑥스러운 표정으로 그 손을 잡고 구덩이 밖으로 나왔다.

“여기에 새집을 지을 겁니다.”

단상익은 구덩이를 기점으로 하여 제법 넓은 공간을 가리키며 약간은 열띤 표정으로 설명했다.

“저 정도의 목재면 집을 짓고도 남을 것입니다.”

그는 마당 한쪽에 쌓여 있는 아름드리 통나무 오십여 개를 가리켰다.

그것은 지난번에 화무린이 땔감을 하라고 가져온 것인데, 땔감으로는 통나무 세 개만으로도 충분했고, 오십여 개가 거의 고스란히 남아 있었다.

그것으로 집을 짓겠다는 것이었다.

사실 단상익네 집을 제외한 심첩촌의 다른 모든 집은 튼튼한 통나무집이었다.

재료인 나무는 산에 지천으로 널려 있으니 그저 베어 와서 쓰임새에 따라 자르기만 하면 될 일이었다.

그렇게 남들 다 하는 것을 단상익은 이날까지 못하고 있었다. 다리가 불편했기 때문이다.

지난 칠 년 내내 그의 가장 큰 바람은 새집을 크고 튼튼하게 짓는 것이었다.

지금 살고 있는 집은 단상익 가족이 이곳에 처음 이주해 왔을 때 임시로 거주하기 위해서 대충 지은, 흙담에 풀을 얹은 초옥이었다.

그 당시에는 자리가 잡히는 대로 집을 다시 지어야겠다고 계획했었다.

그런데 단상익이 졸지에 징소를 당해 북방으로 끌려갔다가 다리 병신이 되어 돌아왔으니, 그때 심정으로는 살아생전에는 새집을 짓지 못하리라 여겼었다.

그러나 지금의 그는 심첩촌의 어떤 사내보다 건강하고 날쌘 장정이 되었다.

지금 살고 있는 집은 너무 낡아서 언제 무너질지 모르는 위험한 상황이었다.

임시로 대충 지었던 집이 십 년 동안이나 단상익 가족의 보금자리가 돼주었으니 그나마 오래 버텨준 셈이었다.

또한 단상익이 새집을 지으려는 이유 중 하나는 화무린을 이곳에 붙잡아두고 싶다는 작은 소망 때문이었다.

언감생심 당치 않은 일인 줄 알지만, 그 당치 않은 욕심을 부려보고 싶었다. 그것은 단상익뿐 아니라 가족 모두의 바람이었다.

그러자면 헌집은 곤란했다. 그에게 크고 좋은 방을 만들어주어서 그가 이곳에 정을 붙이는 데에 조금이나마 보탬이 됐으면 하는 기대를 갖고 있었다.

지금이 한겨울이라는 악조건도 그의 새집을 갖고 싶다는 열망을 식히지는 못했다.

화무린이 나무를 가져오지 않았어도 다리가 낫는 대로 새집을 지으려고 계획했던 그다.

아내와 노모는 봄이 되어 얼어붙은 땅이 녹고 날이 어지간히 풀리면 시작하라고 종용했지만 그런 소리가 그의 귀에는 들리지 않았다.

그는 새집을 완성하는 데에 한 달 보름을 잡았다. 혼자 힘으로는 짧게 잡은 것이다.

"집을 지을 줄 아오?"

화무린이 나직이 물었다.

"하하! 이곳에 들어오기 전에는 청원성에서 목수 조수 일을 오륙 년 동안 했습니다! 고래 등 같은 장원이 아니라면 웬만한 집은 눈 감고도 지을 수 있습니다!"

단상익은 유쾌하게 웃었다.

그의 아내는 눈이 부신 듯 남편을 바라보았다.

단상익은 군역에서 돌아온 후 웃음을 잃었었다. 기껏 웃는다고 해야 소리없이 미소를 짓는 정도였고, 아니면 자신의 신세를 한탄하는 쓴웃음이 대부분이었다.

그런 그가 다친 다리에 부목을 댄 날부터 잃었던 웃음을 되찾았다.

그리고 날이 갈수록 웃음소리가 점점 커지더니, 부목을 떼고 제 발로 걷고 뛰게 된 후로는 방금처럼 목젖이 보이도록 호방하게 자주 웃음을 터뜨렸다.

아내는 그런 남편의 웃는 모습이, 그리고 웃음소리가 눈물이 날 만큼 좋았다.

"그럼, 어디 한번 새집을 지어봅시다."

화무린이 팔을 걷어붙이면서 말하자 단상익 부부는 화들짝 놀라는 표정을 지었다.

화무린은 하루 이틀 정도는 새집을 짓는 데 투자해도 좋다는 계산을 했다.

그렇지 않아도 방 두 칸짜리 집의 한 칸을 독차지하고 있어서 그것이 영 미안했던 그다.

단상익만큼은 아니더라도 새집을 짓는 일에 그도 적극 찬성이었다.

단상익은 크게 당황해서 두 팔을 저으면서 만류했다.

"그, 그러지 않으셔도 됩니다, 무사님! 이 정도는 저 혼자 해도 충분합니다!"

하지만 그는 화무린의 고집이 쇠심줄이라는 사실을 모르고 있었다.

"어찌해야 하는지 가르쳐 주시오."

단상익은 화무린을 만류할 수 없음을 깨닫고는 자신의 경솔함을 뉘우쳤다.

"죄송합니다. 제가 무사님을 번거롭게 해드렸군요."

그는 가르쳐 달라는 것은 가르쳐 주지도 않은 채 연신 고개만 굽신거렸다.

그러자 화무린이 단상익 아내에게 불쑥 물었다.

"부인, 당신 남편이 원래 쓸데없는 말을 저렇게 많이 하는 사람이오?"

농담을 할 줄 모르는 화무린인지라 딱딱한 표정으로 말했지만, 그와 두 달 가까이 함께 생활한 단상익의 아내는 그의 성격을 어느 정도 간파했기 때문에 그것이 농담이라는 사실을 알아차리고 손으로 입을 가리고 긱 웃었다.

그때 화무린이 팔짱을 끼며 한술 더 떴다.

"아무래도 당신 남편은 말로 집을 지으려는 것 같소. 올 겨울에는 새집에서 잠을 자긴 틀렸소."

"아핫핫핫핫핫!"

입을 꼭 다물면서 간신히 참고 있던 아내의 웃음보가 그예 터지고 말았다.

그녀는 두 손으로 배를 움켜잡고 눈물을 흘리면서 웃음을 멈추지 않았다.

"헛헛, 이것 참. 당신은 내가 팔불출이 된 것이 그렇게도 즐겁소?"

단상익의 그 말은 활활 타오르는 불길에 기름을 끼얹는 격이 되고 말았다.

아내는 바닥에 털썩 주저앉더니 숨을 못 쉴 정도로 신음 소리를 내며 웃어댔다.

그녀의 웃음소리에 노모와 비홍이 놀라서 달려나왔다.

며느리가, 그리고 어머니가 그렇게 웃는 모습을 시어머니와 아들은 처음 본 것이다.

단상익의 아내가 눈물 반, 콧물 반을 흘리면서 해주는 설명을 듣고 난 노모와 비홍은 멀뚱한 표정으로 머리를 긁적이고 있는 단상익을 한동안 쳐다보다가 갑자기 발을 동동 구르면서 웃음을 터뜨렸다.

"땅은 왜 파는 것이오?"

화무린의 물음에 단상익이 잠시 어이없는 표정을 지었다가 공손히 대답했다.

"집을 지으려면 우선 집터를 일정한 깊이로 파야만 합니

다. 특히 통나무집은 돌이나 벽돌보다 약하기 때문에 기초가
더 튼튼해야 하지요.”

“그 이유는 통나무집의 기초가 될 기둥을 세워야 하기 때
문이오?”

“그렇습니다.”

“기둥은 몇 개나 세울 생각이오?”

“방 세 칸에 주방 하나, 그리고 거실 하나 정도니까, 돌아가
면서 네 귀퉁이에 하나씩 네 개를 박아야 합니다.”

거기까지 설명을 듣고 난 화무린은 나무를 쌓아놓은 집 앞
마당으로 내려가 잠시 나무를 고르더니 그중에서 가장 굵고
똑바른 것을 가리켰다.

“이 정도면 기둥으로 적합하오?”

“최상입니다.”

그러자 화무린은 이리저리 살피고 나서 그와 비슷한 나무
네 개를 골라낸 후 집터를 올려다보며 말했다.

“모두들 움직이지 마시오.”

단상익과 아내, 비홍, 노모가 그 말이 무슨 뜻인지 제대로
이해하지 못해서 어리둥절하고 있을 때 화부린이 마지 상석
개비를 다루듯이 골라놓은 통나무 네 개를 집터를 향해 슬쩍
슬쩍 집어 던졌다.

단상익네 네 식구는 소스라치게 놀라 입을 딱 벌리면서 몸
이 그 자리에서 얼어붙고 말았다. 화무린이 굳이 움직이지 말

라고 주의를 줄 필요도 없었다.

쿠쿠쿵!

네 개의 나무는 집터로 잡아놓은 네 귀퉁이에 정확하게 떨어졌다.

"여기에 박으면 되오?"

모두들 아연실색에서 깨어나기도 전에 화무린이 다가와 단상익에게 물었다.

그가 가리키고 있는 곳은 조금 전에 단상익이 파고 있던 구덩이였다.

"그, 그렇습니다."

"깊이는?"

"깊… 을수록 좋습니다."

단상익은 아직도 정신을 차리지 못했다. 그래서 그는 실언을 하고 말았다.

깊을수록 좋다니…….

화무린은 십오 척 정도 길이에 굵기가 두 아름에 조금 못 미치는 통나무 하나를 마치 솜방망이처럼 가볍게 들어올려 단상익이 파다가 만 구덩이에 똑바로 세웠다.

단상익은 그가 대체 무엇을 하려는 것인지 의도를 알아차리지 못했다.

그뿐만 아니라 다른 사람도 마찬가지였다.

화무린은 구덩이 밖에 서서 똑바로 세운 통나무를 두 팔로 안고 약간 위로 들어올린 다음 조금도 힘을 주지 않고 아래로 가볍게 내리찍었다.

퍼억!

둔탁한 음향과 함께 믿을 수 없는 일이 벌어졌다.

십오 척 길이의 통나무 삼분의 이가량이 두부에 젓가락 찔러 넣듯이 땅속으로 쑥 박히고 만 것이다.

단상익네 네 식구는 아무도 입을 열지 못했다. 그들은 자신들이 지금 필경 꿈을 꾸고 있다고 여겼다.

어떻게 사람의 힘으로 저토록 거대한 통나무를, 그것도 얼음처럼 단단한 땅속에 무려 십 척이나 깊게 박을 수 있단 말인가?

더구나 화무린이 힘을 주는 시늉조차 하지 않은 것을 그들은 똑똑히 보았었다.

그런데 땅에 기둥을 박고 난 화무린은 머쓱한 표정을 지으며 머리를 긁적였다.

집을 짓는 일에는 문외한이라고 할 수 있는 그가 보더라도 기둥이 땅 위로 오 척 남짓 솟아서는 기둥으로서의 역할을 하지 못할 것 같았다.

"힘 조절이 잘 안 돼서 너무 깊이 박았군."

그는 귀신을 본 것 같은 표정을 짓고 있는 단상익을 보며 물었다.

"정확히 말해보시오. 얼마나 박으면 되오?"

“으앗!”

단상익은 화들짝 놀라 후닥닥 뒷걸음질쳤다.

이후 단상익네 가족이 화무린의 역발산 같은 어마어마한 힘을 약간이나마 이해하고 받아들이는 데에는 이각 정도의 시간이 소요됐다.

第六十四章

구성혈사(九星血蛇)

　단상익은 새집을 지으려고 처음에 세웠던 계획을 불가피
하게 수정할 수밖에 없었다.

　처음에는 언 땅에 집을 짓는 것이 무리라고 생각하여 적당
한 크기의 집을 계획했었다.

　그런데 화무린이 너무도 간단하게 기둥을 박는 것을 보고
는 욕심이 생겼다.

　그래서 처음에 계획했던 집의 크기보다 두 배 정도 더 큰
집을 짓기로 계획을 수정한 것이다.

　서재까지 포함해서 방이 다섯 개에 거실과 주방은 처음 계
획보다 두 배 이상 커졌다.

그래서 처음에는 기둥이 네 개 필요했지만, 수정된 계획에 의하면 여덟 개의 기둥이 필요했다.

그리고 화무린이 여덟 개의 기둥을 언 땅에 오 척 깊이로 박는 데에는 불과 반 각 정도가 걸렸을 뿐이다.

결론적으로 말하자면, 새집은 하루 만에 완성됐다. 심첩촌에서 가장 크고 훌륭한 통나무집이었다. 그렇지만 겉만 완성된 집이었다.

집 안에 들어갈 여러 종류의 가구와 바닥재는 이제부터 만들어서 넣어야 했다.

다음날 아침이 됐는데도 화무린은 무공을 연마하러 산에 올라갈 생각을 하지 않고 있었다.

이왕지사 돕기로 마음먹었으니 집이 완성될 때까지 도울 생각이었다.

"바닥은 옥돌이 좋지 않겠소?"

아침 식사를 하는 중에 화무린이 단상익에게 불쑥 물었다. 자신도 모르는 사이에 그는 새집을 짓는 일에 단상익만큼 푹 빠져 있었다.

처음에 단상익은 그 말이 무슨 뜻인지 금세 알아차리지 못하고 씹던 음식을 우물거리면서 화무린을 쳐다보다가 잠시 후에야 깨닫고는 깜짝 놀랐다.

"어이구! 옥돌은 부잣집 바닥에나 까는 것입니다. 우리 같은 사람들은 언감생심 꿈도 못 꿀 일이지요.”

화무린은 의아한 표정을 지었다.

“어째서 그렇소?”

“바깥 세상에서 옥돌은 가장 싼 것이 한 장당 은자 열 냥은 줘야 합니다.”

한 장이란 가로세로 각각 석 자를 가리킨다.

“여긴 바깥 세상이 아니잖소?”

“옥돌이 비싼 이유는 아주 많지만, 그중에서 가장 알기 쉬운 이유는 첫째, 귀하기 때문이고, 둘째, 워낙 단단해서 자르고 가공하기 어렵기 때문입니다.”

화무린은 알아들었다는 듯 고개를 끄덕였다.

“당신 말은 옥돌을 구해서 자르고 다듬기만 하면 바닥재로 사용할 수 있다는 것이오?”

“물론입니다. 사실 이곳 강가에는 바깥 세상에서도 귀한 여러 종류의 옥돌바위가 많습니다. 하지만 그것을 자르는 것은 불가능합니다.”

“왜 그렇소?”

단상익이 보기에 화무린은 자꾸 어처구니없는 질문만 하고 있었다.

그러나 그는 공손한 태도를 잃지 않았다.

“도구가 없기 때문입니다. 바위를 켜서 바닥재로 만드는 도구는 한두 가지가 아닐뿐더러 크기와 무게가 보통이 아닙니다. 게다가 저는 전문가가 아니라서 도구가 있다고 해도 바위를 자를 엄두도 내지 못합니다.”

그의 설명인즉, 강가에 옥돌바위가 지천으로 깔려 있지만 도구와 기술이 없으니 말 그대로 독장수의 셈이고 그림의 떡[甕算畵餠]이라는 것이었다.

아침 식사 후에 화무린은 곡창으로 가서 감춰두었던 은오검을 꺼내왔다.

이어서 단상익을 앞장세워 강가로 내려갔다. 비홍이 잔뜩 호기심 어린 표정으로 쭐레쭐레 따라왔다.

“어디, 바닥재로 쓸 만한 옥돌바위를 골라보시오.”

단상익은 화무린이 곡창에서 은오검을 갖고 나오는 것을 보고는 그의 의도를 대충 짐작할 수 있었다.

은오검으로 옥돌바위를 자르겠다는 뜻인 것 같은데, 단상익의 소견으로는 말도 안 되는 짓이었다.

괜히 검이 부러지거나 못쓰게 되는 것은 아닌지 벌써부터 조바심이 나는 그였다. 옥돌바위는 보통 바위보다 강도(强度)가 서너 배 이상이었다.

“이것입니다.”

단상익이 못 미더운 표정으로 가리킨 바위는 표면에 흐릿하게 붉은색이 감도는 꽤 커다란 바위였다.

높이 일 장 반, 폭 일 장 정도의 둥근 형태였다.

“두께는 얼마면 되오?”

“두세 치 정도면 적당합니다.”

화무린은 천천히 바위 앞으로 다가가더니 오른손에 은오검을 쥐고 바위 앞에 우뚝 섰다.

그는 될 수 있으면 단상익네 가족이 있는 곳에서는 무공을 발휘하고 싶은 생각이 없었지만, 일이 이렇게 된 이상 어쩔 수가 없었다.

집을 겉만 완성한 채 단상익에게 맡겨놓았다가는 부지하세월일 테니까 말이다.

게다가 화무린은 얼마나 근사한 새집이 완성될 것인지 한시바삐 보고 싶었다.

그때 단상익은 화무린의 키가 갑자기 쑥 커지는 것을 발견하곤 깜짝 놀랐다.

그러나 비홍은 화무린이 우뚝 선 자세에서 몸이 느릿하게 수직으로 떠오르고 있는 것을 발견했다.

비홍은 화무린의 행동을 하나도 놓치지 않으려는 듯 눈도 깜빡이지 않고 숨도 쉬지 않았다.

바위보다 두 자 정도 높이 떠오른 화무린은 은오검을 머리 위로 치켜들었다가 바위의 오른쪽 가장자리를 향해 번개같이 내리그었다.

쉬익!

충분한 공력을 주입시켜서 내려치는 것이지만 단상익 부

자에겐 그저 나무토막을 자르는 것처럼 대수롭지 않은 동작 정도로만 보였다.

스사사사삭—!

뒤를 이어 미풍이 풀잎을 가벼이 흔드는 듯한 미약한 음향 이 연이어서 흘러나왔다.

슷—

움직임을 멈춘 화무린은 느릿하게 하강하여 두 발이 백사 장에 구름처럼 가볍게 닿았다.

그러나 옥돌바위는 멀쩡했다. 하긴, 검이 바위에 닿는 것을 보지도 못했으니 멀쩡할 수밖에 없을 것이라고 단상익 부자 는 생각하고 있었다.

화무린은 은오검을 어깨의 검집에 꽂으면서 씁쓸한 얼굴 로 중얼거렸다.

"잘못 생각했군."

그는 일단 옥돌바위를 새집 앞으로 옮긴 다음 그 자리에서 잘랐더라면 번거롭지 않았을 것을 이미 잘라 버렸기 때문에 그것을 옮기는 것이 조금쯤은 성가시게 됐다는 뜻으로 말한 것이었다.

그러나 단상익 부자는 화무린이 생각하고 있는 것보다 옥 돌바위가 단단한 것 같아서 검을 휘둘러 보지도 않고 포기한 것으로 오해를 했다. 검이 바위에 부딪치는 소리가 들리지 않 았기 때문이다.

“일단 옮겨야겠소.”

화무린은 바위로 다가가며 소매를 걷어붙였다.

언제나 그랬던 것처럼 단상익 부자는 화무린이 무엇을 하려는지 짐작조차 하지 못했다.

화무린은 두 팔을 한껏 벌려 바위를 끌어안았다. 그러나 그의 두 팔은 바위의 절반도 안지 못했다.

이 정도 큰 바위를 안으려면 팔이 대여섯 개쯤은 더 있어야 할 것이다.

화무린의 독수리처럼 활짝 벌린 열 개의 손가락이 바위를 뚫고 깊숙이 박혔다.

그것을 본 단상익 부자의 눈이 화등잔처럼 커졌다.

화무린은 조심스럽게 바위를 들어올렸다. 이 정도 바위를 들어올리는 데에는 공력의 일 할조차 소요되지 않으므로 군이 힘을 줄 필요는 없었다.

그렇지만 이미 잘라진 바위가 흐트러지지 않도록 조심을 기해야만 했다.

무게가 족히 칠팔천 근 이상은 나감 직한 바위를 화무린은 수수깡 더미를 다루듯이 가볍게 들고 집 쪽으로 걸음을 옮기기 시작했다.

“맙소사!”

화무린이 이것과 비슷한 괴력을 발휘하는 것 때문에 이미 여러 차례 놀란 적이 있는 단상익 부자지만 이번에도 어김없이 놀랐다.

두 사람은 몽유병자처럼 화무린의 뒤를 따를 뿐이었다.

잠시 후 화무린은 새집 앞에 당도하여 조심스럽게 바위를 내려놓고는 이마의 땀을 닦았다.

무거워서가 아니라 이미 얇게 자른 옥돌바위가 깨질까 봐 조심을 기했기 때문이었는데, 단상익 부자는 그가 힘이 들어서 그러는 것이라고 여겼다.

화무린은 잠시 새로 지은 집 안에 들어가 실내를 한 바퀴 둘러보고 나왔다. 실내가 어느 정도 넓이인지 가늠해 보기 위해서였다.

그 결과, 방금 들고 온 바위 크기의 정도 대여섯 개는 더 필요할 것 같았다.

"갑시다."

화무린은 강가로 걸음을 옮기며 단상익을 불렀다. 옥돌바위를 골라줘야 하기 때문에 그가 필요했다.

"저… 무사님, 힘들 게 옮겨놔 봤자 자르지 못하면 아무 소용이 없습……."

쩌쩡!

단상익은 바위를 가볍게 두드리면서 화무린의 무익한 행동을 만류하려다가 갑자기 바위에서 터져 나오는 소리 때문에 깜짝 놀라 말을 멈추고 쳐다보았다.

스르르―

단상익 부자가 놀라서 쳐다보고 있는 동안 바위가 옆으로 기우뚱 눕듯이 쓰러지면서 마치 칼로 무를 켜켜이 자른 것처럼 얇게 나뉘어졌다.

도합 스물두 장의 옥돌 바닥재가 두 치 두께로 정확하게 잘라져서 땅에 물결 무늬처럼 놓여 있었다.

“어… 어느새…….”

잘라진 단면은 은은한 홍광을 흩뿌리고 있었다.

또한 어느 것 하나 두께가 다른 것이 없이 균일했다.

단상익은 자신이 골라준 옥돌바위가 바깥 세상에서는 가로세로 석 자 크기 한 장에 무려 은자 오십 냥이나 하는 최고급 홍옥강석(紅玉剛石)이라는 사실을 눈으로 직접 보면서도 믿어지지가 않았다.

화무린은 단상익이 골라준 강가의 옥돌바위 다섯 개를 새집 앞으로 가져와서 잘랐다.

자른 옥돌을 네모 반듯하게 다듬는 것은 일도 아니었다. 그것으로 새집의 바닥을 까는 일은 완성됐다. 그리고도 옥돌 바닥은 삼분의 일이나 남았다.

단상익은 다년간 목수의 조수 일을 했기 때문에 나무를 잘 다룰 줄 알았다.

또한 어떤 나무가 가구를 만드는 데 적합한지 고르는 데에는 일가견이 있었다.

화무린은 단상익이 가구를 만드는 모습을 묵묵히 지켜보다가 흥미를 느꼈다.

그래서 나중에 복수가 끝난 후 소군과 은거 생활을 하게 되면 필요한 기술일 것이라는 생각이 들어서 조금씩 단상익을 거들다가 얼마 지나지 않아서는 제 스스로 이리저리 재가면서 가구를 만들기 시작했다.

화무린은 타고난 손재주를 지니고 있었다. 그는 금세 가구를 만드는 방법의 요령을 터득하여 의자와 탁자, 서가 따위를 뚝딱뚝딱 만들어냈다.

단상익네 가족과 화무린은 집을 짓기 시작한 지 사흘 만에 새집으로 이사했다.

마을 사람들이 모두 궁금해하고 놀러 오고 싶어했지만 단상익은 아무도 부르지 않았다. 화무린을 그들에게 보이지 않으려는 의도였다.

그날 밤에 다섯 사람은 새집 거실 한가운데에 만들어놓은 북방식(北方式) 화덕가에 빙 둘러앉아 조촐한 작은 잔치를 벌였다.

단상익이 징소로 끌려갔을 때 주둔했던 북방에서는 이런 식의 화덕을 사용한다고 했다.

거실 한복판에 가로세로 다섯 자 길이의 정사각형의 바닥을 움푹 들어가게 만든 다음, 바닥과 주위에 남은 옥돌을 알맞게 잘라서 돌려대고, 위쪽에는 낮게 연통을 만들어서 연기를 배출시키는 방식이었다.

화덕에 불을 지피면 거실 전체가 훈훈했으며, 필요에 따라서는 고기를 구워 먹거나 요리를 할 수도 있으며, 조명을 위해서 따로 유등을 밝힐 필요도 없었다.

새집의 바닥은 거실에는 홍옥, 주방에는 청옥, 각 방은 남옥과 취옥을 깔았으며, 그 위에 호피와 웅피(熊皮:곰 가죽)를 남김없이 푹신하게 깔았다.

화무린은 처음으로 대호를 잡아온 이후 지금까지 스무 마리 정도의 호랑이와 곰을 더 잡아왔다.

호랑이와 곰은 단상익에 의해서 솜씨 좋게 해체되어 고기는 곡창의 큰 독에 넣어두었고 껍질은 잘 말려서 깔개와 외투(外套)로 만들어졌다.

그날 밤에 심첩촌에 함박눈이 펑펑 내렸다.

그해 마지막 달에 내린 첫눈이었다.

아침 일찍 산에 올라온 화무린은 하루 종일 경공인 탄영비활만 수련하고 있었다.

처음 천황무록을 정리할 때 그는 탄영비활을 배울 것인가 말 것인가를 두고 한동안 고민을 했었다.

경공이라면 이미 쾌풍운을 지니고 있었고, 그것만으로도 충분히 만족하고 있었기 때문이다.

결론적으로 말하자면, 탄영비활을 배우기로 한 것은 탁월

한 결정이었다.

사실 그는 탄영비활을 조금 배우다가 시원치 않으면 때려치울 생각이었다.

그러나 그는 탄영비활을 배우기 시작한 다음날 그것의 매력에 흠뻑 심취해서 하마터면 보배를 놓칠 뻔했던 자신의 우둔함을 자책해야만 했다.

슈우우―

그는 지상에서 칠팔 장 높이의 허공에서 나뭇잎이 다 떨어진 빽빽한 나무 사이를 길고 구불구불한 궤적을 남기면서 빠르고도 민활하게 쏘아가고 있었다.

그가 마지막으로 눈이 수북이 쌓인 땅을 디딘 것은 이각 전이었다.

다시 말해서 그는 탄영비활을 전개하여 무려 이각 동안이나 허공을 유영하고 있는 중이었다.

탄영비활은 몇 가지 놀라운 장점을 지니고 있었다.

첫째, 단 한 움큼의 진기만으로도 장시간 동안 허공에 떠 있을 수 있었다.

그렇다고 그저 허공에 정지한 상태로 떠 있기만 한다는 뜻이 아니다.

어디로든, 그리고 빠르게 이동을 하면서 체공(滯空)해 있는 것이다.

전체적인 빠르기로 치자면 탄영비활보다는 쾌풍운이 조금

더 빠르다.

그러나 쾌풍운의 단점은 빨리 달리면 달릴수록 공력의 소모가 심하다는 것이었다.

그래서 먼 곳에 빨리 달려가서 도착하자마자 싸워야 할 경우가 생긴다면, 공력이 크게 저하되어 싸움에 막대한 지장을 초래하게 될 것이다.

둘째, 장거리는 쾌풍운이 빠르지만 단거리는 탄영비활이 압도적으로 빨랐다.

탄영비활은 한 움큼의 공력만으로도 오랜 시간 동안 전개하면서 멀리까지 갈 수 있지만, 두 움큼, 혹은 그 이상의 공력을 주입하여 순간적으로 발휘하면 믿을 수 없을 정도로 놀라운 속도를 발휘한다.

더구나 탄영비활은 아주 세밀해서 자신이 원하는 위치의 몇 치까지 정확하게 이동이 가능하며, '탄영(彈影)'이라는 이름이 말해주듯이 단거리에서의 빠르기는 빛으로 쏘아낸 그림자인 것처럼 빠르다.

오늘만이 아니라 화무린은 지난 열흘 내내 줄곧 탄영비활을 연마했다.

검법을 화살이라고 한다면, 경공은 그 화살을 쏘아내는 활이다. 경공이 시원치 않으면 일신에 아무리 막강한 무공을 지녔다고 해도 그 진가를 제대로 발휘하지 못하는 것은 당연한 일이다.

비교할 무언가가 없다면 자신의 무공이 어느 정도 수준인지 모를 수밖에 없다.

화무린은 경공으로는 쾌풍운만 익혔기 때문에 그것이 최고인 줄 알고 있었지만, 탄영비활을 익히고 나자 쾌풍운의 장단점이 일목요연하게 보였다.

화무린은 한 그루 높은 소나무 꼭대기에 소리없이 오른 발끝으로만 내려섰다.

가느다란 나무 꼭대기는 미동조차 하지 않았으며 눈가루도 날리지 않았다.

눈은 그쳤고, 하늘은 쳐다보기만 해도 가슴이 시릴 만큼 푸르고 맑았다.

그는 서북쪽을 쳐다보았다. 하늘의 허리를 동강 낸 듯 높고 긴 산등성이가 가로막혀 있었다.

그렇지만 그곳으로 끝없이 향하고 있는 그의 마음만은 가로막지를 못했다.

그 너머에는 안국현이 있다.

어쩌면 그곳에서 아직도 소군이 화무린 자신을 찾아 헤매고 있을지도 모른다.

아니, 그녀는 분명히 그곳에 있을 것이다. 화무린의 모습을 보기 전에는 그곳을 떠나지 못할 것이 분명했다. 그녀는 그러고도 남음이 있었다.

화무린은 소군이 너무나도 보고 싶었다.

삼 년 반 만에 관도상에서 기적적으로 다시 만났었는데, 하필이면 원수를 갚으러 승룡장으로 가는 분초를 다투는 다급한 상황이어서 얘기도 별로 나누지 못했고 밀린 회포도 풀지 못했다.

이제 와서 돌이켜 생각해 보니 그것이 너무도 아쉬웠다. 소군과 조금이라도 더 얘기를 나누었더라면, 정겨운 그녀의 얼굴을 조금만 더 바라보았더라면 하는 후회가 밀려들었다.

화무린이 심첩촌에 들어온 지 오늘로서 딱 석 달이 됐다.

적혈군과 흑멸신에게 당했던 내상은 완전히 치유됐으며 공력도 원래대로 회복됐다.

그런데도 그가 강호로 나가지 못하고 아직도 이곳에 머물러 있는 이유는 두 가지 때문이었다.

그는 천황무록의 다섯 가지 절학, 즉 천황오무를 연마하는 틈틈이 천지조화검을 연마했다.

그러는 중에 한 가지 사실을 깨닫게 되었다.

그것은 천지조화검이 삼절제룡수나 금봉신추에 비해서 크게 위력적이지 않다는 사실이었다.

믿기 어려운 일이었다. 설마 하는 마음에 그는 수십 번이나 천지조화검 삼 초식을 전개하면서 삼절제룡수, 금봉신추과 비교하고 또 비교했다.

그러나 결과는 언제나 같았다. 천지조화검은 삼절제룡수와 금봉신추에 비해 월등히 뛰어나지 않았다.

아니, 냉정하게 생각하면 비슷한 수준일 수도 있었다.

어쩌면 금나수법인 삼절제룡수와 편법인 금봉신추를 검법인 천지조화검과 비교한다는 것 자체가 약간은 무리라고 생각할 수도 있다.

그렇지만 무공이 어느 정도 경지에 이른 사람이라면 그것이 그다지 문제될 것이 없다는 사실을 알고 있다.

어떤 무공을 사용하든 위력이라는 것을 재는 척도는 같기 때문이다.

더구나 일류고수 이상의 인물이라면 그런 것들을 본능적으로 느낄 수 있다.

그래서 그것 때문에 화무린은 혼란스러웠다.

의형인 단궁천은 천지조화검이 천상성계의 최고 절학이며, 오십 년 전에 성존이 천녀황을 굴복시켰던 신의 무공이라고 침이 마르도록 치켜세웠었다.

굳이 단궁천의 장황한 설명이 아니더라도 화무린 역시 천지조화검이 지상의 그 어떤 무공보다 강하다는 사실을 굳게 믿고 있었다.

그것은 천지조화검의 구결이 대변해 주고 있었다. 구결을 보면 무공의 진가를 알 수 있는 것이다.

구결만으로 논한다면 천지조화검은 태양이고, 삼절제룡수와 금봉신추은 월광 정도의 수준이었다.

그런데 막상 전개해 보면 정작 위력적인 면에서는 세 가지 무공이 큰 차이가 없었다.

그 원인이 무엇이고 해결책이 무엇인지 찾아내느라 화무린은 밤에도 잠을 이루지 못할 정도였다.

그가 강호로 나가는 것을 미루고 있는 또 한 가지 이유는 그의 무공의 근원이라고 할 수 있는 조화무극심법과 화무린 자신의 공력에 관한 것이었다.

그는 어린 나이에 부친이 전수해 준 조화무극심법의 구결을 모두 외웠다.

그 후 가문이 멸문하여 수년 동안 방랑 생활을 하면서 추위와 굶주림, 그리고 온갖 고통으로부터 그를 보호해 준 것은 조화무극심법이었다.

어린 시절의 그는 천하를 떠돌면서 고통이 엄습할 때마다 조화무극심법을 운공했다. 그것이 마지막 구원이기라도 하듯 결사적으로 매달렸다.

한밤중에 골목 안의 굴뚝 옆에 웅크리고 앉아서, 눈보라가 몰아치는 다리 아래에서, 그리고 몰매를 맞아 피투성이가 된 채 벌판에 버려진 상태에서도 운공만이 살길인 것처럼 운공에 매달렸다.

그 결과 그가 축록방에 들어간 십이 세 무렵에는 조화무극심법의 난해한 구결을 거의 완벽하게 이해할 수가 있었다.

조화무극심법은 모두 다섯 단계로 나뉘어져 있다.

화무린이 축록방에 있을 때에는 일 단계였으며, 구중천

에 들어갈 무렵에는 이 단계, 구중천에 올라가 일 년째에 삼 단계에 도달했다.

그런데 그게 끝이었다. 아무리 피땀 흘리면서 기를 써도 더 이상의 진전이 없었다.

이제 며칠만 더 지나 해를 넘기면 삼 단계에 도달한 지 사 년째가 된다.

여태까지의 상황이나 기간, 그리고 그가 이 갑자에 달하는 공력을 지니고 있다는 점을 감안한다면 그는 이미 오래전에 오 단계에 도달했어야만 했다.

그런데도 그는 사 단계의 입구를 찾지 못한 채 허덕이고 있는 것이다.

구결은 이미 다 이해하고 있는데 도대체 원인이 무엇인지도 모르고 있는 상황이었다.

그래서 더 미칠 듯이 답답했다.

천하의 모든 일에는 반드시 원인이 있고 과정이 있으며 결과가 있는 법이다.

그것은 삼라만상의 철리(哲理)인 것이다. 그것을 거스르는 것은 전무하다.

원인을 알면 결과를 유추해 낼 수 있으며, 방법을 도출해 낼 수도 있다.

그런데 현재의 화무린은 원인조차 알지 못하는 결과를 이 끌어내기 위해서 그저 무의미한 운공조식만 반복하고 있을 뿐이었다.

천지조화검과 조화무극심법.

그 두 가지 때문에 그는 내상이 회복되고 공력이 회복됐음에도 이곳을 떠나지 못하고 있는 것이었다.

몰랐으면 모르되, 알게 된 이상 이렇게 어정쩡한 상태로 강호에 나가 원수를 상대할 수는 없었다.

조화무극심법의 사 단계로 들어서기만 하면 한순간에 공력이 급증할 것 같았다. 그리고 무언가 신기원(新紀元)적인 현상이 나타날 것만 같았다.

그의 답답함은 마치 온몸을 태울 듯한 태양열이 내리쬐는 사막을 헤매면서 금방이라도 죽을 것 같은 갈증에 허덕이고 있는 것과 비슷했다.

어느 방향으로 가야 하는지, 어느 곳에 물이 있는지 전혀 모르는 채 무작정 헤매고 다니는 것 말이다.

그러나 사실 그가 조화무극에 대해서 모르고 있는 중요한 한 가지가 있었다.

조화무극은 일 단계에서 삼 단계까지가 심법이고, 사 단계와 오 단계는 신공(神功)이라는 사실을.

그리고 그것들이 각각 조화심법(造化心法)과 무극신공(無極神功)이라고 불린다는 사실은 더욱 알지 못했다.

'북경 대회합은 어떻게 됐을까?'

문득 갑자기 그런 생각이 들었다.

자신과는 추호도 상관이 없다고 여겼던 일이 왜 갑자기 떠올랐는지 모를 일이었다.

천녀황이 혈도신과 용비, 그리고 천외무적군을 이끌고 구중천을 공격하러 간다고 했는데 그것은 또 어떻게 되었는지도 궁금했다.

내 몸은 내 마음대로 할 수가 있는 데 반해서, 생각이란 것은 자신의 머리로 하는 것인데도 불구하고 내 마음대로 되지 않았다.

자신과는 하등의 상관이 없는 일이라면서 손톱만큼도 생각하지 말아야겠다고 다짐하고서도 시도 때도 없이 불쑥불쑥 구중천과 북경의 대회합, 당쾌가 걱정하던 무림과 천하의 안위 같은 것들이 생각났다.

그리고 한순간이라도 떠올리기조차 싫은, 생각하는 순간 활화산처럼 끓어오르는 분노 때문에 온몸이 폭발해 버릴 것만 같은 것이 있었다.

혈옥녀.

바로 친누나 화여옥에 대한 일이었다.

그녀가 천녀황의 제자가 되었으며, 중조산 혈주봉에서 마녀로 탄생하여 친어머니를 죽인 사실은 몸부림을 치면서 믿고 싶지 않은 일이었다.

그러나 여러 정황으로 미루어볼 때 그것은 움직일 수 없는 사실인 것 같았다.

당쾌가 해주었던 안읍 풍래장에서의 자세한 설명, 그리고 미혼약을 먹인 구령후의 실토.

화무린은 장차 누나를 만나게 되면 뭘 어떻게 해야겠다는 생각을 아직까지 해본 적이 없다.

어쩌면 마녀가 되어 친어머니를 죽인 누나를 만나는 것을 두려워하고 있는지도 몰랐다.

아니, 그것이 화무린의 솔직한 심정이었다.

누나와 마주치게 되면 당연히 불거져 나올 그 기막힌 상황을 회피하고 싶은 것이다.

그러나 누나는 하늘 아래에 남아 있는 단 하나뿐인 혈육이기도 했다.

"빌어먹을……."

기분이 엉망이 돼버린 화무린의 입술 사이로 비틀린 중얼거림이 흘러나왔다.

그는 땅으로 내려가서 한바탕 삼절제룡수를 수련하리라 생각했다.

아니, 수련이 아니다.

가슴속에서 미친 듯이 들끓고 있는 분노를 터뜨리는 분풀이를 하고 싶었다.

산속의 아름드리 나무 수십 그루를 부러뜨리고 뽑아버리면 가슴이 조금쯤은 시원해질 것 같았다.

슈우—

그는 발끝으로 나무 꼭대기를 가볍게 박차면서 두 팔을 활짝 벌리고 아래로 비스듬히 하강했다.

그것은 한 마리 독수리가 바람을 한껏 받고 여유롭게 비행하는 활공(滑空)처럼 우아한 비행이었다.

"……!"

그때였다.

지상을 이 장여쯤 남겨둔 상태의 허공중에서 그는 무언가를 발견했다.

새하얀 눈 위를 빠르게 기어가고 있는 물체.

그 물체 역시 새하얀 색이어서 자칫했으면 발견하지 못할 뻔했다.

아니, 그 물체는 눈보다 더 흰색을 지니고 있었다. 더구나 은은한 흰빛을 뿜어내고 있어서 눈과 식별이 가능했는지도 모른다.

그 흰 물체는 뱀이었다.

그것도 희디흰 백사(白蛇)였다.

그런데 너무 빨랐기 때문에 눈으로 보면서도 저것이 설마 뱀인가 하는 생각이 들었다.

백사 바로 위 이 장 높이 허공에서 수평으로 백사가 기어가고 있는 속도와 같은 속도를 유지하면서 유유히 떠가고 있는 화무린은 한순간 무엇을 발견했는지 눈이 가볍게 빛났다.

백사의 눈이 피처럼 붉었다. 마치 두 개의 핏방울을 찍어놓은 것 같았다.

또한 머리에서부터 등 쪽으로 아홉 개의 별 모양의 새빨간 혈선이 두 치 간격으로 뚜렷이 새겨져 있었다.

순간 화무린은 입속으로 나직이 외쳤다.

'구성혈사(九星血蛇)다!'

착각이 아닌가 싶어서 다시 자세히 확인했지만 구성혈사가 틀림없었다.

그 다음은 더 이상 생각하지 않기로 했다. 지금은 뱀을 잡는 것이 급선무였다.

그가 구성혈사를 한눈에 알아본 것은 순전히 명천신기서 덕분이었다.

명천신기서에 의하면 구성혈사는 지상이 아닌 땅속에서 산다고 했다.

더 정확히 말하자면 용암 지대에서 구백 년 동안 살고 이후에는 지상으로 올라와 산다고 적혀 있었다.

백 년에 한차례 탈피(脫皮), 즉 허물을 벗는데, 한 번 탈피를 할 때마다 머리에서부터 등까지 일렬로 혈선이 하나씩 생겨서 구백 년이 지나 혈선이 도합 아홉 개가 되어야 비로소 구성혈사라고 불린다고 했다.

저놈은 머리에서 등까지 혈선이 아홉 개니까 완벽한 구성혈사였다.

구성혈사의 피는 금빛인데, 그것을 한 방울만 마셔도 만독(萬

毒)이 불침하고 그 어떤 요기나 사기에도 현혹되지 않는다고 했다.

구백 년 동안 산 구성혈사가 다시 지상에서 구백 년을 더 살면 심장이 사라지고 대신 그 자리에 여의단(如意丹)이라는 것이 생긴다고도 기록되어 있었다.

그러나 여의단이 어떤 효능을 지니고 있는지에 대해서는 명천신기서에도 기록이 없었다. 명천신옹도 그것까지는 알지 못한 듯했다.

어쩌면 천팔백 년씩이나 묵은 구성혈사가 아직까지 발견된 적이 없었는지도 모른다.

'운이 좋군!'

화무린은 공력을 약간 끌어올려 고도를 조금 더 높이면서 구성혈사를 따라갔다.

사실 그는 구성혈사의 피나 여의단이라는 것에는 별 관심이 없었다.

그가 흥미를 갖고 있는 것은 한 가지, 구성혈사의 껍질, 즉 사피(蛇皮)였다.

그것으로 한 자루 채찍을 만들기 위해서였다.

채찍의 재료는 여러 종류가 사용되지만 그중에서도 사피가 으뜸이다.

구백 년 이상 산 전설상의 영물 구성혈사의 사피라면 모르긴 해도 대단한 채찍을 만들 수 있을 것이라는 게 화무린의 생각이었다.

천황오무 중에 편법인 금봉신추를 제대로 연마하려면 채찍이 있어야 했다.

그런데 채찍은커녕 마땅한 무기가 없는 그는 줄곧 나뭇가지로 연마했었다.

그랬으니 금봉신추를 제대로 연마할 수도, 오묘한 변화를 깨우치기도 어려웠다.

구성혈사의 사피로 채찍을 만들어 금봉신추를 전개한다면 그 위력이 배가될 터이다.

문득 화무린의 눈이 가볍게 빛났다. 구성혈사가 막 탈피를 시작한 것이다.

구성혈사는 길이가 일곱 자에 달했으며, 굵기는 어린아이 허벅지 정도였다.

화무린은 모르고 있지만 사실 구성혈사는 꼭 한겨울 눈 위에서만 탈피를 한다.

구성혈사는 극양(極陽)에 속하는 영물[極陽靈物]이기 때문에 추운 겨울에, 그것도 차가운 눈에 몸을 비벼대야 묵은 껍질이 쉬이 벗겨진다.

보통의 뱀들은 탈피를 할 때 허물을 벗겨내려고 몸부림을 치기 때문에 경계심이 많아 흐트러진다.

탈피 과정은 매우 어려운데, 길게는 몇 시진씩 걸리는 경우도 허다하다.

또한 머리와 눈까지 탈피를 하기 때문에 눈이 껍질에 뒤덮여 있는 동안에는 주위의 사물을 제대로 구별하지 못하여 고스란히 위험에 노출된다.

화무린으로서는 지금이 구성혈사를 잡을 수 있는 절호의 기회인 셈이었다.

그는 은오검도 귀명비도도 모두 곡창에 감춰둔 채 맨손으로 산에 올라왔다.

하긴, 무기를 가지고 왔다고 해도 그것을 사용하여 구성혈사의 껍질에 흠집을 내어 보기 흉한 채찍을 만들고 싶은 생각은 조금도 없었다.

구성혈사는 원래 몹시 빠른 데다 양쪽 옆구리에 있는 얇은 비막(飛膜)을 펼치면 한 번의 도약으로 수십 장 거리까지 날아갈 수도 있다.

더구나 상상도 할 수 없을 정도의 맹독을 뿜어내는데, 독무에 한두 방울 살짝 스치기만 해도 열을 세기 전에 즉사하고 만다는 것이다.

그렇지만 뭐니 뭐니 해도 구성혈사를 영물 중에서 가장 무서운 존재로 만들어준 것은 머리에서부터 등까지 일렬로 나 있는 아홉 개의 혈선이었다.

백 년에 한 번씩 탈피를 할 때마다 하나씩 생겨나 아홉 개에 이르면 더 이상 생기지 않는다는 혈선의 효능이나 무서움에 대해서는 명천신기서에도 기록된 것이 전무했다.

　잠시 염두를 굴리던 화무린은 실로 위험천만한 방법을 생각해 냈다.

　구성혈사의 몸에 흠집을 내지 않으려고 맨손으로 잡는 위험을 감수하겠다는 생각이었다.

　그러나 그는 성급하게 굴지 않고 가장 완벽한 기회가 올 때까지 기다렸다.

　완벽한 기회란 바로 머리 부분이 허물을 벗을 때이다. 눈과 아가리가 가려지면 제아무리 구성혈사라고 해도 꼼짝하지 못할 것이다.

　구성혈사는 화무린이 지켜보고 있다는 사실을 모르는 듯 몸부림치지 않고 천천히 움직이면서 비늘을 아래위로 물결처럼 이동시키면서 몸을 눈에 비벼대고 있었다.

　그러자 허물이 허리 부분에서 이등분되어 꼬리와 머리 쪽으로 돌돌 말리기 시작했다.

　일반적인 뱀은 허물이 조각조각 찢어지고 흩어지면서 몸에서 떨어져 나간다.

　그런데 구성혈사는 허물이 찢어지지 않고 머리와 꼬리 쪽으로 돌돌 말리는 것이 특이했다.

　어쨌든 화무린은 말린 허물이 구성혈사의 머리에 이르러 눈과 입을 막으면 그때 공격하기로 마음먹고 근처 나뭇가지 위에 소리없이 내려서서 지켜보았다.

　구성혈사의 탈피는 길고도 지루했다. 구성혈사는 잠시도

쉬지 않고 몸의 비늘을 아래위로 꿈틀꿈틀 움직이며 허물을 아주 조금씩 말아갔다.

그리고 마침내 화무린이 기다리던 순간이 찾아왔다. 위쪽으로 돌돌 말린 허물이 구성혈사의 머리에 씌워져 눈을 가리고 입을 친친 감아버린 것이었다.

그는 구성혈사를 향해 쏜살같이 내리꽂히면서 오른손에 공력을 주입시켜 뻗었다.

삼절제룡수의 묶기, 즉 격공속계(隔空束繫) 수법이었다.

쏘아가던 화무린의 오른손이 무언가를 억세게 움켜잡는 형태를 취했다.

팍!

순간 보이지 않는 무형의 손이 구성혈사의 목을 거세게 움켜잡았다.

구성혈사는 목이 눌린 상태에서 미친 듯이 몸부림쳤다.

그러나 허물이 얼굴 전체를 뒤집어씌운 상태였기 때문에 눈으로 볼 수도, 입을 벌릴 수도 없는 처지였다.

화무린은 천황오무 중 하나이며 보법인 운무답축을 펼쳐 구성혈사의 머리 위 반 장 높이의 허공에서 마치 단단한 바위를 디딘 양 우뚝 버티고 섰다.

그와 동시에 오른손에 이 갑자 공력의 절반을 주입시켜 더욱 거세게 움켜쥐었다.

그런데도 구성혈사는 요동을 멈추지 않았다. 아니, 더욱 거세게 몸부림쳤다.

쉬익! 쉭!

아홉 자에 달하는 몸이 허공을 마구 휘젓자 세찬 파공음이
터져 나왔다.

퍽!

그때 꼬리 부분의 몸통이 한 아름 정도 되는 나무를 가격하
자 나무가 맥없이 부러져 나갔다.

일개 뱀의 힘이라고는 믿기 어려운 실로 가공할 위력이 아
닐 수 없었다.

화무린은 공력을 더 주입해야겠다고 생각했다. 구성혈사
를 과소평가한 것이다.

파악!

순간 구성혈사가 화무린이 움켜잡고 있는 무형의 손을 뿌
리치면서 허공으로 풀쩍 뛰어올랐다.

화무린으로서는 전혀 예측하지 못한 상황이었다.

구성혈사를 얕보고 공력을 절반만 주입한 것이 실수였다.

구성혈사는 돌돌 말린 허물 때문에 옆구리의 비막을 펼치
지 못했다.

만약 비막을 펼칠 수 있다면 도망을 치거나 더욱 세차게 화
무린을 공격할 수도 있었을 것이다.

그렇지만 비막이 없는 데도 불구하고 단 한 번의 도약으로
화무린의 얼굴 높이까지 뛰어올랐다.

동물은 인간보다 감각 기관이 수십 배 이상 뛰어나다.

더구나 구성혈사 같은 영물이라면 그 이상일 것이다. 눈으로 보고 혀로 공기의 냄새를 맡는 것만은 못하겠지만, 그래도 화무린이 있는 방향을 확인하고 몸통을 휘두르는 것쯤은 문제도 아니었다.

쉬익!

구성혈사의 꼬리 쪽 몸통이 믿을 수 없을 만큼 빠른 속도로 화무린의 얼굴을 향해 쏘아져 왔다.

순간 그는 보았다.

구성혈사의 머리에서부터 등까지 이어져 있는 아홉 개의 혈선이 침처럼 빳빳하게 서 있다는 사실을.

그것에 찔리면 좋지 않을 것이라는 생각이 본능적으로 화무린의 머리를 스쳤다.

그는 다급히 상체를 비틀었다.

뻑!

다행히 얼굴은 피했지만 꼬리 쪽 몸통이 어깨에 강하게 적중되고 말았다.

더 다행스러운 것은 등 쪽 마지막 혈침(血針)이 아슬아슬하게 어깨를 빗나간 사실이었다.

혈침의 길이는 다섯 치에 달했다.

평소에는 아홉 개의 혈선이 누워 있다가 혈침이 되는 순간 길이가 두 배 가까이 길어진다는 사실은 명천신기서에 적혀 있지 않았다.

구성혈사의 꼬리가 자신의 어깨에 적중되는 순간 화무린은 어깨 옆으로 삐죽 비껴 나와 있는 혈침을 발견했다.

핏빛으로 번뜩이는 혈침. 만약 그것에 찔렸더라면 좋지 않았을 것이라는 생각이 들었다.

그리고 다음 순간 어깨뼈가 산산이 부서지는 듯한 극심한 고통을 느꼈다.

한낱 뱀의 몸통에 얻어맞은 것이라고는 믿어지지 않는 위력이었다.

그때 허물이 주둥이 아래로 흘러내리며 구성혈사의 핏방울처럼 새빨간 한 쌍의 눈이 불쑥 드러나면서 그것이 화무린을 쏘아보았다.

포도알 정도 크기의 반들거리는 눈에 화무린의 모습이 비추어졌다.

그러나 이 정도로 쉽게 당할 화무린이 아니었다.

그는 한 번 공격을 가한 후에도 추락하지 않고 재차 공격을 시도하려는 구성혈사를 향해 삼절제룡수의 찌르기 격공지충을 번개같이 전개했다.

핑! 핑!

두 줄기 무형의 기류가 폭발하듯이 뿜어졌다.

금나수법에 속해 있지만 격공지충의 수법은 독자적으로 지공(指功)으로도 사용할 수 있을 것 같았다.

파곽!

꾸악!

두 줄기 송곳 같은, 그러나 천 근 이상의 힘이 실려 있는 지공이 구성혈사의 두 눈에 정확하게 적중되면서 그대로 턱 아래로 관통되었다.

구성혈사의 눈알이 후벼지듯 뽑혀 나가면서 두 눈과 턱에서 금색의 피가 푹 하고 뿜어졌다.

사실 구성혈사의 비늘은 얇지만 웬만한 도검으로는 흠집조차 나지 않는다.

급소는 두 눈과 턱 아래 움푹 들어간 곳 두 군데뿐인데, 화무린의 공격이 눈을 찔러 턱 아래로 관통되는 행운이 따랐던 것이다.

꾸아악!

구성혈사는 눈 바닥에 떨어져 미친 듯이 몸부림치면서 괴로워했다.

화무린은 그 옆에 내려서서 묵묵히 지켜보았다.

문득 방금 전에 구성혈사에게 적중된 어깨가 욱신거리며 쑤셔왔다.

구성혈사의 몸부림이 점차 수그러드는 것 같더니 잠시 후에 잠잠해졌다.

화무린은 하늘을 올려다보며 시간을 가늠해 보았다. 해가 지려면 아직 두어 시진은 더 있어야 할 것 같았다.

죽은 구성혈사를 들고 내려가서 단상익네 집안을 시끄럽게 하고 싶지는 않았다.

그러나 지금은 구성혈사의 껍질을 벗길 아무런 도구도 없는 상태였다.

문득 화무린의 눈이 가볍게 빛났다. 벌렁 몸을 뒤집은 채 죽어 있는 구성혈사의 뚫어진 턱에서 금빛 액체가 줄줄 흘러나오는 것을 발견한 것이다.

'피!'

순간 그는 구성혈사의 피가 놀라운 효능을 갖고 있다는 사실을 기억해 냈다.

그는 즉시 구성혈사를 두 손으로 잡고 들어올려 구멍 뚫린 턱에 입을 갖다 댔다.

약간 비릿하면서도 쌉쌀한 맛이 나는 피가 목구멍 안으로 흘러들어 왔다.

그런데 잠시가 지나자 피가 찔끔찔끔 나오는 것이 여간 감질나지가 않았다.

그래서 구멍에 양손 중지를 쑤셔 넣고 공력을 주입하여 턱 아래를 찢었다.

투두둑!

잘 찢어지지 않아서 공력을 점차 높이다가 결국 팔십 년 공력을 주입해서야 턱 아래에서 배 쪽으로 두 치가량 죽 찢어졌다.

이어서 그곳을 통해 구성혈사의 피가 콸콸 쏟아져 나와 화무린의 입속으로 들어갔다.

어느 순간,

무언가 오리 알만 한 크기의 둥근 물체가 피와 함께 그의 입속으로 쑥 들어왔다.

꿀꺽!

화무린은 피를 마시는 데 여념이 없던 터라 별생각없이 그것을 삼켜 버렸다.

그것은 날계란처럼 미끄러워서 아무런 저항도 받지 않고 목구멍을 통해 뱃속으로 들어가 버렸다.

그는 힘을 주어 구성혈사의 피를 마지막 한 방울까지 다 빨아 마셨다.

천녀황과 그 심복들을 상대하려면 무슨 일을 당할는지 모르는 일이다.

장차 그들이 독을 사용한다고 해도 이제 화무린에게는 별 무소용일 터이다.

"후우!"

이윽고 화무린은 구성혈사의 턱에서 입을 떼며 긴 숨을 토해냈다.

얼마나 많이 마셨는지 포만감마저 느껴졌다. 그리고 입 안과 목구멍이 조금 화끈거렸다.

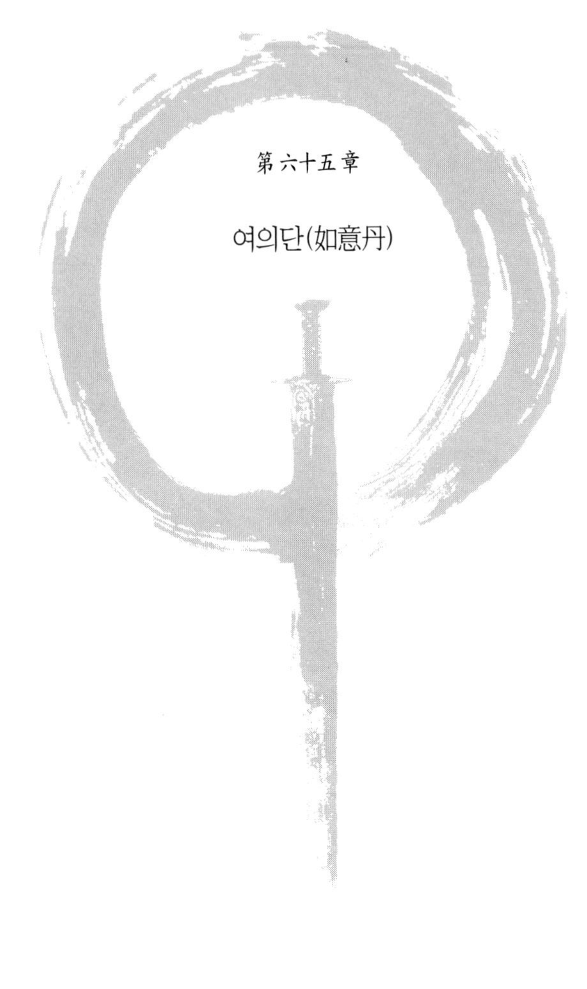

第六十五章

여의단(如意丹)

　화무린은 구성혈사의 사피를 어떤 식으로 잘라서 채찍을 만들 것인가 구상 중이었다.

　그때 갑자기 뱃속이 후끈해지면서 거센 열기가 확 목구멍을 통해서 숫구쳤다.

　그것이 바로 최초의 경고였고, 무시무시한 고통의 시작이었다.

　그 고통은 단전 바로 윗부분에서 시작되어 순식간에 온몸으로 퍼져 갔다.

　"크아악!"

　일찍이 세상의 온갖 고통을 두루 섭렵한 화무린이었지만,

이렇게 극렬한 고통은 처음이었다.

그는 자신도 모르게 입을 크게 벌리며 처절한 비명을 터뜨려야만 했다.

원래 몸속에서 시작되는 고통이란 서서히 시작되게 마련인데 지금 그런 상식이 깨지는 순간이었다.

고통에는 이골이 났기 때문에 어떤 고통이라도 견딜 수 있다고 자신하고 있던 화무린도 이 고통 앞에서는 속수무책이었다.

그의 뱃속에 용광로가, 아니, 이글거리는 태양이 통째로 들어앉은 것 같았다.

펄펄 끓는 기름을 가마솥째 들이켰다고 해도 이처럼 뜨겁지는 않을 것이다.

"크아아아—!!"

화무린은 이성을 잃어버렸다. 그는 바닥을 데굴데굴 구르면서 처절하게 비명을 질러댔다.

뱃속에서 이글거리는 태양을 토해내기라도 하려는 듯 입을 크게 벌리고 미친 듯이 악을 써댔다.

얼마나 고통스러웠으면 그는 태어나서 처음으로 이대로 죽어버렸으면 좋겠다는 생각까지 하기에 이르렀다.

그는 고통 때문에 모르고 있지만 그를 중심으로 삼 장 이내의 눈이 모두 녹아서 물이 돼버린 상태였다. 그리고 그것은 점점 더 빠르게 넓어지고 있었다.

아무 생각도 들지 않았다. 이 순간만큼은 원수도, 소군도, 누나도 생각나지 않았다. 그저 이 고통에서 벗어나든지 죽고만 싶었다.

그때 몸부림치던 그의 한 손이 무의식 중에 한 그루 나무를 잡았다.

화르륵!

순간 그의 손이 닿은 부분에서 불꽃이 확 일어나더니 나무에 불이 붙고 말았다.

"……!"

극렬한 고통에 휩싸여 있던 화무린의 눈이 찰나지간 반짝 빛났다.

'크으윽! 여의단이다!'

그는 그제야 깨달았다.

조금 전에 구성혈사의 피를 마실 때 무언가 오리 알만 한 것을 삼켰던 것이 바로 구성혈사의 심장이며 내단인 여의단이라는 사실을 이제야 알게 된 것이다.

구성혈사는 극양에 속하는 영물이므로 지금 그의 몸을 불태우고 있는 이것은 여의단의 극양지기가 분명했다.

여의단이 구성혈사의 내단이고 심장이라면 극양지기의 정화일 터.

그 뜨거움이야 두말해서 무엇 하겠는가.

그는 어금니를 있는 힘껏 악물고 기를 쓰고 일어나 앉아 가부좌를 틀었다.

어떡해서든 운공조식을 해야만 한다고 생각했다.

그래서 체내의 극양지기를 다스려야만 한다고 본능적으로 판단했다.

만약 그 판단이 틀렸다면 죽을 수밖에 없을 것이다. 지금으로서는 다른 방법이 없었고, 생각나지도 않았다.

"크으으……."

화무린의 악다문 이빨 사이로 짓이긴 듯한 신음 소리가 새어 나왔다.

그는 죽기 살기로 운공을 시작했다. 운공이 제대로 되는지 어쩌는지 알 수가 없었다.

그런데 운공을 시작한 지 얼마 지나지 않아서 당장이라도 온몸을 불태우고 조각낼 것 같던 고통이 신기하게도 씻은 듯이 사라져 버렸다.

그러나 완전히 사라진 것이 아니라 다른 형태로 변형이 돼 버린 것이다.

온몸 구석구석 혈도와 혈맥과 오장육부까지 가득 들어차 있던 극양지기가 순식간에 모여들면서 등 한복판 명문혈(命門穴)로 응집되어 하나의 단단한 불덩어리, 아니, 작은 태양을 이루었다.

그 태양이 당장이라도 가슴이나 등 한복판을 뚫고 밖으로 튀어나올 것만 같았다.

문제는 해결된 것이 아니라 지금부터 시작이었다.

화무린은 조화무극심법의 삼 단계를 운공하여 명문혈에 뭉쳐 있는 불덩어리를 입을 통해서 토해내려 유도하려고 애썼지만 그것은 요지부동 꿈쩍도 하지 않았다.

바로 그때 불덩어리가 움직이기 시작했다.

아니, 움직이기 시작한 순간 엄청 빨라졌다.

처음부터 움직이고 있었으며 그렇게 빨랐던 것 같은 착각이 일 정도였다.

그것은 복잡한 거리를 한 대의 마차가 전속력으로 질주하는 것과 같았다.

화무린은 놀랐다. 그리고 그 놀라움은 점점 더 커져서 경악으로 변했다.

그런데 갑자기 불덩어리가 열두 줄기의 불기둥으로 갈라지더니 십이경맥(十二經脈)을 휩쓸어 버리는 것이 아닌가.

이어서 다시 열다섯 줄기로 나누어지며 십오락맥(十五絡脈)을 훑었다.

그런데 그게 끝이 아니었다.

그 열다섯 줄기 불기둥이 십오락맥이 끝나는 곳에서는 믿을 수 없게도 삼백육십오 줄기로 순식간에 갈라지면서 삼백육십오락(三百六十五絡)을 거친 급류처럼 휩쓸었다.

그 다음에 수천 가닥으로 세분되어 수천 가닥의 손락(孫絡)을 따라 온몸 구석구석으로 퍼져 나갔다.

결과적으로 불덩어리가 화무린의 주요 혈맥과 온몸의 실 핏줄 같은 손락의 끝까지 죄다 섭렵했다는 뜻이다.

화무린은 더 이상 고통을 느끼지 않았다. 오히려 불덩어리가 혈맥에 이어서 마지막으로 손락 끝까지 도달했을 때에는 시원한 느낌마저 들었다.

그것은 마치 오래 묵은 때와 찌꺼기를 한꺼번에 씻어준 듯한 느낌이었다.

한순간 손락 끝까지 도달했던 수천 가닥의 불덩어리, 아니, 너무도 가느다란 불의 줄기[火流]들이 빠른 속도로 썰물처럼 빠져나오기 시작했다.

아니, 처음부터 조금도 움직이지 않았던 것처럼 등 한복판 명문혈에 그 불덩어리, 작은 태양이 웅크리고 있었다.

화무린은 자신이 뭔가 착각을 했을지도 모른다는 생각이 들었다.

그때였다.

후우우—

별안간 명문혈의 불덩어리가 움직이는가 싶더니 슬그머니 현추혈(懸樞穴)로 진입했다.

현추혈은 명문혈에서 수직으로 세 치 위에 위치해 있는 혈도인데, 독맥의 하나이며 명문혈에서 독맥으로 이어지는 관문이었다.

만약 불덩어리가 현추혈에서 중추혈(中樞穴)로 올라간다면 독맥으로 접어드는 것이 분명하다.

그리고 불덩어리는 실제로 점차 속도를 내면서 중추혈로 숫구치고 있었다.

'설마…….'

그 순간, 불길함과 기대가 동시에 화무린의 머릿속에서 피어올랐다.

그리고 다음 순간 불길함과 기대는 적중했다.

불덩어리가 활화산처럼 독맥(督脈) 한복판을 관통하기 시작한 것이다.

'맙소사…….'

화무린은 아연실색했다. 마음의 준비를 할 여유도 없었다.

조금 전에 벌어졌던 일도, 지금의 이것도 착각이 아닌 명백한 현실이었다.

지금 이 순간에 화무린이 할 일은 아무것도 없었다.

그저 극도로 긴장하여 귀추를 지켜보는 수밖에는.

사람이 어미의 뱃속에서 처음 태어날 때에는 임독양맥이 뚫려 있는 상태다.

그러나 갓 태어난 아기가 공력이 있을 리 없고, 운공조식을 할 이유도 없다.

이후 아기가 어미의 젖을 빨고, 세상의 혼탁한 공기를 숨쉬며, 인간 세상의 온갖 오염된 것들을 먹으면서부터 임독양맥은 좁아지기 시작하여 채 다섯 살이 되기도 전에 완전히 막혀 버리고 만다.

그리고는 아주 특별한 일이 없는 한 사람은 임독양맥이 막힌 채 평생을 살다가 죽음을 맞이한다.

독맥이란 항문 바로 아래 회음혈(會陰穴)에서 시작되어 척추를 통과하여 등 한복판 정중선을 따라 일직선으로 올라가 머리의 정수리 백회혈(百會穴)에서 끝나는 도합 스물일곱 개의 혈도로 이루어진 혈맥을 말하며 기경팔맥(奇經八脈)에 속해 있다.

그리고 임맥(任脈) 역시 회음혈에서 시작되는 것은 같지만, 독맥과는 달리 몸의 앞쪽으로 올라와 단전을 통과, 가슴 한복판 정중선을 따라 올라가 턱의 승장혈(承漿穴)에서 끝나는데, 도합 스물네 개의 혈도로 이루어졌으며 역시 기경팔맥에 속해 있다.

만약 무림인이 임독양맥을 소통시킬 수만 있다면 순식간에 공력이 곱절로 증진된다.

그뿐이 아니라 공력을 아무리 많이 사용해도 바다에서 물을 퍼내는 것처럼 무한정 생성되기도 하는 등, 그 놀라운 효능은 헤아리기 어려울 정도로 많다.

인체 내에서 생성되고 존재하는 모든 양기(陽氣)의 저장고인 양맥(陽脈)을 통괄하는 곳이 독맥이기 때문에 독맥을 '양맥의 바다' 라고 부른다.

계류가 모여 강이 되고 강이 흘러 바다가 되듯이, 인체 내의 모든 양기가 독맥에 모이는 것이다.

반대로 임맥은 '음맥의 바다'라고 한다.

독맥은 인체의 배후 부위를 총괄하고, 임맥은 전면 부위를 총괄한다.

임맥과 독맥의 시작은 똑같이 회음혈이다.

하지만 임맥의 음기는 독맥으로 흘러들 수 없고, 마찬가지로 독맥의 양기는 임맥으로 넘어가지 못한다.

임독양맥이 막혔다는 것은 임맥의 끝부분인 턱의 승장혈에서, 독맥의 마지막인 정수리의 백회혈까지의 전정(前頂), 상성(上星), 신정(神庭) 등 여덟 개 혈도가 서로 소통하지 못하는 것을 뜻한다.

그러므로 임독양맥이 소통됐다는 것은 그 여덟 개 혈도가 뚫려 임맥의 음기와 독맥의 양기가 단 한 군데도 막힘없이 서로 원활하게 소통하는 것을 말한다.

후우우―

그런데 지금 불덩어리가 독맥의 마지막 종점인 백회혈을 향해 무서운 기세로 돌진하고 있는 것이다.

무림인에게 있어서 임맥과 독맥의 막힌 부분을 뚫는 것, 즉 생사현관(生死玄關)의 소통은 꿈에서조차 이루어지기를 갈망하는 최고의 소원이다.

그러나 무림을 통틀어 실제 그것을 이룬 무림인은 그리 많지 않은 것이 현실이다.

생사현관을 소통하는 것이 웬만한 노력을 쏟아서 이루어
질 수 있을 정도였다면, 모든 무림인들에게 최고의 소원이 될
수 없었을 것이다.

오랜 세월 동안 막혀 있던 여덟 개의 혈도로 이루어진 통로
를 뚫는 것은 말처럼 쉬운 일이 아니다.

생사현관의 소통은 무림인들이 평생에 걸쳐서 이루려고
하지만 사막의 신기루처럼 결코 도달할 수 없는 요원한 그 무
엇인 것이다.

임독양맥이 막혀 있던 시일이 오래 경과되면 될수록 뚫는
것이 어렵다.

그것은 상대적으로 나이가 어리면 어릴수록 뚫기가 쉽다
는 뜻이기도 하다.

불덩어리가 백회혈을 통과하여 지난 십오륙 년 동안 굳게
닫혀 있던 화무린의 여덟 개의 혈도 중 첫 번째에 위치한 전
정혈로 치달렸다.

화무린은 그것을 눈으로 보듯이 생생하게 느끼면서 긴장
이 극에 달했다.

불덩어리가 생사현관을 뚫으려고 하는 것은 화무린의 의
지가 아니다.

온몸의 혈맥을 돌다가 막혀 있는 임독양맥을 발견하고 그
스스로 돌파하려는 것이었다.

한순간,

쿠웅!

불덩어리가 거세게 전정혈에 충돌했다.

아니, 충돌하는 순간 전정혈이 여지없이 뚫렸다. 그것은 거센 물줄기가 강둑을 무너뜨린 것 같았다.

가부좌를 틀고 앉아 있는 화무린의 몸이 전후좌우로 크게 흔들렸다.

쿵! 쿵! 쿵! 쿵!

충돌이 연속적으로 일어났다.

도합 일곱 번.

그리고 마지막 승장혈만 남겨놓은 상태였다.

퍼억!

둔중한 음향이 허공으로 퍼져 갔다.

"……."

한순간 화무린은 머리가 멍해졌다. 어떻게 된 것인지 알 수가 없었다.

성공한 것인가?

그때 그 물음에 대답이라도 하듯 불덩어리가 임맥과 독맥을 거침없이 왕래하며 급류처럼 흐르고 있는 것이 생생하게 느껴졌다.

'아아!'

그는 자신도 모르게 속으로 탄성을 터뜨렸다.

생사현관이 소통되는 느낌이 어떤 것인지는 모르지만, 아마도 지금의 이런 느낌일 것이다.

여태까지 그를 괴롭히던 극심한 고통은 지금 이 순간 말끔히 사라졌다.

대신 뜨거운 열기가 온몸 구석구석을 휘돌면서 걷잡을 수 없는 상쾌함과 힘을 느끼게 해주었다.

'믿을 수가 없다.'

그는 몽롱한 기분으로 허공을 바라보다가 한순간 퍼뜩 정신을 차렸다.

그는 구중천 지궁계에서 많은 뱀을 잡아 그것들의 내단으로 공력을 높인 적이 있었다.

만약 자신이 먹은 것이 구성혈사의 내단인 여의단이 맞다면 즉시 운공을 하여 그 기운을 공력으로 환원시켜야 한다고 생각한 것이다.

그는 마음을 가다듬고 운공을 시작했다.

"……!"

그러나 다음 순간 그는 소스라치게 놀라고 말았다.

자신은 분명히 조화무극심법 삼 단계를 운공했는데, 지금 그의 체내에서 벌어지기 시작한 현상은 그가 한 번도 경험해 본 적이 없는 생소한 것이었다.

그러나 삼 단계를 운공할 때와는 비교도 할 수 없을 만큼 상쾌한 기분이었고, 공력의 팽배함을 느꼈다.

더구나 그는 눈을 뜨고 있었다. 언제나 눈을 감고 운공을

했었는데 방금 전에는 경황중이라서 그냥 눈을 뜬 채 운공을
한 것이었다.

그는 자신의 몸에서 은은하게 빛나는 금빛의 기운이 안개
처럼 뿜어지는 것을 보았다.

운공을 할 때 자신에게서 어떤 현상이 벌어지는지 처음 보
는 것이다.

금빛의 기운, 즉 금광무(金光霧)는 점점 짙어지더니 어느
순간부터 화무린의 몸을 중심으로 오른쪽으로 서서히 회전하
기 시작했다.

잠시 후 금광무는 화무린의 몸에서 일 장의 거리를 두고 뚝
멈추었다.

그러더니 빠른 속도로 종잇장보다 얇게 압착(壓搾)되면서
하나의 막(膜)을 형성하고 있었다.

그런데 그게 끝이 아니었다.

금빛의 막은 점점 엷어지기 시작하다가 어느 순간 씻은 듯
이 사라져 버렸다.

그러나 화무린의 눈에는 하나의 투명한 막이 자신의 일 장
밖에 바늘 하나 들어올 틈조차 없이 둘러쳐져 있는 것이 뚜렷
하게 보였다.

그 순간 그의 머리를 퍼뜩 스치는 생각이 있었다.

'혹시 지금 이것은 조화무극심법의 사 단계에 들어섰을 때
의 현상이 아닌가?'

그의 생각은 정확했다. 그는 지금 조화무극심법의 사 단계인 동시에 무극신공의 일 단계에 들어서서 운용을 하고 있는 것이었다.

그는 자신의 짐작이 맞을 것이라고 판단했다.

문득 그는 자신의 몸 주위에 쳐져 있는 투명 막, 즉 호신강기를 변형시켜 보고 싶다는 생각을 했다.

단지 생각만 했을 뿐이다.

그런데 투명 막이 빠르게 변하기 시작했다.

투명 막은 한 마리 커다란 봉황의 형상으로 변하여 날개를 퍼덕이면서 창공으로 힘차게 날아올랐다.

다른 사람의 눈에는 보이지 않는 투명한 봉황이었다.

아니, 눈부신 햇빛이 투명한 봉황을 통과하면서 굴절을 일으켜 허공을 비상하고 있는 봉황의 모습을 몹시 신비롭게 나타내 주었다.

화무린은 호신강기를 변형시키려고 생각만 했을 뿐인데 호신강기가 봉황으로 변했다.

그는 창공을 날고 있는 봉황을 망연히 바라보면서 자신이 호신강기를 한 마리 봉황으로 변형시켜 보고 싶다는 생각을 했었다는 사실을 깨달았다.

공력을 운용할 필요도 없이, 그가 일으킨 호신강기는 단지 생각만으로, 아니, 생각하기도 전에 변형한 것이었다.

고오오―

투명한 봉황은 날개를 활짝 편 채 지상으로 급강하하여 울창한 숲 한복판을 낮게 날다가 다시 둥실 창공으로 솟구쳐 올랐다.

우드드등!

단지 그랬을 뿐인데 투명 봉황이 낮게 스쳐 갔던 곳의 아름드리 거목 수십 그루가 한결같이 밑동이 베어져 굉음을 내면서 나뒹굴었다.

창공으로 날아오른 봉황이 이번에는 한 마리 창룡으로 돌변했다.

창룡은 거대한 바위 한복판에 구멍을 뚫고 치솟는 도중에 독수리로 변했다가 쏜살같이 화무린에게 쏘아왔다.

척!

화무린이 오른손을 뻗어 그것을 손에 잡았을 때에는 한 자루 투명한 검으로 변해 있었다.

화무린은 투명 검을 물끄러미 쳐다보다가 자신이 지금 운공 중이라는 사실을 깨닫고는 움찔 놀랐다.

운공을 하는 중에는 외부의 미세한 충격이나 심적 타격을 받기만 해도 주화입마에 들 수가 있다.

그런데도 화무린은 운공을 하고 있는 중에 손을 뻗어 투명 검을 잡아버리고 말았다.

하지만 아무런 이상이 없었다.

아니, 무언가 이상이 있었다. 그것은 그의 체내에서 벌어지고 있었다.

　너무도 엄청난 기운이 파도처럼, 아니, 해일처럼 넘실거리
며 몸 밖으로 뛰쳐나오려 하고 있었다.

　그 기운은 다름 아닌 공력이었다.

　조금 전의 운공으로 구성혈사의 여의단이 공력으로 탈바
꿈한 것이었다.

　그러나 너무도 거대해서 화무린은 그것의 크기를 가늠할
수조차 없었다.

　'대체 이것은…….'

　그는 꿈을 꾸고 있는 듯한 표정으로 주위를 쳐다보다가 자
신의 손에 쥐어져 있는 투명한 검, 즉 무형검(無形劍)에 시선
이 멈추었다.

　정신이 번쩍 들었다.

　그는 운공 중이다. 그리고 지금은 사 단계다.

　'오 단계도 가능할까?'

　그렇게 생각할 때 이미 체내의 공력은 조화무극심법 오 단
계이며 무극신공의 이 단계를 시작하고 있었다.

　그때 갑자기 그의 손에서 무형검이 스르르 사라지면서 모
습을 감추었다.

　그뿐이 아니라 눈앞에 보이는 것들이 하나씩 사라져 갔다.

　나무, 산, 땅, 하늘이 차례차례 시야에서 사라졌다.

　그는 땅도 아니고 하늘도 아닌 공간에 가부좌의 자세로 떠

있는 자신을 발견했다.

깜짝 놀라서 주위를 두리번거릴 때 그가 보고 있는 중에 손이, 다리가 먼지처럼 스르르 분해되더니 끝내 몸 전체가 사라져 버리고 말았다.

체내에 충만하던 공력도 느껴지지 않았다.

그러더니 마침내 정신도 사라졌다.

활활 타오르는 모닥불에 물을 끼얹은 것처럼, 한순간 존재하고 있던 모든 것들이 깡그리 사라져 버렸다.

그는, 화무린은 더 이상 어느 곳에도 없었다.

그러므로 모든 것이 사라져 버렸다는 사실도 느끼지 못했으며, 그것을 이상하게 생각할 정신마저도 존재하지 않았다.

무(無). 그 자체도 없는 상태였다.

어느 한순간,

아무런 소리도, 기척도 없이 모든 것이 원래처럼 모습을 나타냈다.

그것들은 오 단계를 시작하기 직전과 조금도 다름이 없는 광경이었다.

마침내 운공이 끝났다.

화무린은 아무 일도 없었다는 듯이 천천히 일어섰다.

그러나 그는 자신에게 엄청난 변화가 벌어졌다는 사실을 생생하게 기억하고 있었다.

임독양맥, 생사현관의 소통.

그것에 이은 무극신공의 완성.

그 두 가지가 합쳐서 이룩한 절대의 금자탑(金子塔).

운공을 하기 전의 그는 이제 이곳에 없다. 지금 여기에 있는 사람은 전혀 다른 화무린이다.

그가 조화무극심법 오 단계를 운공하면서 경험한 것은 속세의 인간으로서 느낀 마지막 감정이었다.

지금 이곳에 서 있는 화무린은 완전히 속세를 초탈한 초월적 존재였다.

말하자면 무의 끝인 무극(無極)에 이른 절대자(絶對者)라고 할 수 있었다.

구성혈사의 여의단이 이런 상황을 만들어준 것은 아니다.

그것은 단지 방향을 제시하고 화무린을 절대(絶對)로 이르는 입구까지 인도해 주었을 뿐이다.

그를 이렇게 만든 것은 핏줄과 조화무극심법이었다.

천상성계 성제 일족의 피[血].

그리고 그들만이 익힐 수 있는 조화무극심법의 최고봉인 오 단계.

화무린은 자신의 몸을 굽어보았다. 아무것도 입지 않은 자신의 몸이 보였다.

극양지기에 의해서 옷이 다 타버린 것이다.

그는 바닥에 있는 구성혈사를 집어 들었다.

처음에는 그 껍질로 채찍을 만들 생각이었지만 생각을 바꾸었다.

그는 자신에게는 굳이 채찍이 필요하지 않다는 것을 조금 전의 운공으로 깨달았다.

화무린은 구성혈사의 여의단을 복용한 이후 닷새 동안 단상익네 가족과 더 지냈다.

그 닷새 동안은 무공 연마도 운공도 하지 않았다. 오직 단상익네 가족과 함께 어울리며 보냈다.

그리고 그들과 많은 대화를 나누었다. 특히 노모와 가장 많은 시간을 보냈다.

닷새째 마지막 날 밤에 단상익의 가족 네 사람과 화무린은 거실의 화덕 주위에 둘러앉아서 고기를 굽고 술을 마시면서 즐거운 한때를 보냈다.

화무린은 이곳에서 지낸 지난 석 달 동안 한 번도 웃은 적이 없었다.

또한 거의 말도 없었다. 한마디 말도 하지 않고 보름씩이나 지낸 적도 있었다.

그렇지만 지난 닷새 동안 그는 단상익네 가족 네 명을 모두 합친 것보다 더 많은 말을 했다. 그리고 많이 웃었고, 많이 먹고 마셨다.

복수에 불타는 화무린이 아닌 한 사람 화무린이 되어 단상익의 가족과 어우러져 그들 속에서 그리운 부모와 누나의 모습을 찾아냈다.

그날 밤,

단상익네 가족이 모두 잠든 후 화무린은 조용히 집 밖으로 나왔다.

그는 잠시 집을 바라보았다. 자신과 단상익이 힘을 합쳐서 지은 새집이었다.

이곳에 있는 동안 많은 것을 얻고 또 배웠다.

그중에서 가장 크고 값진 것은 진정한 '행복' 이 무엇인가라는 것이었다.

행복이 얼마나 소중하며, 어떤 희생을 치르더라도 지켜야 한다는 사실을 깨달았다.

행복하지 못한 인간은,

빈 껍데기일 뿐이다.

第六十六章

부활(復活)

안국현은 어딘지 뒤숭숭했다.

그리고 거리에서 마주치는 사람들의 얼굴에는 한결같이 놀라움과 두려움이 짙게 드리워져 있었다.

그런 것들이 화무린이 석 달 만에 안국현에 돌아와서 느낀 첫인상이었다.

그는 또한 안국현 거리에서 아직 가시지 않은 옅은 피 냄새를 맡을 수 있었다.

화무린은 안국현 대로를 바쁘게 오가는 행인들 속에 섞여서 천천히 걸음을 옮겼다. 일부러 숨으려고도, 모습을 감추려고도 하지 않았다.

그는 단상익의 허름한 무명옷을 입고 있었다. 그와 단상익은 체구가 비슷해서 옷이 적당히 잘 맞았다.

오른쪽 어깨에는 은오검을 멨고, 왼쪽 어깨에는 두툼한 호피 두 장을 잘 포개어 얹고 있었다.

원래 그가 품속에 지니고 있던 돈주머니는 강물에 떠내려가면서 잃어버렸다.

일단 속세에 나오면 먹고 마시고 자는 데에 당장 돈이 필요하기 때문에 자신이 잡아서 벗긴 호피 중에서 두 장을 갖고 나온 것이다.

인간인 이상 먹지 않고 살 수가 없다.

오가는 행인들은 화무린이 메고 있는 호피를 쳐다보고는 놀란 얼굴로 눈을 떼지 못했다.

화무린이 갖고 나온 두 장의 호피는 최상품이라서 한 장당 은자 삼십 냥씩 후하게 쳐서 모피방에 팔았다.

예전의 그였더라면 안국현에 나오자마자 흑멸신과 적혈군이 있는 승룡장으로 달려갔을 것이다.

하지만 그는 많이 변했다. 예전처럼 용기를 앞세운 무모한 행동은 하지 않았다.

그날 산에서 구성혈사의 여의단을 복용하고 조화무극심법 오 단계, 즉 무극신공 이 단계까지 이룬 그는 사람이 완전히 달라졌다.

그는 서두르지 않았다. 그것은 전에는 갖고 있지 않았던

‘여유’ 라는 것이었다.

진정한 강함은 ‘여유’ 와 상통한다는 사실을 그는 그날 이후 깨닫게 되었다.

그는 일단 가까운 주루에 들어가서 실내를 한차례 둘러본 후 무림인으로 보이는 두 사람 옆의 빈자리에 앉아 점소이에게 간단한 요리와 죽엽청 한 근을 주문했다.

옆자리의 무림인들은 때마침 화무린이 궁금하게 여기고 있던 것에 대해서 열띤 어조로 대화를 나누고 있었다.

사실 그들뿐만이 아니라 안국현에 거주하는 사람치고 석 달 전에 있었던 대사건에 대해서 입에 침을 튀기며 떠들지 않는 사람이 없었다.

두 무림인의 대화를 종합해 보면 대충 이러했다.

석 달 전, 괴이한 복장을 한 수백 명의 괴고수들이 갑자기 안국현에 들이닥쳐 현 내 전체를 샅샅이 뒤지며 중상을 입은 한 명의 무림고수를 찾기 시작했다.

현 내뿐만 아니라 안국현을 중심으로 백여 리 이내에도 같은 복장을 한 고수들 수백 명이 들판과 강과 산을 이 잡듯이 뒤지고 다녔다.

안국현 안팎을 들쑤시고 다니는 괴고수들의 수는 모두 합해서 무려 천여 명에 달했다.

그런 난리법석이 벌어졌으니 안국현 현청의 군사들이 나선 것은 당연한 일이었다. 그러나 현청 소속의 군사 삼십여 명은 물론 현감(縣監)과 그의 식솔들까지 괴고수들에게 무참하게 죽임을 당하고 말았다.

그 직후 안국현에 뿌리를 내리고 있는 방, 문파들이 민생을 보호하는 차원에서 합심하여 나섰지만 그들 역시 몰살당하고 말았으며, 죽은 사람의 수가 삼백여 명에 달했다.

안국현 사람들은 공포에 떨었다.

그러나 곧 사람들은 괴고수들이 자신들을 가로막거나 방해하지 않는 한 함부로 사람을 해치지는 않는다는 사실을 알게 되었다.

그때부터 사람들은 두문불출 집 안에 틀어박혀서 괴고수들이 물러가기만을 숨죽이며 기다렸다.

그리고 누구의 입에서 나온 말인지는 모르지만 괴고수들이 천외신계의 고수일지도 모른다는 소문이 현 내에 심심찮게 나돌았다.

거리는 텅 비었고, 현의 안팎을 돌아다니는 것은 괴고수들뿐이었다.

하지만 그들이 안국현을 공포로 몰아넣은 것은 겨우 한나절뿐이었다.

그날 밤,

정체를 알 수 없는 또 다른 고수 수백 명이 사방에서 안국현으로 들이닥쳤다.

그들은 안국현에 들어서자마자 불문곡직 괴고수들을 도륙

하기 시작했다.

급습을 당했기 때문에 괴고수들은 처음에는 변변히 반항조차 하지 못하고 도처에서 떼죽음을 당했다.

그러나 곧 괴고수들은 전열을 가다듬고 반격을 시작했다.

그때부터 안국현이 생긴 이래 전무후무한 대혈전이 곳곳에서 벌어졌다.

새로 나타난 수백 명의 고수들은 대부분 눈처럼 흰 백의를 입었으며, 괴고수들은 흑의를 입고 있어서 두 부류가 한눈에 뚜렷이 구별되었다.

백의고수들을 총지휘하는 사람은 방금 하늘에서 강림한 듯한 한 쌍의 선남선녀였다.

치열한 혈전은 밤새 계속됐다.

무기들이 요란하게 부딪치는 소리, 장풍이 허공을 찢는 파공음, 죽으면서 터뜨리는 처절한 비명 소리가 끝난 것은 어스름 동이 틀 무렵이었다.

안국현 도처에는 시체들이 즐비했으며 피가 내를 이루면서 흘렀다.

괴고수들의 시체가 천여 구로 압도적으로 많았으며, 백의고수들 시체도 백여 구에 이르렀다.

그런데 한 가지 놀라운 사실은, 싸움에서 이긴 백의고수들은 말할 것도 없고 전멸한 괴고수들조차 단 한 명도 도망친 자가 없다는 사실이었다.

　백의고수들은 수십 대의 수레를 끌어와 괴고수들의 시체를 현 밖으로 싣고 나가 들판에 커다란 구덩이 몇 개를 파고 그곳에 묻었다.

　그리고 자신들의 동료들 시체를 수습하여 흰 천으로 싼 후 역시 수레에 싣고 안국현을 떠났다.

　안국현 출신 무사 중에서 살아남은 자들은 밤새 숨죽인 채 모든 광경을 지켜보았다.

　그들은 선남선녀가 이끄는 백의고수들이 악의 무리라고는 생각하지 않았다.

　아니, 그들은 괴고수들로부터 안국현을 구했으니 오히려 찬사를 받아 마땅했다.

　그날 아침부터 밤까지 벌어졌던 괴고수들의 만행과 밤부터 다음날 새벽까지 벌어진 백의고수들과 괴고수들 간의 치열한 대혈전, 그리고 백의고수들의 승리로 마무리된 그 대사건은 그 후 석 달이 지난 지금까지도 안국현을 떠들썩하게 만들고 있었다.

　화무린은 일부러 식사를 천천히 하면서 자신이 원하는 내용을 옆자리로부터 다 들었다.

　그는 비로소 자신이 중상을 입고 사라진 그날부터 다음날 새벽까지 안국현에서 벌어졌던 사건들을 대충은 짐작할 수 있을 것 같았다.

　괴고수들은 천외무적군 투번 고수가 분명하고, 그들이 찾으려고 했던 소위 '중상을 입은 무림인'은 화무린 자신을 가리키는 것이었다.

그리고 천여 명의 투번 고수들을 전멸시킨 백의고수들은 십중팔구 소군의 급전을 받고 한달음에 달려온 구중천의 고수들일 것이다.

하지만 소군이 아무리 급전을 보냈다고 해도 구중천이 투번 고수 천여 명을 전멸시킬 정도의 많은 고수를 보냈다는 사실이 좀 석연치 않았다.

어쨌든 안국현에는 지금 현재 투번 고수가 한 명도 없을 가능성이 많았다.

천외신계가 아무리 잔혹하다고 해도 이미 사라져 버린 구중천 고수들 대신 안국현을 초토화시키는 것을 복수로 삼는 어리석은 짓 따윈 하지 않을 것이다.

또한 사라진 지 석 달이나 된 화무린을 아직껏 이곳에서 찾으려 들지도 않을 터이다.

이제부터 화무린은 천녀황을 직접 찾아낼 계획이었다.

그는 자신의 공력과 무공이 몰라보게 급상승했다고 해서 그것을 과신하지도, 그렇다고 지나치게 몸을 사리지도 않을 생각이었다.

그러나 흑멸신을 죽이기 전에도 그랬던 것처럼, 지금도 천녀황이나 천외신계를 정면으로 승부하겠다는 생각에는 변함이 없었다.

화무린은 우선 주루를 나가 소군이 기다리고 있을 개방 안국 분타를 찾아갈 생각이었다.

소군은 구중천에 매인 몸이지만, 무슨 수를 써서라도 이곳에 남아서 화무린 자신을 기다리고 있을 것 같았다.

화무린이 더 이상 들을 애기가 없을 것 같아 일어서려는데 한 명의 거지가 주루 입구의 주렴을 걷으면서 고꾸라질 듯이 달려들어 왔다.

그 거지의 모습은 화무린에게 매우 낯이 익었다.

화무린에게 여러모로 도움을 주었고, 인피면구 만드는 방법을 가르쳐 줬던 개방 안국 분타의 부분타주였다.

그는 누군가를 찾는 듯 황급히 실내를 두리번거리다가 그때 막 일어서고 있는 화무린을 발견하고는 헉! 하고 헛바람을 들이켜며 모든 동작이 뚝 정지됐다.

그의 얼굴에 경악이 가득 물들었다가 그 다음엔 반가움으로 변했다.

"대협!"

부분타주는 금방이라도 울 듯한 얼굴로 크게 외치며 화무린에게 달려왔다.

그는 이곳이 복잡한 주루 안이라는 사실도 개의치 않는 것 같았다.

"대협, 저를 기억하시겠습니까?"

그는 화무린 앞에 서서 두 손을 모으고 물었다. 그러는 그의 눈가에 물기가 비쳤다.

사실 화무린과 부분타주의 만남은 각별했다.

화무린이 안국현에 도착하자마자 가장 먼저 만난 사람이 그였으며, 구령후를 심문하는 것과 승룡장에 잠입하려고 준비하는 과정에서도 그가 관여했다.

그리고 화무린이 승룡장에 잠입한 후 그가 있는 안국 분타에 소군을 남겨두기도 했다. 그러니 두 사람의 인연이 결코 평범하다고는 말할 수 없었다.

"물론이오."

화무린은 희미한 미소를 지으며 고개를 끄덕였다.

그의 미소에 부분타주는 감격스러운 표정을 짓더니 급기야 눈물을 후드득 떨어뜨렸다.

"대협께서 이곳에 계시다는 수하의 보고를 받는 즉시 달려오는 길입니다."

화무린이 안국현에 들어온 이후 거리를 걷거나 모피방에 들러 호피를 팔고 나서 주루에 머문 시간을 모두 합치면 족히 한 시진 이상이었으므로 개방 제자의 눈에 띄었다고 해서 이상할 일은 아니었다.

"살아서 돌아오실 줄 알고 있었습니다!"

부분타주는 흐르는 눈물을 닦을 생각도 하지 않고 환하게 웃었다.

눈물 때문에 그의 더러운 얼굴이 더욱 지저분해졌지만, 화무린의 눈에는 멋진 기남자로 보였다.

오히려 화무린은 손을 뻗어 스스럼없이 부분타주의 손을 잡으며 미소를 지었다.

"아무래도 당신의 염려 덕분에 이렇게 무사히 돌아온 것 같소. 고맙소."

"천만의 말씀을……."

부분타주는 크게 당황하여 어쩔 줄을 몰라 했다.

그는 조심스럽게 화무린을 살폈다.

그가 기억하는 한, 석 달 전에 잠시 동안 그가 알고 있었던 화무린은 과묵하기 짝이 없었으며, 웃기는커녕 미소조차 짓지 않는 냉혈한이었다.

또한 부분타주에게 여러 가지 도움을 받았지만 이렇다 할 고마움도 제대로 표시하지 않았던 그다.

그런데 지금은 입가에 훈훈한 미소를 머금고 있는 데다 부분타주의 손을 잡고 흔들면서 아무렇지도 않게 고맙다는 말까지 하고 있지 않은가.

사람이 변해도 이렇게 많이 변할 수 있는 것인지 부분타주는 약간 헷갈리는 표정을 지었다.

주루의 사람들은 갑자기 벌어진 일에 모두 화무린과 부분타주를 주시하고 있었다.

조금 전까지 대화를 하고 있던 두 명의 무림인은 안국현에 있는 소방파의 무사들로서 평소 부분타주와 안면이 있는 사이였다.

개방제자들이 비록 남루한 옷차림에 구걸로 먹고살지만, 자존심 하나만큼은 타의 추종을 불허할 정도라는 사실은 무림에 잘 알려져 있다.

그런 점에서 안국현 부분타주도 예외는 아니었다.

그는 평소에 안국현의 방, 문파에 속한 무사들은 안중에도 두지 않았으며, 그들이 인사를 해도 아는 체를 하지 않을 정도였다.

그것이 바로 구파일방 중 하나인 개방의 제자로서 품고 있는 높은 자존심인 것이다.

그런 그가 감격한 듯 눈물을 흘리면서 화무린을 대협이라고 호칭하고 있으니, 사람들이 보기에 놀라도 이만저만 놀랄 일이 아닌 것이다.

"여기에서 이러실 것이 아니라 저를 따라오십시오. 가실 곳이 있습니다."

한바탕 수선을 피운 부분타주는 뒤늦게 정신을 수습하고 화무린에게 함께 갈 것을 종용했다.

"부탁하겠소."

화무린은 조용히 말하고 그의 뒤를 따라 주루를 나섰다. 굳이 어디를 가느냐고 묻지 않았다.

안국현에서 벌어진 일들을 부분타주만큼 잘 알고 있는 사람은 없을 것이다.

화무린은 그가 안내한 장소에서부터 이번 일의 해결책을 찾을 생각이었다.

어느 아담한 장원의 전문 앞에서 걸음을 멈춘 화무린은 전문 위의 현판을 올려다보았다.

그곳에는 '백학서원'이라는 네 글자가 용비봉무한 필체로 적혀 있었다.

쿵쿵!

화무린은 주먹으로 장원의 전문을 두드리고 있는 부분타주를 쳐다보았다.

그가 개방 안국 분타로 가지 않고 화무린을 이곳으로 안내했다면 아마도 이곳에 소군이 있을 것이다.

그는 다시 돌아온 화무린이 누구를 가장 보고 싶어하는지 잘 알고 있을 테니까.

끼익!

부분타주가 전문을 두드리고 얼마 지나지 않아서 전문 안쪽에서 인기척이 나더니 곧 전문이 절반쯤 열리고 유생처럼 보이는 한 청년의 모습이 나타났다.

"부분타주군요? 들어오십시오."

청년은 부분타주를 잘 알고 있는 듯 문을 더 넓게 열면서 한옆으로 비켜섰다.

그는 뒤따라 들어서는 화무린을 향해 부드러운 미소를 지어 보였다.

초면인 화무린에게 미소를 지어 보이는 것으로 미루어 그의 심성이 선하다는 사실을 알 수 있었다.

"소저께선 계십니까?"

부분타주는 청년을 뒤따라 걸으면서 물었다. 청년은 그가 말하는 소저가 누군지 잘 아는 듯했다.

"계십니다. 그분의 처소로 안내해 드리지요."

두 사람의 대화를 들은 화무린은 부분타주가 이곳에 초행이 아니라는 사실을 짐작할 수 있었다.

물론 화무린은 부분타주가 방금 말한 소저가 누군지 모르고, 이곳이 어딘지도 모른다.

그렇지만 부분타주가 자신을 소군에게 데려다 줄 것이라고 믿었다.

화무린은 마당과 정원을 연이어 지나면서 여유있는 동작으로 주위를 둘러보았다.

한겨울이라서 정원의 수목들은 잎이 져서 앙상한 모습이었지만 장원은 전각이나 인공 연못 등, 전체적으로 흐트러짐 없이 잘 가꾸어져 있었다.

그로 미루어 이 장원의 주인 성품이 고아하다는 사실을 짐작할 수 있었다.

청년은 마당을 가로지른 후 정원이 끝나는 곳의 계단을 오르더니 긴 낭하의 복판에 있는 어느 방문 앞에 서서 정중히 입을 열었다.

"소저, 부분타주가 오셨습니다."

"들어오게."

청년은 분명히 '소저'라고 불렀는데 방 안에서 흘러나온 음성은 굵직한 남자의 것이었다.

그러나 화무린은 그 목소리를 듣는 순간 그가 누군지 즉시 알아차렸다.

바로 소군의 사부인 은겸의 목소리였다.

화무린은 이 방 안에 소군이 있다는 사실을 직감했다.

방문이 가로막고 있어서 실내가 보이지 않았지만, 그 너머에 있는 소군이 느껴졌다.

"들어가시지요."

부분타주는 방문을 활짝 열고 옆으로 비켜서며 화무린에게 공손히 허리를 굽혔다.

화무린은 가슴이 두근거렸다.

무극신공 이 단계를 연성한 후 몸과 마음이 크게 발전하여 세속적인 것들은 일체 초월했다고 여긴 그였다.

그러나 사랑하는 여자를 곧 만나게 된다는 설레임만큼은 어쩔 수가 없었다.

아마도 사랑이란 세속적인 것이 아닌 듯했고, 무극신공도 절절한 사랑만큼은 극복하지 못하는 것 같았다.

화무린은 성큼 방 안으로 들어서며 실내 어딘가에 있을 소군의 모습을 찾았다.

실내는 아담했으며 창을 통해서 햇살이 눈부시게 쏟아져 들어오고 있었다.

순간 화무린의 시선이 한곳에 멈추었다.

그곳은 침상이었는데, 한 여자가 누워 있었으며 침상 가에는 한 명의 중년인이 앉아 있었다.

화무린의 시선이 누워 있는 여자의 얼굴로 향했다.

틀림없는 소군이었다.

그런데 무척 핼쑥한 모습이었다. 심하게 열병을 앓는 사람처럼 뺨이 움푹 꺼졌으며, 머리카락은 헝클어졌고 얼굴에 초췌함이 역력했다.

그녀는 눈을 꼭 감고 있었다.

눈가와 뺨에는 채 마르지 않은 눈물 자국이 선명하게 남아 있었다. 아마 잠이 든 것 같았다.

순간 화무린은 날카로운 비수로 심장을 깎아내는 듯한 슬픔을 맛보았다.

소군이 왜 저런 모습으로 누워 있는 것인지 짐작할 수 있었기 때문이다.

침상 가에 앉아 있던 중년인은 방문이 열리는 순간 그쪽을 향해 시선을 주다가 화무린을 발견했다.

순간 중년인, 은겸의 얼굴이 경악으로 물들었다.

그는 자신도 모르게 벌떡 일어나 급히 화무린에게 걸어

왔다.

그러나 그는 곧 걸음을 멈추었다. 화무린의 시선이 소군에게 고정되어 있는 것을 발견했기 때문이다. 그의 눈에는 아직 은겸이 보이지 않는 것 같았다.

은겸은 화무린을 부르지도 않았고, 오히려 한 걸음 옆으로 물러나 그가 소군에게 다가갈 수 있도록 길을 열어주었다.

화무린은 이끌리듯이 침상으로 다가갔다. 가까이 다가갈수록 소군의 모습이 한층 더 초췌하게 보였다.

그는 침상 가에 소군 쪽을 향해 걸터앉아 착잡한 표정으로 그녀에게 손을 뻗었다.

그의 손바닥이 소군의 뺨을 부드럽게 감쌌다.

예전에 이 뺨을 만질 때면 부드럽고 따스했었는데, 지금은 까칠한 살결과 축축한 눈물이 느껴졌다.

그때 소군이 살며시 눈을 떴다.

그녀가 몸져누워 있는 동안에 사부 은겸이 수없이 이마와 뺨을 만졌지만 한 번도 눈을 뜨지 않았던 그녀가 화무린이 손을 대자마자 눈을 뜬 것이다.

소군의 눈동자가 자신을 굽어보고 있는 화무린의 얼굴을 바라보았다.

한 쌍의 크고 흑백이 또렷한 아름다운 두 눈에 눈물이 가득 차 오르더니 주르르 뺨을 타고 흘러내렸다.

그리고 희미한 미소를 떠올리고 있는 까칠하지만 아름다

운 입술 사이로 흘러나온 말.

"늦었네… 낭군님……."

마치 아침나절에 외출을 나갔다가 조금 늦게 돌아온 남편을 맞이하는 듯한 말이었다.

그리고 그 말속에는 화무린이 반드시 돌아올 것이라는 믿음이 절절하게 배어 있었다.

"응, 미안해. 많이 기다렸지?"

화무린은 부드럽게 미소 지으면서 하염없이 흐르는 그녀의 눈물을 닦아주었다.

소군이 바들바들 떨리는 두 팔을 들어올렸다. 안아달라는 뜻이었다.

화무린은 허리를 굽혀 두 팔을 그녀의 몸 아래로 넣고 상체를 들어올려 부드럽게 안아주었다.

그때 화무린의 심장이 손으로 힘껏 움켜쥔 것처럼 가볍게 수축됐다.

소군의 몸이 수수깡처럼 가벼웠기 때문이다. 그녀의 몸무게는 석 달 만에 절반으로 줄어들어 있었다.

그의 품에 안긴 소군의 몸이 떨리기 시작했다. 평소처럼 화무린을 맞이한 그녀는 비로소 지난 석 달간의 악몽을 떠올리기 시작했다.

그녀는 흐느끼듯 신음처럼 중얼거렸다.

"너무… 무서웠어……."

화무린은 영원히 놓지 않을 것처럼 소군을 힘주어 안았다.

그리고 맹세했다, 무슨 일이 있어도 이 여자만은 행복하게 해주겠다고.

화무린이 홀연히 사라지고 열흘이 지나도록 실오라기 같은 흔적조차도 찾을 수 없게 되자 소군은 절망에 휩싸이고 말았었다.

봉선은 그나마 데리고 있던 구중천의 고수 거의 전부를 일촉즉발의 상황에 놓여 있는 북경 대회합장으로 보내야만 했다.

또한 화산파의 제자들은 북경에 모여서 장문인인 단궁천을 학수고대 기다리고 있었다.

결국 단궁천도 화무린에 대한 수색을 포기하고 떨어지지 않는 걸음을 떼어놓을 수밖에 없었다.

와룡은 소림 장문인 무아 선사의 급한 부름을 받고 북경으로 돌아갔다.

현조는 선천고수로서 염천궁(炎天宮) 소속이라 소집 명령을 받고 그 역시 염천제(炎天帝)가 있는 북경으로 갔다.

결국 봉선과 은겸, 소군, 그리고 이십여 명의 고수들만이 안국현에 남게 되었다.

구중천의 고수 수백 명을 동원해서도 화무린을 찾지 못했는데, 겨우 몇 명만으로 수색을 해야 하는 상황이 되자 소군은 더욱 절망에 빠졌다.

그러나 그녀는 결코 포기하지 않았다.

그녀는 은겸과 단둘이서 안국현에서 수십 리 밖까지 화무린을 찾아 헤매었다.

그 즈음에는 봉선까지 직접 수색에 가담했었다. 그러나 화무린의 모습은 그 어디에서도 찾지 못했고, 그를 봤다는 사람도 없었다.

화무린이 죽었을 것이라는 말이 봉선의 입에서 처음 흘러나왔을 때만 해도 은겸과 현조는 펄쩍 뛰며 절대 그럴 리가 없다고 반박했다.

그러나 수색이 한 달을 넘기고 있는데도 아무런 진전이 없자 결국 은겸마저도 화무린은 죽었다면서 그만 포기하라고 소군을 설득하기에 이르렀다.

그러나 소군을 설득할 수 있는 사람은 아무도 없었다.

결국 수색은 중단됐다.

사실 봉선 등은 자신들이 할 수 있는 거의 모든 방법과 노력을 다 쏟았다.

이제는 화무린이 만약 살아 있다고 해도 그가 스스로 돌아오기를 바라는 것뿐이었다.

하지만 소군은 포기하지 않았다. 그녀를 포기시킬 수 있는 것은 아무것도 없었다.

그녀는 마지막 숨을 멈추는 그 순간까지 화무린을 찾아 헤맬 각오였다.

끝끝내 그를 찾지 못하고 어느 이름 모를 산속이나 강가에 쓰러져서 그대로 죽는다고 해도 상관이 없었다.

화무린이 죽었다면 자신도 죽을 것이고, 그가 살아 있다면 자신도 살아남을 것이라고 믿었다.

그것은 믿음을 넘어선 신앙과도 같은 것이었다.

그녀는 먹지도 않았고 잠을 자지도 않으면서 산과 들과 강을 헤매고 다녔다.

그러다가 저룡하 어느 강가에서 쓰러졌다. 기력이 고갈되어 손가락 하나 움직일 힘도 남아 있지 않았다.

그녀 옆으로는 저룡하가 도도히 흘러가고 있었다. 한 달 전쯤에 그곳으로 화무린이 떠내려갔다는 사실을 그녀는 알지 못했다.

그녀는 자신이 죽었다가 눈을 뜨면 화무린을 만나게 될 것이라고 믿었다.

그리고 그녀가 이틀 만에 다시 깨어난 곳은 안국현의 백학서원이었다.

다행히 그녀가 걱정이 되어 찾으러 나온 은겸에게 발견된 것이었다.

그녀는 죽지도 못했으며, 눈을 뜨고 난 후에 화무린을 만나지도 못했다.

그녀의 절망은 더욱 깊어졌다.

일어설 힘조차 없으면서도 시중을 드는 사람이나 은겸이

자리를 비우기만 하면 누워 있던 침상에서 사라져 버리기 일쑤였다.

하지만 그녀는 곧 정원이나 전각의 모퉁이 근처를 기어가고 있다가 사람들에게 발견되어 다시 침상에 눕혀지기를 수없이 반복했다.

땅바닥과 돌바닥을 너무 많이 기어서 무릎과 팔꿈치가 다 닳았다.

그녀는 더 이상 움직일 수 없을 때까지 그러기를 수없이 반복했다.

아무것도 먹지 않았다. 화무린을 생각하면 먹는 것이 한없이 미안했다. 편하게 누워 있는 것조차 그에게 죄를 짓는 것만 같았다.

움직일 수 없게 되자 그녀는 개방 안국 분타 부분타주를 불러달라고 했다.

하루의 거의 대부분을 혼절해 있는 소군이 눈을 떴을 때, 침상 가에서 부분타주가 그녀를 굽어보고 있었다.

그녀는 분명치 않은 발음으로 헛소리처럼 부분타주에게 화무린을 찾아달라고 부탁했다. 그가 듣지 못했을까 봐 계속 같은 말을 반복했다.

부분타주는 자신이 할 수 있는 한 최선을 다하겠다고 진심으로 약속했다.

그리고 마침내 그는 소군 앞에 화무린을 데리고 온 것이다.

“사랑해.”

화무린은 속삭이며 소군의 뺨에 자신의 뺨을 비볐다. 누군가를 사랑한다고 말하기는 생전 처음이었다.

또한 소군은 누군가에게 사랑한다는 말을 듣는 것이 생전 처음이었다.

“다치지 않았어?”

소군은 굳이 사랑한다고 말하지 않았다. 하지만 그 말이 사랑한다는 말보다 더 깊고도 위대하다는 사실을 화무린은 알고 있었다.

“괜찮아.”

화무린의 품에 안긴 소군은 진심으로 기뻐하는 미소를 짓고 있는 부분타주를 바라보았다.

“고마워요, 강재(姜栽) 아저씨. 당신이 낭군님을 데려올 거라고 믿고 있었어요.”

부분타주 강재는 얼굴을 붉히면서 겸연쩍게 웃었다.

사실 그는 소군이 기뻐하는 것보다 더 기분이 좋았다.

“나는 군아 곁을 떠나지 않겠소.”

화무린의 음성은 단호했다. 그리고 그의 표정은 그보다 더 단호했다.

방금 전에 은겸은 화무린에게 인사를 드려야 할 분이 계시다면서 함께 가자는 말을 했다가 그런 완고한 대답을 들은 것이다.

은겸은 가볍게 눈살을 찌푸리며 화무린을 쳐다보았다.

칠 년 전, 화무린이 산동악가 전문 앞에 피투성이가 되어 쓰러져 있는 것을 처음 봤을 때에는 그가 이처럼 고집불통에 무례한 놈이 될 줄은 몰랐던 은겸이다.

화무린은 침상 가에 앉아서 소군의 두 손을 꼭 잡은 채 놓지 않고 있었다.

은겸은 화무린의 쇠심줄 고집을 누구보다 잘 알고 있었다. 그가 한 번 하지 않겠다고 하면 당장 죽는다고 해도 꺾을 수가 없다는 사실을 구중천에서 삼 년 반 동안 함께 지내면서 질리도록 겪었다.

"그럼 못써."

그때 소군이 화무린을 곱게 흘기면서 꾸짖었다.

"누가 사부님께 그렇게 버릇없이 군대?"

화무린은 꿈쩍도 하지 않았다.

"군아 사부지 내 사부가 아냐."

소군은 정이 담뿍 담긴 눈빛으로 화무린을 바라보면서도 표정은 짐짓 꾸짖는 체했다.

"천애 고아인 나한테는 사부님이 곧 아버지나 다름이 없으셔. 그런데도 그럴 거야?"

"……."

화무린은 꿀 먹은 벙어리처럼 대꾸하지 못했다.

"일전에 나한테 말할 때는 사부님을 '은 숙부'라고 부른 적도 있었잖아."

"내, 내가 언제?"

화무린은 당황해서 펄쩍 뛰며 부인했다.

"안 그랬어?"

"……."

"그랬었지?"

"그… 랬어."

무극신공을 연성하면 무엇을 하겠는가. 소군에게는 맥도 못 추는 화무린이었다.

"어서 잘못했다고 사과드려."

소군은 아예 한술 더 떠서 화무린의 손에서 자신의 손을 슬며시 빼내더니 그의 어깨를 슬쩍 미는 시늉을 하며 은겸에게 사과하라고 시키기까지 했다.

그녀의 말투는 마치 꾸짖는 것 같았지만 눈빛은 부탁하고 있었다.

슥―

화무린이 일어서서 침상 가에 서 있는 은겸을 향해 천천히 돌아섰다.

이어서 주먹을 말아서 쥐고 포권을 해 보였다.

"미안하오. 용서하시오."

"……."

은겸은 적잖이 놀라는 표정을 지으면서 눈을 끔뻑거릴 뿐 대꾸를 하지 못했다.

그가 화무린에게서 미안하다는 말을 듣는 것은 지난 칠 년 동안 처음 있는 일이었다.

물론 미안하다는 말보다 한층 더한 '용서'라는 말은 두말할 필요도 없다.

그가 알고 있는 화무린은 집념이나 고집으로 똘똘 뭉쳤을 뿐 예의하고는 거리가 멀었다.

그런 화무린을 사과하게 만들다니, 은겸은 과연 사랑의 힘이란 대단하다고 생각했다.

그러나 화무린의 표정과 눈빛을 보는 순간 그는 자신의 판단이 틀렸음을 깨달았다.

화무린의 얼굴과 눈빛에는 진심이 서려 있었다. 은겸은 일찍이 그에게서 한 번도 그런 표정을 본 적이 없었다. 이것은 화무린의 진심이었다.

'대체 이 녀석에게 무슨 일이 있었던 것이지?

그는 그런 생각을 하느라 끝내 화무린의 말에 대답을 해주지 못했다.

"사부님 모시고 다녀와."

소군이 애써 미소를 지어 보였다.

화무린이 보기에 그녀는 인사드리고 올 사람이 누군지 잘 알고 있는 듯했다.

“같이 가자.”

“어머?”

화무린이 그녀를 안고 벌떡 일어섰다.

“널 혼자 놔두고 가긴 싫어.”

그는 소군을 안고 성큼성큼 방문 쪽으로 걸어가며 은겸을 쳐다보았다.

“앞장서시오.”

화무린은 방을 나서기 전에 부분타주에게 엷은 미소를 지어 보였다.

“강재, 잠시 기다려 주겠소?”

“다녀오십시오.”

부분타주는 멀어지는 화무린의 뒷모습을 향해 공손히 허리를 굽혔다.

“그, 그게 정말인가요?”

봉선은 차를 마시고 있던 중에 은겸의 보고를 듣곤 크게 놀라 벌떡 일어나며 나직이 외쳤다.

그 바람에 차를 옷에 엎지르고 말았지만 너무 놀라서 미처 깨닫지 못했다.

“그렇습니다.”

화무린이 제 발로 찾아왔다는 보고에 봉선의 반응은 은겸의 예상을 뒤엎을 정도로 지나쳤다.

은겸은 공손히 허리를 굽히고 나서 전부터 이상하게 여기고 있던 의문이 또다시 슬그머니 고개를 쳐드는 것을 느끼며 조심스럽게 봉선을 살펴보았다.

석 달 전,

용장봉선은 사백 명의 구중천 휘하 고수를 동원하여 안국현에 있는 천여 명의 투번 고수들을 모조리 도륙한 직후 화무린을 찾는 일에 전력을 기울였었다.

천녀황이 직접 구중천을 공격하러 출발했으며, 혈옥녀가 대군을 이끌고 북경 대회합을 급습할 것이라고 소군이 보고를 했는데도 불구하고 용장봉선은 안국현을 떠나지 않았고, 화무린을 포기하지 않았다.

구중천주는 천녀황의 구중천 공격과 그녀의 제자 혈옥녀의 북경 대회합 공격에 대비하여 동해의 고도(孤島) 구중천을 포기하는 단안을 내려야만 했다.

그리고 즉시 구중천의 전 고수를 북경으로 소집하여 혈옥녀의 북경 대회합 공격에 만전을 기했다.

그런데도 봉선은 용장과 호파, 적궁, 북검, 한봉 등을 북경으로 보내면서 자신은 끝내 이곳을 떠나지 않았다.

만약을 위해서 이곳에는 은겸과 소군, 그리고 균천궁 직계의 고수 이십여 명만을 남겨두었다.

은겸은 봉선의 그런 조치를 이해하지 못했다. 봉선은 구중천주의 좌호법이다. 호법이란 상전을 측근에서 그림자처럼 보필하는 지위를 말한다.

그렇다면 봉선이 이곳에 남아 있는 것은 구중천주의 명령에 의해서라는 것이 거의 확실했다.

도대체 무엇 때문에 천상성계의 성왕이며 구중천의 천주인 그가 일개 선천고수인 화무린에게 그토록 집착하면서 지대한 관심을 보이고 있는 것인가.

그것이 지난 석 달 동안 은겸이 품고 있던 풀리지 않는 의문이었다.

지금 은겸이 보기에 봉선은 몹시 당황하면서도 기쁜 표정이 역력했다.

수하인 은겸이 앞에 있는 데도 그것을 굳이 감추려고도 하지 않았다.

아니, 감추지 못했다. 그 정도로 그녀는 화무린의 출현에 진심으로 기뻐하고 있었다.

"곧 갈 테니 그를 내실로 안내하세요."

봉선은 은겸에게 지시하고 옷을 갈아입기 위해서 즉시 실내 한쪽의 봉장(鳳欌)을 열었다.

봉선의 패배

봉선은 두근거리는 가슴을 애써 진정시키면서 사뿐사뿐 내실로 향하고 있었다. 그녀의 걸음은 자신도 모르는 사이에 거의 뛰고 있었다.

감격과 흥분을 아무리 진정시키려고 해도 뜻대로 잘 되지 않았다.

'아아… 성존님의 영윤(令胤)을 내 눈으로 직접 뵙게 될 줄은 상상조차 하지 못했어.'

화무린이 성존의 친아들이라는 사실을 확인하는 절차가 아직 남아 있기는 했다.

그렇지만 봉선은 그가 성존의 친아들이 거의 확실하다고

믿고 있었다.

그녀가 조사한 바에 의하면 북경 천화장주인 대성학 화운락은 성존 동방운이 분명했다.

그리고 산동악가의 소가주가 화무린이 화운락의 아들이며 자신의 어린 시절 정혼자라고 확인해 주었다.

그러니 이제 남은 것은 단지 형식적인 절차일 뿐이었다.

봉선은 내실에 들어서기 전에 잠시 멈춰 서서 한차례 길게 심호흡을 했다.

사륵―

이어서 긴 치맛자락을 끌면서 내실로 들어섰다.

그녀의 시선이 빠르게 실내를 살피던 중에 한 사람에게 고정되었다.

단상익의 허름한 무명옷을 입고 있는 화무린이었다.

뚝.

걸어 들어가던 봉선의 걸음이 멈춰졌다. 멈추려고 해서 멈춘 것이 아니라 저절로 그렇게 돼버린 것이었다.

그리고 그녀의 시선은 화무린의 얼굴에 못 박힌 채 움직이지 않았다.

그녀는 화무린을 보는 순간 그가 성존 동방운의 친아들이라는 사실을 확신했다.

화무린은 젊은 시절의 동방운을 고스란히 빼닮은 용모였다. 아니, 용모뿐 아니라 체격도 거의 흡사했다.

봉선이 그 자리에 성존이 앉아 있는 것으로 착각할 정도였으니 무슨 말이 필요하겠는가.

"봉선님."

앉아 있던 은겸이 급히 일어서며 조심스러운 목소리로 그녀를 불렀다.

그녀가 들어서다가 말고 갑자기 멈추더니 놀란 표정으로 화무린의 얼굴에서 시선을 떼지 못하고 있기 때문에 그녀를 일깨우려는 의도였다.

봉선은 퍼뜩 정신을 차리고 다시 걸음을 옮기면서 화무린에게서 시선을 거두었다.

그러나 화무린은 봉선이 들어섰는데도 의자에서 일어설 생각조차 하지 않았다.

그는 옆에 앉은 소군의 어깨에 팔을 두르고 그녀를 거의 품에 안고 있는 듯한 자세를 취하고 있었다.

소군은 원래 누워 있어야 하는 형편인데 화무린이 억지로 데려왔기 때문에 앉아 있는 것조차도 몹시 힘겨워서 식은땀을 흘리면서 눈을 감고 있었다. 그러니 화무린이 일어선다면 쓰러질 수밖에 없을 것이다.

그러나 그런 사정이 아니더라도 그는 일어설 마음이 전혀 없었다.

"무엄하다! 당장 일어서라!"

그때 은겸이 가볍게 발을 구르며 화무린을 꾸짖었다. 그러나 화무린은 꿈쩍도 하지 않았다.

그저 은겸을 힐끗 한 번 쳐다보고는 다시 소군에게 시선을 주었다.

그런데 은겸의 호통에 반응을 보인 사람은 뜻밖에도 소군이었다.

그녀는 깜짝 놀라서 눈을 뜨고 주위를 둘러보다가 봉선을 발견하고는 일어나려 안간힘을 썼지만, 화무린이 어깨를 지그시 누르고 있어서 뜻을 이루지 못했다.

봉선은 봉황 조각이 새겨진 격조 높은 의자에 앉았고, 그 옆에 은겸이 호위하듯이 우뚝 섰다.

화무린은 봉선을 보며 나직한 어조로 입을 열었다.

"내게 볼일이 있소?"

은겸이 봤을 때 오만하며 무엄하기 짝이 없는 태도였다. 그냥 묵과할 그가 아니었다.

"이놈! 천주의 좌호법이신 봉선님께 너무 무례하구나!"

화무린은 조용히 말을 받았다.

"당신에게는 좌호법일는지 모르지만 내게는 아니오."

그의 시선이 봉선에게 향했다.

"물론 군아는 구중천 사람이기 때문에 당신에게 예를 취해야 하지만 보다시피 매우 아프오. 그래도 예를 갖추라면 내가 대신 하겠소."

자신은 봉선의 수하가 아니기 때문에 예를 갖출 필요를 느끼지 못하지만, 소군을 위해서라면 기꺼이 예를 갖추겠다는 뜻이었다.

은겸은 어이가 없으면서도 한편으로는 그런 화무린이 기특하다는 생각이 문득 들었다. 어찌 됐든 소군은 자신의 하나뿐인 제자가 아닌가.

봉선은 화무린의 말을 듣지 못했다. 아니, 말은 들었으되 내용은 모르는 채 음성만 들었다.

그녀는 화무린이 음성마저도 동방운과 구별하기 어려울 정도로 닮았다는 사실을 깨달았다.

화무린은 자신의 물음에 봉선이 아무런 반응을 보이지 않는데도 별로 개의치 않았다.

예전 같았으면 기분이 상해서 필경 자리를 박차고 나가 버렸을 것이다.

실내에는 네 사람이 있었지만, 마냥 태연한 사람은 화무린 혼자뿐이었다.

은겸은 더 이상 화무린을 꾸짖지 않았다. 그는 이제부터 봉선이 화무린에게 무슨 말을 할 것인지에 더 큰 관심을 갖고 신경을 곤두세우고 있었다.

"부친 존함이 무엇인가요?"

그때 봉선이 내실에 들어온 이후 처음으로 입을 열었다. 화무린에게 하는 질문이었다.

이 부분에서도 예전의 화무린 같았으면 분명히 발끈했을

것이다.

그러나 지금은 담담한 표정이었다. 표정만 그런 것이 아니라 마음 또한 평온했다.

"화운락이라는 분이시오."

부친의 이름을 말하지 않을 이유가 없었고, 그것을 왜 묻느냐고 반문할 필요도 없었다.

만약 상대가 부친을 알고 있다면 이제 곧 부친에 대해서 말을 할 것이다.

그러나 그저 지나가는 말로 물었다면 더 이상 부친에 대해서는 언급하지 않을 테니까 말이다.

"자당의 존함을 말해줄 수 있나요?"

그런데 그 상대가 이번에는 한술 더 떠서 어머니의 이름을 물었다.

문득, 화무린의 망막에 눈이 부시도록 아름다웠던 어머니의 모습이 떠올랐다.

그리고 그 모친을 누나 화여옥이 죽였다는 사실이 연이어 생각났다.

그러자 가슴이 아려왔다. 예전 같은 폭발할 듯한 분노가 아니라 슬픔이었다.

"말하고 싶지 않소."

화무린은 고개를 가로저었다. 약간 우울한 듯한 표정일 뿐 다른 것은 없었다.

문득, 봉선의 눈빛이 쓸쓸하게 변했다. 그가 모친의 이름을 말하지 않으려는 이유를 조금쯤은 짐작할 수 있을 것 같아서였다.

"혹시 자당의 존함이 설란인가요?"

순간 소군의 머리카락을 부드럽게 쓰다듬고 있던 화무린의 손이 뚝 멈췄다.

이어서 그는 천천히 봉선을 쳐다보았다. 상대가 이미 알고 있다면 굳이 감추고 싶지는 않았다.

그가 모친의 이름을 말하지 않은 것은 비밀을 지키려는 의도가 아니라 그저 말하고 싶지 않았을 뿐이다. 더구나 모친의 이름이 무에 비밀이겠는가.

"그렇소."

그는 비로소 봉선을 똑바로 주시했다. 표정은 담담했지만 눈빛은 날카로웠다.

"그대는 어떻게 어머님의 존함을 알고 있는지 내게 설명해야 할 것이오."

봉선이 화무린에게 부모의 이름을 묻는 것은 형식적인 절차였다.

그녀는 화무린이 성존의 친자라는 것을 확신하기 때문에 굳이 물을 필요성을 느끼지 못했지만 구중천주는 더 확실한 것을 원했다.

"조만간 알게 될 거예요."

화무린과 구중천주, 조카와 백부가 상봉을 하게 되면 많은 의문이 풀릴 것이고 더 많은 것을 얻게 될 터이다. 봉선의 말은 그런 뜻이었다.

봉선의 권한은 화무린을 찾아내어 구중천주에게 데리고 가는 것까지다.

그러나 화무린의 생각은 달랐다.

부친의 화운락이라는 이름은 너무도 유명해서 모르는 사람이 없을 정도다.

그러나 그가 아는 한 세상천지에 어머니의 이름을 알고 있는 사람은 가족뿐이었다.

아니, 어머니의 언니라는 천녀황과 동생이라는 천신녀도 알고 있을 것이다.

봉선이 어머니의 이름을 알고 있다면 거기에는 분명히 합당한 이유가 있어야만 한다는 것이 화무린의 생각이었다.

그는 조심스럽게 소군을 품에서 떼어내 의자에 기대게 해준 후 일어섰다.

이어서 천천히 봉선에게 걸어가며 입을 열었다.

"그대는 지금 대답해야 하오."

봉선은 차분했다.

"내겐 그럴 권한이 없어요."

"권한이 없다면, 구중천주에게 권한이 있는 것이오? 그도 나에 대해서, 내 가족에 대해서 알고 있소?"

화무린은 봉선의 일 장 반까지 다가가고 있었다.

"그래요. 당신이 천주를 만나게 되면 그분께서 더 많은 것들을 말씀해 주실 거예요."

"나는 지금 알고 싶소."

화무린은 조용한 중에도 단호했다.

봉선은 설레설레 고개를 가로저었다.

"무리한 부탁이에요."

화무린은 봉선의 반 장 전면에 멈춰 섰다.

"내가 지금 부탁하는 것 같소?"

봉선의 얼굴이 가볍게 굳어졌지만 오래지 않아서 평소의 우아함을 되찾았다.

"한 가지는 분명히 말할 수 있어요. 그것은 천주와 내가 당신 편이라는 사실이에요."

화무린은 고개를 절레절레 가로저었다.

"틀렸소. 이 넓은 천하에 내 편은 군아 한 명뿐이오."

문득 은겸의 얼굴에 쓸쓸함이 스쳐 갔다.

화무린은 봉선의 얼굴에서 시선을 떼지 않은 채 조용한 어조로 말을 이었다.

"내가 알고 있는 한 어머님의 존함을 알고 있는 사람은 천녀황과 그녀의 동생 천신녀뿐이오."

봉선의 눈빛이 크게 흔들렸다. 화무린이 그런 말을 할 줄은 예상하지 못한 그녀였다.

그녀는 화무린의 모친 설란이 누군지 잘 알고 있다.

오십 년 전, 성존 동방운은 가까이해서는 안 될 사람, 천녀황의 친동생인 설란을 사랑하고 말았다.

그리고 그들은 천상성계도 천외신계도 원치 않는 결단을 내렸다.

사랑의 도피였다.

두 사람은 자신들의 사랑을 위해서 모든 것을 버린 것이다.

봉선은 방금 전 화무린의 말을 듣고 그가 어디까지 얼마나 알고 있는지 궁금해졌다.

북경 천화장이 멸문당했을 당시 화무린은 겨우 일곱 살짜리 어린아이였다.

그런데 설마 성존이 어린 그에게 자신과 부인의 신분을, 그리고 자신들이 사랑을 위해서 도피할 수밖에 없었던 과거지사를 털어놓았겠는가?

그래서 아들이 이해할 것이라고 생각했을까?

아니다. 그랬을 가능성은 거의 없다.

그렇다면 방금 화무린이 한 말은 무엇이라는 말인가? 그는 천녀황과 천신녀가 모친의 이름을 알고 있다고 어떻게 장담하는 것인가?

설마 화무린은 천녀황을 직접 만나보기라도 했다는 말인가?

봉선은 똑바로 화무린을 주시했다.

“그녀들이 당신 모친의 이름을 알고 있다는 사실을 어떻게 알았죠?”

화무린은 고개를 가로저었다.

“대답을 할 사람은 내가 아니라 그대요. 말하시오. 어떻게 내 어머님의 존함을 알고 있소?”

그것에 대해서는 화무린이 구중천주를 만나면 어차피 알게 될 일이었다.

“말할 수 없어요.”

화무린은 설마 구중천주가 천외신계의 인물이거나 천녀황이 중원에 심어놓은 첩자 중 한 명일 것이라고는 의심하지 않았다.

하지만 분명한 확인이 필요했다. 내 편이 아닌 것은 분명하지만 적의 편도 아니라는 확인 말이다.

그는 천외신계에 대해서도 자세히 모르고 있지만, 구중천에 대해서는 더 모르고 있었다.

“내가 손을 쓰기를 원하오?”

화무린의 말에 봉선과 은겸은 똑같이 어이없다는 표정을 떠올렸다.

사마귀 한 마리가 마차를 가로막겠다면서 굴러가는 바퀴 앞에 두 팔을 벌리고 서 있는 것이나[螳螂拒轍] 다름이 없다고 생각한 것이다.

“쓸데없는 행동은 마세요. 그러다가 행여 실수라도 하면

다칠 수도 있어요."

봉선은 눈을 내리깔면서 수중의 백옥적으로 손바닥을 가볍게 두드렸다.

봉선과 화무린의 대화는 은겸을 놀라게 만들기에 부족함이 없었다.

그러나 놀랐다고 해서 제 할 도리를 망각하게 만들 정도는 아니었다.

은겸은 천천히 걸음을 옮겨 화무린과 봉선 사이를 가로막으려고 했다.

"이쯤에서 그만두지 않으면 나를 원망하게 될……."

투우!

은겸은 화무린이 봉선에게 다가드는 것을 가로막으려다가 갑자기 부드러우면서도 강력한 보이지 않는 그 무엇에 부딪쳐서 허공으로 붕 떠오르고 말았다.

그 순간 그것을 본 봉선의 얼굴에 얼핏 가벼운 놀라움이 떠올랐다.

'무형강기!'

척!

은겸은 허공중에서 한 바퀴 공중제비를 돈 후에 가볍게 바닥에 내려섰다.

화무린으로부터 이 장이나 떨어진 거리였다. 그는 불신이 가득 떠오른 표정으로 화무린을 쳐다보았다.

은겸은 자신이 화무린의 무형강기에 의해서 튕겨졌다는 사실을 깨달았지만 쉽사리 믿어지지 않았다.

호신강기와 무형강기는 근본은 같으나 공력을 강기로 전환시켜서 단순하게 몸 주위에 보호막을 형성하는 호신강기가 순전히 방어의 수단이라면, 강기를 자유자재로 몸 밖의 원하는 방향으로 뿜어내고 거두는 무형강기는 공격의 수단이라는 점이 다르다.

은겸도 위급 상황에서는 호신막을 일으키기는 하지만 그것보다 한 단계 위인 호신강기나 또 한 단계 위인 무형강기를 일으키지는 못한다.

화무린은 구중천에서 은겸과 천지조화검을 연마할 때 늘 자신의 공력을 절반 이상 감췄었다.

하지만 은겸은 그 사실뿐만 아니라 그 당시 화무린의 공력이 백십 년 정도로 자신과 비슷한 수위라는 것까지 정확하게 간파하고 있었다.

그랬기 때문에 얼마 전에 그가 천외신계 십이령후의 구령후를 죽이고, 적의 소굴인 승룡장에 잠입하여 육천군의 적혈군, 무쌍신의 흑멸신을 차례로 죽였다는 말을 들었을 때 자신의 귀를 의심할 정도로 크게 놀랐었다.

화무린이 아무리 구령후의 인피를 쓰고 변장을 한 모습으로 승룡장에 잠입하여 적혈군과 흑멸신이 방심하는 사이에 급습을 가했다고는 하지만, 실력이 뒷받침되지 않았다면 그들을 죽이는 일은 어림도 없는 일이다.

호랑이가 깜빡 잠이 들었다고 해서 토끼에게 죽임을 당하지는 않는다는 것이다.

방금 화무린은 무형강기를 펼쳤다. 그것은 그가 은겸보다 두 단계는 더 고강하다는 사실을 단적으로 명백하게 보여준 것이었다.

은겸은 비로소 화무린이 구령후와 적혈군, 흑멸신을 죽일 수 있었던 것은 우연이 아니었다는 사실을 깨달았다.

은겸이 놀란 얼굴로 화무린을 쳐다보자 그는 담담한 어조로 말했다.

"은 숙부를 다치게 하고 싶지는 않소. 그곳에 가만히 있도록 하시오."

화무린은 처음으로 은겸이 있는 장소에서 그를 '숙부'라고 불렀다.

은겸은 안다.

화무린 같은 성격의 소유자가 '숙부'라는 호칭을 쓴다는 것은 대단한 의미가 내포되어 있다는 사실을.

그러나 그것은 그것일 뿐 이 일과는 다르다.

"그렇게 하세요, 은겸님."

그때 봉선이 은겸을 보며 살짝 미소를 지어 보였다. 웃을 때 눈부신 치아가 반짝였는데 웬일인지 그것이 은겸의 가슴을 조금 설레게 했다.

은겸은 봉선의 미소를 나름대로 해석했다. 그녀가 화무린의 무례함을 따끔하게 징계하려는 것으로.

그게 아니면 화무린을 시험해 보려는 정도로 이해해도 무방할 터이다.

어쨌든 은겸은 잘됐다고 생각했다. 화무린이 예상했던 것보다 더 고강하다고 해도 봉선을 다치게 할 정도의 실력은 아닐 것이다.

그렇다고 봉선이 화무린을 다치게 할 리는 없다.

그러므로 은겸은 봉선의 말에 따르는 체하면서 이 하극상을 묵인함으로써 봉선과 구중천주가 왜 화무린에게 지대한 관심을 갖고 있는가 하는 의문이 풀리는 과정을 조금 더 지켜볼 수 있게 되었다.

봉선은 다소곳한 자세로 앉은 채 화사한 미소를 지으며 화무린을 바라보았다.

"자, 꼭 그래야만 한다면 이제부터 당신은 마음껏 실력을 펼쳐 보이도록 하세요."

화무린은 의미없는 싸움은 하기 싫었다. 그것이 어떤 식의 싸움이든.

하지만 봉선이 어떻게 어머니의 이름을 알고 있는지는 반드시 알아내야만 했다.

"내가 이기면 물음에 대답하겠소?"

봉선은 미소를 잃지 않으면서 희고 긴 손가락 하나를 세워 보였다.

"한 가지만 대답할게요. 대신 나도 한 가지를 묻겠어요."

하나를 대답해 주는 대신 하나를 묻겠다는 희한한 내기지만 화무린은 고개를 끄덕였다.

"좋소."

"서로 다치는 것은 원치 않으니까 무엇으로 승부를 내는 것이 좋을까요?"

우아하고 선하기만 한 봉선이지만, 분위기가 이쯤 된 이상 계속 물러설 수만은 없었다.

또한 그녀는 흑멸신을 죽인 화무린의 진짜 실력이 어느 정도일는지 내심 궁금하기도 했기 때문에 이 기회에 알아보자는 심산도 다분히 깔려 있었다.

"그대의 백옥적을 뺏도록 하겠소."

봉선은 너무 어이가 없어서 하마터면 웃음을 터뜨릴 뻔했지만 곧 고개를 끄덕였다.

"그렇다면 나는 당신의 검을 뺏도록 하겠어요. 당신은 먼저 공격하도록… 아!"

그러나 봉선은 말을 다 끝내지 못했다.

그녀는 말을 하는 도중에 화무린이 오른손을 앞으로 내밀면서 슬쩍 움켜잡는 듯한 시늉을 하는 것을 발견하고 의아한 표정을 지었다.

그 순간 이미 한줄기 부드러운 경력이 백옥적을 쥐고 있는 자신의 왼손에 닿고 있는 것을 느꼈기 때문에 깜짝 놀라서 탄성을 터뜨린 것이었다.

화무린이 전개한 것은 삼절제룡수 중에서 죄기, 즉 곤(裍)이었다.

슈욱!

봉선은 적이 당황하여 급히 왼 손목을 뒤집으며 백옥적에서 심후한 경력을 뿜어냈다.

땅!

순간 짧고 경쾌한 음향이 터지며 백옥적을 움켜쥐려고 쏘아오던 화무린의 경력이 방향을 바꾸었다.

아니, 그것은 방향을 바꾸자마자 즉시 소멸해 버렸다.

진짜 고수는 발출한 공력마저도 자유자재로 다루기 때문에 한 움큼의 공력이라도 낭비하지 않는다.

또한 방향을 바꾼 경력을 내버려 둔다면 실내의 어디 한군데를 뚫거나 부숴 버리고 말 것이다.

찌르르!

봉선은 백옥적을 쥐고 있는 왼손 손아귀에 제법 강한 충격을 느꼈다.

그녀는 발끝으로 바닥을 가볍게 박차면서 화무린을 향해 미끄러져 가려고 했다.

그러나 발끝은 바닥을 박차지 못했으며, 박차려는 자세에서 멈추어야만 했다.

이번에는 화무린의 왼손이 안쪽으로 가볍게 작은 원을 그렸으며, 그와 동시에 오른손이 위에서 아래로 짧게 끊어서 치는 동작을 취하는 것을 발견한 것이다.

역시 삼절제룡수의 묶기 속(束)과 끊기 단(斷)이었다.

봉선은 방금 전에 화무린이 움켜쥐는 시늉을 하는 것과 동시에 무형의 경력이 자신의 왼손을 공격했기 때문에 이번에도 그럴 것이라 판단하고 감히 공격하지 못한 것이다.

과연 그녀의 판단은 옳았다. 그러나 판단만 옳았을 뿐이지 대처할 방법을 알지 못했다.

화무린의 손동작이 무엇을 뜻하는지 모르기 때문에 당연한 일이었다.

그러나 봉선은 그 즉시 알게 됐다.

무형의 경력이 왼쪽에서 허리 높이로 밀려드는 것을 감지한 것이다.

“……!”

봉선은 뒤로 반걸음 번개같이 미끄러지면서 피하려다가 깜짝 놀랐다.

왼쪽뿐만이 아니라 뒤에서도 무형 경력이 밀려들고 있는 것이 아닌가.

아니, 그것도 아니었다.

무형 경력은 그녀의 허리 높이 사면팔방, 즉 띠를 이룬 채 무서운 속도로 조여들고 있었다. 피하지 못한다면 허리가 끊어지고 말 것이다.

숙!

순간 그녀는 수직으로 솟구쳐 올라 띠의 공격 범위를 완전히 벗어났다.

그 순간 그녀는 아차 싶었다.

머리 위에서 칼날처럼 날카로운 예기(銳氣)가 쏟아져 내리는 것을 한발 늦게 감지한 것이다.

피하지 못한다면 정수리를 가격당할 것이고, 죽지는 않더라도 심각한 부상을 입게 될 것이다.

그러나 예기의 속도가 지독하게 빨랐다.

그것은 아래쪽의 띠와 동시에 펼쳐졌기 때문에 이미 위에서 쏟아져 내리는 중이었다.

그런데 죄어오는 띠를 피한답시고 오히려 위로 솟구쳤으니 칼날에 정수리를 들이민 꼴이 돼버린 것이었다.

봉선은 다급했다. 그녀는 무공을 배운 이후 지금처럼 다급한 적이 단 한 번도 없었다.

어쨌든 정수리를 가격당해서는 안 된다.

그녀는 거의 본능적으로 상체를 오른쪽으로 기울였다.

삭!

예기가 귓전을 깎듯이 스치면서 섬뜩한 파공음을 남길 때 봉선은 그것이 자신이 생각했던 것보다 더 날카롭고 위력적이라는 사실을 깨달았다.

소위 김 나지 않는 숭늉이 더 뜨겁다는 속담이나 같았다.

팍!

귓전을 스쳐 내려간 예기가 자신의 왼 손목을 짧고 강하게 끊어 치는 순간 봉선은 머릿속이 새하얗게 탈색되는 것을 느끼면서 한 가지 사실을 깨달았다.

방금 전의 한 수는 잘 짜여진 각본이었다.

봉선의 허리 높이에서 조여온 띠는 그녀를 솟구치게 만드는 역할을 했다.

단순히 위협용이라는 것이다.

그리고 정수리로 내려쳐 온 예기는 상체를 옆으로 피하게 만드는 역할을 한 것이다.

공교롭게도 오른쪽으로 상체를 피하는 바람에 예기는 그녀의 왼 손목을 내려쳤으며, 그로 인해 백옥적은 둥실 허공으로 떠올랐다.

백옥적이 허공 일 장 반 높이로 떠오르긴 했지만, 봉선 역시 허공에 떠 있는 상태였다.

그녀와 백옥적과의 거리는 불과 넉 자 남짓이었으므로 손만 뻗으면 간단하게 잡을 수 있는 거리였다.

봉선은 절대 백옥적을 뺏길 수 없다고 생각했다.

화무린에게 백옥적을 뺏기면 한 가지 대답을 해줘야 한다는 것 때문이 아니었다.

그녀는 참으로 오랜만에 가슴속에서 호승심이 활활 불타

오르는 것을 느꼈다.

화무린에게 패하기 싫었다.

아니, 상대가 화무린이기 때문이 아니라 그 누구라고 해도 상관이 없었다.

어떤 종류의 싸움이더라도 싸움에서 지기 싫어하는 것은 모든 무인들의 공통된 심리였다.

슉!

봉선은 왼 손목이 끊어져 나갈 듯한 통증을 느낄 여유조차 없이 백옥적을 향해 오른손을 번개같이 내밀었다.

그리고 그녀는 백옥적을 손에 잡는 것과 동시에 곧장 화무린에게 쏘아가며 전 공력을 쏟아내 회심의 일격을 가할 생각이었다.

그러나 이 싸움이 시작된 이후 그녀의 생각과 계획은 번번이 수포가 되었고, 그것은 지금도 마찬가지였다.

휙!

그녀의 오른손은 허공을 움켜잡았다.

백옥적이 빠른 속도로 화무린 쪽으로 쏘아가는 것이 봉선의 시야에 들어왔다.

그리고 그 너머에서 화무린이 백옥적을 향해 끌어당기는 손동작을 하고 있는 것도 발견했다.

삼절제룡수의 당기기 공(控)이었다.

백옥적이 화무린의 손에 들어가면 이 대결은 끝난다.

이대로 내버려 둘 수는 없는 일.

슈욱!

봉선은 오른발로 허공을 박차며 화살처럼 화무린을 향해 쏘아가면서 오른손을 품속에 집어넣었다.

허공에 정지된 상태에서 허공을 박차며 앞으로 쏘아 나가는 것은 순간적으로 발바닥에서 한 움큼의 공력을 뿜어내 발 밑의 허공을 단단하게 응축시켜서 발끝으로 그것을 박차는 방법이며, 최상승의 신법에 속한다.

그렇지만 그것이 지상에서보다 더 빠를 수는 없었다.

그 순간 화무린이 손을 뻗어 백옥적을 막 잡으려고 하는 것이 보였다.

봉선은 다급했다.

쐐애액!

그녀의 오른손이 품속에서 번개같이 빠져나오면서 화무린을 향해 세차게 뿌려지며 허공을 갈가리 찢는 날카로운 파공성이 터져 나왔다.

그녀가 발출한 것은 언뜻 보기에 한 자 반 길이의 막대기 같았는데, 붉은색이었다.

그 막대기는 쏘아가는 동안 활짝 펼쳐지더니 하나의 둥근 바퀴[輪]처럼 급변했다.

'홍봉선(紅鳳扇)!'

그것을 발견한 은겸이 속으로 낮게 외쳤다.

홍봉선은 봉선의 성명무기인 동시에 그녀의 이름 봉선을 있게 해준 신물(信物)이기도 했다.

화무린을 향해 맹렬히 회전하면서 쏘아가는 홍봉선 둘레에는 두 자 길이의 납작하고도 예리한 무형의 강기가 뻗어 나와 있었다.

그 강기는 신병이기처럼 금석(金石)마저도 여지없이 베어 버릴 정도의 위력을 갖고 있었다.

그 순간 은겸은 화무린의 왼손에 이미 백옥적이 쥐어져 있는 것을 발견했다.

그리고 같은 순간 봉선도 그것을 발견하고 표정이 급변했다.

그러나 홍봉선은 이미 화무린의 두 자 전면에 쇄도하고 있었으며, 정확하게 화무린의 목을 겨냥하고 있었다.

'내가 무슨 짓을……'

봉선의 얼굴이 새하얗게 질려 버렸다. 한낱 호승심 때문에 화무린을 죽이게 생긴 것이다.

그녀도 은겸도 화무린이 홍봉선만큼은 피하지 못할 것이라고 여겼다.

은겸이 손을 쓰기에는 너무 먼 거리였다. 더구나 그는 봉선이 전력으로 발출한 홍봉선을 어떻게 해볼 실력을 갖고 있지 않았다.

그의 표정이 찰나지간에 여러 차례 변했다.

그리고 화무린이 목이 잘린 채 죽어 있는 모습이 눈앞에 그
려졌다.

스파앗!

찰나 번쩍이는 은광 한줄기가 허공을 세로로 쪼갰다.

봉선은 눈앞에서 한 마리 은빛 까마귀가 순식간에 나타났
다가 사라진 듯한 착각을 느꼈다.

척!

은겸은 화무린이 오른손으로 어깨의 은빛 검을 잡고 있는
것을 발견하고 절망감을 느꼈다.

홍봉선은 이미 그의 목에 닿고 있는데, 이제야 발검하여 무
얼 어쩌겠다는 말인가.

쐐애액!

화무린의 옆쪽에 서 있던 은겸은 홍봉선이 그의 목을 정확
하게 관통하는 것을 똑똑히 보았다.

그렇지만 화무린의 앞쪽에 있던 봉선은 홍봉선이 정확하
게 절반으로 쪼개지는 것과 동시에 그의 목 양쪽으로 스쳐 지
나가는 것을 목격했다.

그녀는 홍봉선을 반쪽으로 쪼갠 것이 방금 전에 착각처럼
느꼈던 은빛 까마귀라는 사실을 깨달았다.

척!

하얗게 질린 표정의 봉선은 화무린의 세 걸음 앞에 내려선
후 가볍게 비틀거렸다.

하마터면 화무린을 죽일 뻔했다는 충격에서 벗어난 후유증 때문이었다.

그러나 은겸은 봉선이 화무린을 죽인 충격 때문에 비틀거린다고 오해했다.

은겸이 보는 방향에서는 홍봉선이 분명히 화무린의 목을 잘랐다.

그는 화무린의 발검이 워낙 빨라서 이미 홍봉선을 자르고 검집에 꽂는 것을 그제야 발검하는 것으로 착각했다.

화무린을 쳐다보는 은겸의 얼굴이 보기 싫게 일그러졌다.

은겸은 화무린이 봉선을 향해 서 있기는 하지만 이미 목이 잘린 상태라고 생각했다.

빠르고도 날카로운 무기에 목이 반듯하게 잘리면 누가 건드려야만 잘린 머리가 목 위에서 떨어지는 경우가 종종 있기 때문이다. 은겸 자신도 그런 식으로 상대를 죽인 적이 여러 번 있었다.

순간 은겸은 화무린을 향해 벼락같이 몸을 날리며 쩌렁쩌렁하게 외쳤다.

"으형! 무린아!"

화무린은 의아한 얼굴로 그를 쳐다보았다.

"왜요?"

"끄악!"

은겸이 화무린을 막 부둥켜안으려는 찰나 갑자기 그가 자신 쪽을 쳐다보면서 불쑥 말하자 은겸은 혼백이 달아나도록 기겁했다.

그러나 화무린이 죽었다고 생각해서 그를 부둥켜안을 작정으로 워낙 힘차게 신형을 날렸기 때문에 갑자기 멈추는 것이 불가능했다.

더구나 혼비백산 놀란 터라 멈출 재간이 있다고 해도 그럴 정신이 없었을 터이다.

와락!

그래서 은겸이 화무린의 몸을 옆에서 덥석 끌어안고 마는 웃지 못할 촌극이 벌어지고 말았다.

더구나 화무린은 은겸의 부름에 그를 쳐다보느라 고개를 옆으로 돌린 자세였다.

얼굴을 정면으로 향한 채 날아온 은겸의 얼굴과 화무린의 얼굴이 서로 마주 보는 자세가 되었다.

또한 두 사람의 키는 거의 비슷했다.

그러므로 그 다음에 두 사람의 입술이 딱 맞붙어 버리는 상황이 벌어지는 것은 당연했다.

실로 황당한 상황이 벌어지고 말았다.

은겸이 화무린의 몸을 부둥켜안은 자세에서 두 사람이 입을 맞추고 있는 것이다.

두 사람의 눈이 화등잔처럼 커졌다.

너무 놀란 탓에 입술을 떼야 한다는 사실조차도 잠시 잊고 있었다.

　소군은 의자에 기대어 겨우 상체를 지탱한 자세로 화무린과 봉선의 대결을 지켜보고 있다가 이 난데없는 광경에 깜짝 놀라고 말았다.

　봉선의 표정은 묘했다. 금방이라도 울 것 같은 얼굴인데, 가만히 보면 그것이 웃음을 참으려고 애를 쓰고 있기 때문이라는 것을 알 수 있었다.

　덥수룩하게 수염이 난 남자들이 서로 딱 붙은 채 입을 맞추고 있는 광경을 본다면 아마 돌부처라도 파안대소하고 말 터이다.

　"아하하하하!"

　"호호호호홋!"

　순간 소군과 봉선이 동시에 웃음을 터뜨렸다.

　그 웃음소리에 퍼뜩 정신을 차린 화무린과 은겸이 벼락같이 떨어졌다.

　"에퉤퉤퉤!"

　은겸은 바닥에 침을 뱉고 소매로 입을 문지르는 등 난리법석을 떨었다.

　반면에 화무린은 어이없는 실소를 흘렸다.

　"노인네하고 입을 맞췄으니 내가 그래야 하는 것 아니오?"

　"뭐라고? 내가 어째서 노인네냐?"

　은겸은 소매로 연신 입을 문지르면서도 목에 핏대를 세우며 지지 않고 소리쳤다.

"노인네가 아니면 할망구요?"

"하, 할망구?"

두 사람의 예기치 않은 대화에 소군과 봉선은 웃음을 참지 못하고 깔깔거렸다.

"아아……."

그때 소군이 의자에서 바닥으로 옷자락이 흘러내리듯이 스르르 떨어졌다.

워낙 기력이 없는 몸으로 지나치게 웃었기 때문에 정신을 잃은 것이다.

척!

그러나 그녀의 몸이 바닥에 닿기도 전에 화무린이 마치 빛처럼 쏘아가 가볍게 안았다.

소군은 혼절을 한 상태였는데, 안색이 창백했으며 땀방울이 얼굴에 가득 맺혀 있었다.

화무린이 그녀를 마주 보는 자세로 품에 안은 채 의자에 앉아 그녀의 등에 부드러운 진기를 주입시켰다.

은겸이 가볍게 얼굴을 찌푸리며 화무린을 나무랐다.

"만약 네가 조금만 더 늦게 나타났다면 군아의 죽은 모습을 보게 됐을 것이다."

화무린이 심후한 진기를 반 각 가까이 주입하자 소군은 곧 정신을 차렸으며, 안색도 발그레해지고 조금 전보다 썩 좋아진 모습이었다.

"괜찮아요?"

어느새 다가와서 걱정스런 얼굴로 지켜보고 있던 봉선이
물었다.

"아! 속하는 괜찮습니다, 봉선님."

"다행이에요."

소군의 지위인 나찰은 가장 하위인 야차 다음으로 아래에
서 두 번째다.

야차와 나찰은 창천궁 소속이며 오직 창천궁에만 존재하
는데, 거기에서만 야차와 나찰이라는 명칭으로 불린다. 그리
고 그들 중에 일부가 구중천의 팔대지옥을 관리했다.

구중천에는 모두 일곱 개의 지위가 있으며 통칭해서 칠계(七
階)라고 부른다.

구중천주가 일계(一階), 용장봉선은 여덟 명의 천제와 동급
인 이계(二階)이고, 령(令)인 은겸은 사계(四階), 나찰인 소군
은 육계(六階)다.

그러므로 평소 같았으면 소군은 봉선 앞에서 고개조차 들
지 못해야 마땅하다.

그러나 소군은 이번 일에 큰 공을 세웠으며, 화무린의 여자
라는 사실이 용장봉선에게까지 전해지면서 일개 나찰이면서
도 나찰 이상의 예우를 받고 있었다.

일례로, 이곳 백학서원에 주둔하고 있는 고수들은 현천궁

소속의 현천고수들로서 오계에서 칠계까지의 지위인데, 그들 모두가 소군에게 깍듯하게 예의를 갖추었다.

봉선의 명령에 의한 것이었다.

화무린은 소군이 혼자서도 똑바로 앉을 수 있게 된 것을 보고서야 일어나 봉선을 향해 마주 보고 섰다.

그의 시선이 봉선이 들고 있는 절반으로 잘라진 홍봉선으로 향했다.

천하에서 오직 북해에서만 생산되는 만년홍강옥(萬年紅鋼玉)으로 심혈을 기울여 만든 홍봉선은 아름답고 고풍스러운 부채로써 활짝 펼쳤을 때 한 마리 흰 봉황이 날개를 펴고 비상하는 그림이 그려져 있다. 그런데 지금은 봉황이 반쪽으로 잘라져 있었다.

봉선의 무기인 홍봉선이 반쪽으로 잘라졌다는 사실을 구중천 사람들이 알게 된다면 필경 대경실색할 것이다. 더구나 그것을 자른 사람이 일개 선천고수라는 사실이 알려지면 놀라움은 더 클 터이다.

그러나 정작 당사자인 화무린은 미안한 표정 따윈 아예 짓지도 않았다.

오히려 봉선에게 불쑥 백옥적을 건네주며 빚 독촉을 하듯이 말했다.

"이제 대답을 들어야겠소."

"나는 당신 부친과 원래부터 아는 사이였어요. 그래서 당신 자당에 대해서도 알고 있는 거예요.”

봉선은 백옥적을 받으면서 나직한 어조로 입을 열었다.

화무린은 적잖이 놀란 표정을 지었다.

놀란 것은 소군이나 은겸도 마찬가지였다.

봉선이 어떻게 화무린의 부친을 안다는 말인가?

그렇다면 이번 일을 지시한 구중천주도 화무린의 부친을 알고 있다는 뜻이 아니겠는가?

“당신이 어떻게 아버님을 알고 있소?”

봉선은 손가락 하나를 세워 보였다.

“질문은 하나만 허용하기로 하지 않았나요? 이제 내가 물을 차례예요.”

은겸은 봉선이 매우 영리하다고 생각했다.

그녀는 화무린과의 대결에서 자신이 패할 것이라고는 단일 할도 점치지 않았을 것이다.

그런데도 만약의 경우를 대비하여 자신도 하나의 질문을 할 수 있도록 조건을 달았다.

그것은 영리함이라기보다는 매사에 철저함을 기하는 성격이라고 봐야 옳을 것이다.

화무린은 봉선의 얼굴을 뚫어지게 주시했다. 아무리 나이를 많게 본다고 해도 이십오 세를 넘지는 않았을 젊고 아름다운 용모가 엷은 미소를 지으면서 거기에 있었다.

그녀의 말처럼 그녀가 원래부터 부친과 아는 사이였다면

화무린이 태어나기 전일 것이다.

그렇다면 그 당시 그녀의 나이는 고작 오륙 세에 불과했을 텐데, 그토록 어린 나이로 어떻게 부친과 아는 사이라고 말할 수 있단 말인가.

은겸은 화무린을 보면서 그의 의문이 무엇인지 짐작할 수 있었다.

질문은 하기 전의 봉선의 눈빛이 심연처럼 깊어졌다.

"당신은 혹시 부친으로부터 중요한 신물 한 가지를 물려받지 않았나요?"

화무린은 가볍게 놀라는 표정을 짓더니 곧 씁쓸한 표정으로 바뀌었다.

"벽월도를 말하는 것이오?"

봉선의 얼굴이 환하게 밝아졌다. 화무린이 성존의 친아들이라고 확신하고 있었지만, 벽월도까지 알고 있다면 더 이상 확인할 필요가 없었다.

"그래요. 지금 갖고 있나요?"

화무린은 봉선의 얼굴에서 시선을 떼지 못했다. 그녀가 부친을 알고 있다는 사실도 놀라운데, 어떻게 벽월도까지 알고 있는 것인지 납득하기가 어려웠다.

화무린은 경무장에 있을 때 피곤에 지쳐서 잠든 자신을 제압해 놓고 온갖 해괴한 짓을 벌이고는 정표랍시고 그의 품속을 뒤져서 벽월도를 가져가 버린 소녀 담홍예를 떠올리며 고개를 가로저었다.

"잠시 다른 사람이 갖고 있소."

담홍예가 주고 간 수파—목걸이—는 지금도 그의 목에 걸려 있었다.

목에 걸고 있는 별다른 이유는 없었다. 잃어버리지 않으려는 것뿐이고, 벽월도를 돌려받는 자리에서 목걸이를 그녀에게 돌려줄 생각이었다.

봉선은 어이없다는 표정을 가득 떠올렸다.

"벽월도가 중요한 신물이라는 것을 몰랐나요? 그것을 남에게 주다니……."

"아버님께선 내게 벽월도를 주시면서 목숨처럼 소중히 간직하라고 말씀하셨소. 그리고 벽월도는 내가 남에게 준 것이 아니라 그녀가 훔쳐 간 것이오."

그의 입에서 '그녀' 라는 말이 나오자 다들 놀라면서도 어이가 없다는 표정을 지었다.

그러나 '그녀' 가 누군지에 대해서는 아무도 묻지 않았다.

第六十八章

정랑편(情郎鞭)

구중천이 보유하고 있는 전체 고수는 약 오천 명 정도다.

그 외에 선천고수를 약 백육십 명 정도 보유하고 있다.

북경 대회합에 운집한 방, 문파는 구파일방과 오대세가를 비롯하여 대략 칠십 개에 달하며, 그들이 이끌고 온 고수들과 개별적으로 운집한 무림 군웅을 합치면 그 수가 약 이만 명에 이르렀다.

천녀황의 제자인 혈옥녀가 다섯 개 투번, 약 삼만여 명의 천외무적군을 이끌고 북경 대회합을 공격할 것이라는 정보는 가장 신속하게 구중천주에게 보고됐다.

구중천주는 긴급히 여덟 명의 천제, 즉 팔천제(八天帝)를 불러 모아놓고 숙의에 숙의를 거듭한 결과 두 가지 방법을 이끌어냈다.

첫 번째 안(案)은, 구중천과 북경에 모인 무림 군웅이 일치단결하여 혈옥녀를 맞이해 대결전을 벌이는 것이다.

두 번째 안은, 싸움을 포기하고 북경에 모인 각 문파와 방파, 그리고 무림 군웅을 최대한 빨리 해산시키는 것이다.

그 경우에 구중천은 암중으로 숨어들어 전열을 재정비한 다음 후일을 도모한다.

북경에 천하무림의 방, 문파들과 무림 군웅이 더 이상 모여 있지 않다면 졸지에 목표를 잃은 혈옥녀는 발길을 돌릴 수밖에 없을 것이라는 의견이었다.

물론 그런 방법을 써서 혈옥녀의 공격을 무산시킬 수는 있을 것이다. 그러나 힘들여 불러 모은 방, 문파들과 무림 군웅이 뿔뿔이 흩어지는 원치 않는 결과를 낳고 만다.

천외신계는 천녀황 일인 통치의 세계라서 모든 것이 일사불란하게 이루어진다.

일사불란하다는 것은 두말할 필요도 없이 싸움, 아니, 전쟁에서 최고의 승리 요건 중 한 가지다.

그런데 천중인계, 즉 천하무림의 방, 문파들과 군웅들은 평소에 뿔뿔이 흩어져 있다.

그런 그들을 북경 대회합이라는 명분하에 간신히 규합시켜 놓았다.

더구나 이번에 모인 무림 군웅은 당금 무림에서 내로라하는 방, 문파와 고수들만 엄선된 상태다.

조금 과장하면, 그들이 곧 무림 그 자체라고 할 수 있을 정도인 것이다.

그렇게 어렵사리 모였는데, 천중인계 최대의 적인 천외신계의 공격을 피해서 해산시켜야 하는 것이다.

이를테면 둘째 안(案)은 궁여지책인 셈이다.

결국 구중천주와 팔천제는 두 번째 안이 불가하다는 결론에 도달했다.

그리고 혈옥녀 정도라면 한번 승부를 해볼 수도 있을 것이라는 의견의 일치를 보았다.

그렇게 해서 내려진 결론은 그 즉시 북경 대회합에 모인 구파일방 장문인과 오대세가 가주들에게 전해졌으며, 그들은 한 시진 동안의 짧고 긴밀한 회의를 통해 그 결론대로 실행하기로 의견을 모았다.

이어서 그 사실을 그곳에 운집해 있는 모든 방, 문파의 수장(首長)들과 무림 군웅에게 발표, 싸움을 원하지 않는 방, 문파와 군웅들은 언제든 자유롭게 그곳을 떠날 수 있도록 조치했다.

그러나 하루라는 넉넉한 시간을 주었음에도 북경을 떠난 방, 문파나 무림 군웅은 단 한 명도 없었다.

최소한 삼분의 일, 최악의 경우 절반 가까이 이탈할지도 모른다고 우려하고 있던 구파일방, 오대세가의 수장들은 이 놀라운 결과에 처음에는 놀라움을, 그리고 다음에는 숙연함을 금치 못했다.

구파일방과 오대세가의 수장들이 그 소식을 전해 듣고 놀라서 달려나갔을 때, 운집해 있는 이만여 무림 군웅 속에서 누군가 큰 소리로 외쳤다.

"돌아갈 생각이었다면 애당초 여기까지 무엇 때문에 왔겠습니까?!"

천중인계의 단결력은 그 어느 때보다도 분명하고 확고했다.

아니, 이런 단결력을 보인 적은 무림이 시작된 이래 단 한 차례도 없었다.

무림 군웅은 곧 한 명도 떠나지 않았다는 사실을 알게 되었고, 그들의 사기는 하늘을 찌를 듯했다.

악마의 무리 천외신계가 쳐들어왔는데 단 한 명도 도망치지 않았다.

모두의 심장은 뜨겁다 못해서 펄펄 끓었다.

그리고 무림 군웅은 깨달았다.

악마의 무리 천외신계가 쳐들어왔기 때문에 단 한 명도 도망치지 않았다는 사실을.

이 정도 사기라면 한번 해볼 만했다.

구중천과 구파일방, 오대세가는 머리를 맞대고 치밀한 작전을 세웠다.

오십 년 전에 천중인계는 그야말로 오합지졸이었다.

천외신계라는 거대한 수레 앞에서 산지사방으로 흩어져 도망치는 개미 떼나 마찬가지였다.

그러나 지금은 최소한 개미 떼는 아니다.

천외신계의 수레는 오십 년 전보다 대여섯 배 커졌고, 천중인계의 개미 떼는 개구리 떼 정도가 되어 있었다.

천중인계와 천외신계의 최초의 대격전은 북경 서북쪽 삼십여 리 위치에 있는 묘봉산(妙峰山) 산자락과 그 아래의 드넓은 평원에서 벌어졌다.

대격전은 사흘 낮과 사흘 밤, 즉 삼 주야(三晝夜) 동안 치열하게 벌어졌다.

결론적으로 말하자면, 싸움은 구중천과 천중인계의 패배로 막을 내렸다.

원인은 천녀황과 그녀가 이끄는 세력의 예상치 못한 회군(回軍) 때문이었다.

천외신계는 천녀황이 이끄는 세력과 혈옥녀가 이끄는 세력으로 크게 양분되어 있었다.

천녀황의 천외신계가 구중천 본도(本島)와 북경 대회합을 거의 동시에 공격할 것이라는 보고를 미리 접하지 못했더라면 십중팔구 구중천과 북경 대회합은 동시에 괴멸당하고 말았을 것이다.

또한 그로써 천중인계는 천외신계의 수중에 고스란히 떨어지고 말았을 터이다.

구중천주는 미리 입수한 정보를 최대한 이용하기로 작정했다.

그래서 과감히 구중천 본도를 버리고 구중천의 전 고수를 북경에 집결시켰다.

먼저 혈옥녀가 이끄는 천외무적군을 와해시키고 신속하게 전열을 가다듬은 후, 포구에 대거 매복하여 구중천까지 갔다가 헛수고만 하고 돌아오는 천녀황을 일거에 섬멸시키겠다는 야심찬 계획이었다.

그러나 그 계획은 성공하지 못했다.

천녀황이 지나치게 빨리 돌아온 것이었다.

그러나 구중천은 그 사실을 미처 알지 못했다. 천외신계가 개방보다 몇 배 뛰어난 정보망을 자랑하는 천외무적군 제이십육투번 비찰신번을 보유하고 있다는 사실을.

천하무림의 동태를 주의 깊게 관찰, 감시하던 비찰신번은 북경에 구중천의 고수들이 대거 집결하고 있다는 사실과, 구중천의 수뇌부가 은밀한 장소에 머무르고 있다는 사실을 매우 어렵게 포착하는 데 성공했다.

그 사실은 즉시 전서구로 천녀황에게 알려졌고, 천녀황은 동해상에서 즉시 회군하여 훗날 '묘봉산대혈전' 으로 불리게 된 그 싸움의 옆구리를 뚫고 들어간 것이었다.

구중천과 천중인계는 대패했다.

그리고 한 가지 사실을 깨달았다.

삼천계를 일통시키겠다는 천외신계의 야망이 결코 헛된 꿈만은 아니라는 사실을.

그것이 동짓날(冬至:12월 22일경) 엿새 뒤에 벌어졌던 '묘봉산대혈전' 의 전모였다.

*　　　*　　　*

안국현 백학서원에도 '묘봉산대혈전' 의 비보가 날아들었다.

화무린이 백학서원에 찾아온 그날 밤의 일이었다.

날이 밝는 대로 북경을 향해 출발하려고 했던 화무린과 봉선, 소군, 은겸 일행은 비보를 접하고는 당혹감에 빠져 출발을 무기한 연기했다.

봉선은, 아니, 백학서원은 구중천의 어느 누구하고도 연락이 두절된 상태였다.

"자, 아~ 해."

화무린은 숟가락에 밥과 고기를 수북이 얹어 소군의 입 앞에 들이밀었다.

벌써 사흘째 식사 시간만 되면 커다란 쟁반에 맛있는 요리를 푸짐하게 차려갖고 소군이 누워 있는 침상으로 들고 와서 손수 음식 수발을 들고 있는 화무린이었다.

먹지 않으면 화무린 자신도 굶겠다고 협박을 하는 통에 소군이 어쩔 수 없이 떠 넣어주는 밥을 먹기 시작한 것이 벌써 사흘째였다.

사흘 동안 끼니때마다 수북이 담은 밥 두 그릇씩에 온갖 기름진 요리를 잔뜩 먹여놓았더니 소군의 깡말랐던 얼굴에도 제법 살이 오르기 시작했고, 까칠했던 살결도 윤기를 되찾기 시작했다.

“아~”

소군은 얼굴을 붉히면서 입을 크게 벌렸다. 사실 그녀는 화무린의 이런 정성과 애정이 마냥 좋기만 했다.

이날까지 살아오는 동안 그녀가 언제 이런 호사를 누려본 적이 있겠는가.

기다렸다는 듯이 숟가락이 입 안으로 밀고 들어왔다.

“읍!”

그러자 소군의 볼이 미어터질 듯이 부풀었고 눈이 동그랗게 커졌다.

“꼭꼭 씹어 먹어, 체할라.”

한 숟가락에 너무 많이 담은 탓에 씹지도 못할뿐더러 숨이 막힌 소군은 아예 눈에 보이지도 않는지 화무린은 또 숟가락 가득 밥을 퍼 담은 후 ‘이번에는 어떤 요리를 먹일까?’ 하고 쟁반의 요리들을 살피고 있었다.

슥!

그때 봉선이 조심스럽게 문을 열면서 실내로 들어왔다.

그리고 그녀가 제일 먼저 본 것은 볼이 터져라 먹고 있는 소군과 그녀의 입 앞에 밥과 요리를 가득 담은 숟가락을 대령한 화무린의 모습이었다.

게다가 화무린의 표정이 또한 가관이었다. 맛있는 것을 먹고 있는 어린 자식새끼를 바라보는 부모의 흐뭇한 표정, 딱 그것이었다.

인기척을 느낀 화무린은 숟가락을 소군의 입 앞에 댄 채 힐끗 고개만 돌려 봉선을 쳐다보았다.

시선이 마주치자 봉선은 우아하게 미소를 지으면서 인사말을 하려고 했다.

그런데 화무린은 가볍게 고개만 한차례 까딱여 보이고는 고개를 돌려 버렸다.

봉선 얼굴의 우아한 미소가 어색한 미소로 바뀐 것은 당연한 일이었다.

소군은 봉선을 발견하곤 크게 당황하여 급히 침상에서 내려오려고 했다.

그러나 화무린이 한 손으로 그녀의 팔을 굳게 잡은 채 일어나지 못하도록 지그시 힘을 주는 바람에 꼼짝도 할 수 없는 처지가 돼버렸다.

"군아는 환자니까 예를 갖추지 못하는 것을 봉선께서는 이해해 주시오."

더구나 화무린은 또다시 숟가락을 소군 입에 우격다짐으로 밀어 넣으면서 봉선을 쳐다보지도 않은 채 대충 양해를 구하는 것이 아닌가.

봉선은 침상에서 약간 떨어진 의자에 다소곳이 앉아 식사가 끝나기를 기다렸다.

그녀가 찾아온 것은 무슨 특별한 용무가 있어서가 아니라 성존의 친아들에 대한 일종의 예우였다.

굳이 한 가지 이유를 더 찾자면, 화무린이라는 사람을 한 번이라도 더 만나서 더 알고 싶다는 생각에서였다.

그녀가 보기에 화무린은 겉으로 보는 것만이 전부가 아닌 사람 같았다.

한 꺼풀 벗겨낼 때마다 주위 사람들을 놀라게 만드는 신비한 능력의 소유자가 분명했다.

그래서 그녀는 지난 이틀 동안에도 하루에 꼭 한 번씩은 화무린을 찾아와 몇 마디 대화를 하다가 돌아가곤 했는데, 오늘은 우연찮게도 식사 시간에 방문하게 된 것이다.

화무린은 하루 종일 소군의 방에서 지냈다. 물론 잠도 이곳에서 잤다.

소군은 봉선이 몹시 신경 쓰였지만 그것도 잠시, 반 각도 지나기 전에 봉선의 존재를 까맣게 잊어버렸다. 그녀에게 화무린의 존재가 너무 크기 때문이었다.

그리고는 화무린이 내미는 숟가락을 통째로 삼킬 듯이 넙죽넙죽 받아먹으며 짐짓 투정을 부리는 체하면서도 행복에 겨워하는 일에만 열중하고 있었다.

더구나 화무린이 밥만 먹여주는 것이 아니라 얼마나 사근사근하고 재미있는 얘기를 잘하는지 거기에 푹 빠져 버린 소군이었다.

그 광경을 보면서 봉선은 어이가 없으면서도 한편으로는 화무린의 또 다른 일면을 발견했다.

구중천과 천중인계가 북경의 '묘봉산대혈전'에서 참패를 당했다는데 저 두 사람은 아랑곳하지 않고 깨가 쏟아지고 있으니, 정말 저래도 되나 싶은 생각이 들었다.

혼인을 한 적이 없으며, 아직 순결한 처녀의 몸을 간직하고 있는 봉선의 눈에는 화무린과 소군의 작태(?)가 사실 부럽게 보여야 정상이었다.

그런데 자꾸 얄미운 마음이 드는 것은 무슨 이유인지 모를 일이었다.

잠시 후, 봉선은 약간 쓸쓸한 마음이 들어 그만 가야겠다고 생각하여 일어나 인사를 하려 했다.

그러나 화무린과 소군은 아직도 식사가 끝나지 않았고, 뭐가 그리 재미있는지 웃고 떠드느라 봉선한테는 아예 관심도 없는 것처럼 보였다.

아니, 화무린과 소군은 봉선에게 정말 관심이 없었다.

봉선이 소리없이 가버렸다는 사실을 두 사람이 안 것은 반 시진이 지난 후였다.

"아령은 어디에 있을까?"

소군이 침상에 걸터앉은 화무린의 어깨에 머리를 기대면서 걱정스레 입을 열었다.

소군 말에 의하면, 화무린이 실종된 지 엿새째 되던 날 저룡하 강변을 수색하던 중에 갑자기 아령이 그녀의 품속에서 뛰쳐나가더니 강 하류 쪽으로 쏘아갔다.

소군이 급히 뒤쫓아가 보니 그곳에서부터는 강 양쪽이 칼로 자른 듯 높은 절벽이며 격렬한 급류였다.

그런데 아령이 조금의 망설임도 없이 급류로 뛰어들었다.

더 이상 갈 수가 없는 소군은 아령이 급류에 휘말리면서 멀어지는 것을 바라보며 안타깝게 소리칠 수밖에 없었고, 그것이 아령을 본 마지막 모습이었다.

그 이후 아령은 아직껏 돌아오지 않고 있다는 것이다.

화무린이 저룡하로 떠내려갔다고는 하지만 무슨 흔적이나 냄새가 남아 있을 리 없다고 생각한 소군이었다.

그렇기 때문에 저룡하에서의 아령의 돌발적인 행동은 이해할 수가 없었다.

"영리한 녀석이니까 돌아올 거야."

화무린은 아령이 걱정됐으나 소군의 어깨를 다독거리며 오히려 위로를 해주었다.

그는 소군의 어깨를 쓰다듬으며 화제를 바꾸었다.

"군아, 나는 네가 좀 더 강해졌으면 좋겠어."

소군은 화무린의 어깨에서 머리를 떼고 힘있게 고개를 끄덕였다.

"알았어. 오늘부터 더 열심히 무공 연마를 할게."

화무린이 슬쩍 운을 뗐다.

"내가 무공 한 가지를 가르쳐 주고 싶은데, 배워볼래?"

소군은 그윽하게 화무린을 바라보았다.

"당연히 배워야지."

그러면서 그녀는 손으로 화무린의 뺨을 쓰다듬으며 화사한 미소를 지었다.

"왜 웃어?"

화무린이 궁금한 얼굴로 물었다.

소군의 눈빛이 추억으로 젖어들었다.

"문득 팔대지옥 지궁계에서 처음 낭군님을 만났을 때가 생각났어."

그러자 화무린의 기억이 자로 잰 듯 그때로 되돌아갔다. 그의 입가에 희미한 미소가 피어났다.

"나는 그때 지궁계에 흐르는 열천의 발원지를 찾아가던 중이었어. 그때 군아를 만나지 못했더라면 마주 오던 야차에게 죽임을 당했을 테지."

"그때는 낭군님이 내게 무공을 가르쳐 달라고 반 협박조로 부탁했었는데, 귀명비도였지? 그런데 이제는 낭군님이 날 가르치겠다니, 참 세상일이란 신기해."

화무린은 짐짓 엄숙한 표정을 지었다.

"혹시 그 말은 날 믿지 못하겠다는 거야?"

"믿어. 내가 낭군님을 믿지 못하면 누굴 믿겠어?"

그렇게 말하는 소군의 얼굴과 눈에는 진심 어린 기색만이 아니라 사랑까지 듬뿍 담겨 있었다.

화무린은 품속에서 하나의 물건을 꺼냈다. 그것은 눈보다 더 흰색으로 돌돌 말린 둥근 물체인데 손바닥 절반 정도의 크기였다.

소군은 호기심 어린 눈빛으로 그것을 바라보았다.

"뭐야?"

"이게 손잡이야. 여길 손바닥 안쪽에 이렇게 잡는 거야."

돌돌 말린 물체의 끝 부분에는 젓가락 두 개 굵기이며 두 치 정도 길이인 가느다란 막대 같은 것이 가로로 마무리되어 있었다.

화무린은 그 막대를 슬쩍 비틀어서 소군의 손등 쪽에서 검지와 중지 사이로 집어넣어 두 손가락 사이에 가로로 걸치게 해주었다.

"자, 이제 일어나서 주먹을 꼭 쥔 채 팔을 앞으로 뻗으면서 이 푼 정도의 공력을 주입시켜 봐.”

소군은 주먹을 꽉 쥐었다. 주먹 안 검지와 중지 사이에 막대 같은 것이 가로로 질러져 있고, 돌돌 말린 것은 주먹 앞부분에 매달려 있는 모습이었다.

그녀는 우뚝 선 채 오른팔을 앞으로 뻗으면서 이 푼가량의 공력을 주입시켰다.

쉬잇!

순간 돌돌 말린 원형의 물체가 순식간에 쭉 펴지면서 꼿꼿하게 변했다.

“아!”

소군은 자신의 주먹 끝에서 튀어나간 눈부신 백색의 길이 아홉 자가량의 가느다란 물체를 보며 크게 놀라서 탄성을 터뜨렸다.

그것의 모양은 채찍 같았다. 하지만 꼿꼿했기 때문에 채찍이라고는 볼 수 없었다.

“공력을 풀어봐.”

화무린의 말에 소군이 공력을 거두자 꼿꼿하던 물체가 바닥에 느슨하게 펴지면서 채찍이 되었다.

소군은 너무 신기해서 채찍을 자세히 살펴보다가 뱀의 비늘이라는 사실을 알게 되었다.

“사피야?”

“응. 운이 좋아서 구성혈사라는 영물을 한 마리 잡았는데,

군아 주려고 채찍을 만들었지.”

화무린의 한마디 한마디와 그의 행동 하나하나는 모두 소군에게 넘치는 감동을 안겨주었다.

“이것은 뭐지?”

소군은 채찍의 중간에서부터 끝 부분까지 반 자 간격을 두고 가느다란 핏빛 혈선이 새겨져 있는 것을 보면서 의아한 얼굴로 물었다.

“공력을 주입해 봐.”

소군은 조금 전처럼 채찍에 이 푼의 공력을 주입했다.

쉬이잇!

채찍이 다시 꼿꼿하게 펴지면서 특유의 음향을 흘렸다.

“다시 이 푼의 공력을 더 주입해 봐.”

소군은 즉시 이 푼의 공력을 더 주입했다.

파라랏!

순간 매끄럽던 채찍 곳곳에 느닷없이 새빨간 색의 침(針) 여러 개가 솟구쳤다.

소군은 그 침들이 채찍 중간부터 끝까지 반 자 간격마다 새겨져 있던 혈선이라는 사실을 즉시 깨달았다.

혈선은 모두 아홉 개.

이 채찍이 구성혈사라는 뱀의 사피로 만들었다는 화무린의 말이 다시 생각났다.

아홉 개의 혈선과 아홉 개의 침, 그리고 구성혈사.

채찍에 새겨져 있을 때에는 세 치 정도 길이의 혈선이 곤두
서니까 다섯 치로 길어졌다.
　백색의 채찍에 점점이 곤두서 있는 아홉 개의 혈침(血針)은
묘한 조화를 이루고 있었다.
　추욱!
　그때 화무린이 번개같이 은오검을 뽑아 채찍을 내려쳤다.
　깡!
　은오검이 채찍의 중간 부분을 정확하게 내려쳤지만 자르
지 못하고 파란 불꽃이 튀었다.
　"맙소사! 검에도 잘라지지 않다니……."
　화무린은 은오검을 소군 앞에 뻗어 보였다.
　"우연히 손에 넣게 된 은오검이라는 검인데 쇠를 무처럼
자르는 보검이야."
　소군의 눈이 놀라움으로 동그랗게 커지면서 새삼스럽게
채찍을 살펴보았다.
　"영물의 사피로 만들었다더니 과연……."
　"내가 시험해 봤는데, 약간의 공력을 주입시킨 상태에서
만 근 바위를 가루로 부숴 버리더군."
　"정말 굉장해!"
　화무린은 채찍에서 튀어나온 아홉 개의 혈침을 가리켰다.
　"그 아홉 개의 혈침은 극양지기의 정화야. 가볍게 찔리기
만 해도 무엇이든 불태워 버려."

“불태워?”

소군은 크게 놀라 눈을 동그랗게 떴다.

그는 채찍을 만드는 과정에서 여러 번 혈침에 찔렸지만 아무렇지도 않았다.

이유는 간단했다. 혈침보다 백 배 이상 강력한 극양지기인 구성혈사의 여의단을 복용한 때문이었다.

그래서 채찍을 만드는 중에도 혈침의 무서움을 조금도 모르고 있었다.

그가 혈침을 채찍에 그대로 살린 것은, 그것으로 상대를 찌르면 치명적일 수도 있을 것이라는 생각에서였다.

채찍이 완성된 후 그는 산에 올라가서 한차례 시험을 해봤는데, 그제야 혈침의 무서움을 알게 되었다.

혈침에 찔린 나무는 순식간에 불길에 휩싸여 숯이 돼버렸고, 바위는 찔린 부위가 벌겋게 달아오르더니 잠시 후에 꺼멓게 그을린 모습이 돼버린 것이다.

그러나 소군은 곧 씁쓸한 미소를 지었다.

“낭군님이 이렇게 좋은 채찍을 만들어줬지만 편법을 모르는 나한테는 무용지물이야. 그냥 낭군님이 갖는 게 좋겠어.”

화무린은 은오검을 꽂으면서 부드러운 미소를 지었다.

“내가 젓가락만 주고 식탁은 차려주지 않을 사람으로 보여? 걱정하지 마, 군아에게 딱 맞는 편법 한 가지를 가르쳐 줄 테니까.”

"편법까지?"

소군은 깜짝 놀라 눈을 크게 떴다.

"금봉신추라는 편법이야. 배워두면 유용할 거야."

소군의 눈이 반짝반짝 빛났다.

"언제 가르쳐 줄 건데?"

"군아가 다 나으면."

"나, 다 나았어! 봐! 말짱하잖아!"

소군은 가슴을 활짝 펴 보이면서 자신있게 외쳤다. 방금 전에 편법을 모른다고 씁쓸하게 말하던 모습과는 판이한 표정이었다.

문득 그런 소군을 보는 화무린의 눈이 가볍게 빛났다.

소군이 그런 자세를 취하니까 풍만한 가슴이 더욱 풍만하게 솟았으며, 잘록한 허리와 팽팽한 엉덩이, 길고 늘씬한 하체가 한층 돋보였다.

화무린은 이끌리듯이 그녀의 앞에 바짝 붙어 서서 한 팔로 그녀의 허리를 안고는 그윽한 눈빛으로 쳐다보았다.

소군은 그의 갑작스런 행동에 의아한 표정을 지으며 고개를 들어 바라보았다.

화무린은 아직도 키가 크는 중인 것 같았다. 지금은 얼마 전보다 조금 더 커져서 소군이 그의 얼굴을 보려면 고개를 젖혀야 할 정도였다.

화무린이 살짝 얼굴을 굽혀 소군의 입술에 자신의 입술을 부드럽게 비비면서 속삭였다.

"그런데 우리 초야(初夜)는 언제 치르지?"

소군의 얼굴이 홍시처럼 새빨개졌다. 그녀는 고개를 숙이며 속삭였다.

"오… 오늘 밤에……."

화무린은 소군의 자태가 너무 매혹적이라서 장난기가 발동한 것인데, 그녀는 정말로 받아들인 것이다.

소군은 화무린이 아무 반응이 없는 것을 그가 못마땅하게 여기는 것으로 오해했다.

그녀는 화무린의 등을 힘주어 꼭 끌어안으며 더욱 수줍게 속삭였다.

"그… 럼… 지금 할까?"

화무린은 그러는 소군이 너무 귀여워서 이마에 입을 맞추며 미소 지었다.

"나중에. 지금은 금봉신추를 배워야지."

소군은 놀라서 화무린의 품에서 벗어나 그를 바라보다가 고개를 끄덕였다.

"응."

소군은 채찍을 잠시 다루어보더니, 채찍에 공력을 약간 주입했다가 거두면서 손목을 안쪽으로 가볍게 당기면 채찍이 돌돌 말리면서 회수할 수 있다는 원리를 깨우쳤다.

"그런데 이 채찍, 이름이 뭐지?"

“군아가 지어봐.”

“음…….”

소군은 손가락 하나를 입에 대고 눈을 깜빡거리다가 입을 열었다.

“낭군님이 손수 재료를 구하고 만들어주었으니까 정랑편(情郎鞭)이 어떨까?”

정랑편. 사랑하는 남자를 뜻하는 채찍이다.

무기의 이름으로는 좀 이상했다. 그렇지만 화무린은 흡족한 미소를 지었다.

“멋진 이름이야.”

“호홋! 정랑편으로 열심히 배울게!”

보름이 지났다.

천하가 어떻게 돌아가고 있는지는 모르지만, 안국현은 예나 변함이 없었다.

석 달 보름 전에 안국현에서 천외신계의 구령후와 적혈군과 흑멸신이 은오검객에게 차례로 죽었고, 구중천 고수들에게 천여 명의 투번 고수가 떼죽음을 당했지만, 안국현은 그 후로도 줄곧 이상하리만치 고요했다.

그러나 천외신계는 그 정도의 막대한 피해를 입고서도 손을 놓고 있을 만큼 바보들의 집단이 아니다.

그 일이 있고 난 사흘 후에 한 무리의 인물들이 안국현에 들어왔다.

그들은 당당하게 현 내로 걸어 들어왔다. 장사꾼이나 놀이패, 학자 따위로 감쪽같이 변장을 한 모습이어서 그 누구의 의심도 받지 않았다.

하긴, 안국현 같은 작은 현에서는 개방 분타의 제자들 말고는 낯선 사람들을 눈여겨보지도 않는다.

그러나 잠입한 자들은 오랫동안 감시와 미행, 잠입, 탐지 등을 천직처럼 여기며 행해온 터라서 변장으로 자신들을 완벽하게 위장하는 것쯤은 식은 죽 먹기보다 쉽다고 여기는 인물들이었다.

그들은 바로 천외무적군 제이십육투번 비찰신번의 고수들이었다.

비찰신번은 이미 세 차례나 안국현에 잠입하여 현 내를 샅샅이 뒤지고 또 정보를 수집했지만 단서가 될 만한 것은 아무것도 건지지 못했다.

결국 그들은 안국현이 대살인극의 장소로만 사용됐을 뿐이며, 이곳에 구중천이나 은오검객과 터럭만큼이라도 연관이 있는 것은 아무것도 없다는 결론을 내렸다.

이후 비찰신번은 안국현에서 완전히 손을 뗐고, 천외신계는 천중인계의 북경 대회합을 공격하는 데에 필요한 일에만 총력을 기울이게 되었었다.

북경 근교 묘봉산에서 전무후무한 '묘봉산대혈전' 이 벌어져서 구중천과 천중인계의 연합 세력이 대패했다는 소문은 안국현까지 전해졌다.

그러나 안국현의 몇 안 되는 방, 문파들, 그나마 석 달 전에 투번 고수들에게서 겨우 목숨을 건진 도합 오륙십 명의 무사들은 그저 삼삼오오 모여 앉아 술잔을 기울이면서 목청껏 의분을 불태우며 주먹을 휘두를 뿐이지 이렇다 할 행동은 하지 못했다.

이른바 뜻은 있으나 방법이 없는 것이다[有意莫遂].

'묘봉산대혈전'에서 패한 구중천과 천중인계의 잔존 세력들이 어디로 흩어져서 무엇을 하고 있는지, 대대적인 첫 승리를 거둔 천외신계가 다음 행보로 무엇을 획책하고 있는지는 아무도 모를 일이지만, 누구도 안국현 정도의 현을 중요하게 여기지 않는 것만은 분명한 것 같았다.

백학서원은 비찰신번의 세 번에 걸친 조사에도 걸리지 않았을 만큼 완벽한 위장술을 자랑하고 있었다.

소군은 예전의 건강을 완전히 회복했다.

그리고 무공은 예전에 비해서 가일층 고강해졌으며, 지금 현재도 하루가 다르게 강해지고 있었다.

그녀는 화무린에게서 천황오무 중 하나인 금봉신추를 전수받아 불철주야 연마를 계속하고 있는 중이었다.

오죽하면 백학서원의 사람들이 소군의 모습이 보이지 않

아서 그녀가 이곳을 떠났다고 생각할 정도로 연공실에서 금봉신추의 연마에만 매두몰신하고 있었다.

화무린은 산뜻한 백의 경장을 입고 머리를 깔끔하게 빗어서 묶었으며, 이마에는 옅은 청색의 건(巾)을 묶어 속대긍장(束帶矜莊)한 수려한 모습으로 천천히 정원으로 내려섰다.

그는 지난 보름 내내 은오검을 지니고 다니지 않았다.

사실 현재 그의 무공 수준은 굳이 검을 사용하지 않아도 될 정도로 고강했다.

그렇지만 그가 은오검을 풀어놓고 맨몸으로 다니는 진짜 이유는 혹시 어디선가 보고 있을지 모르는 천외신계의 눈 때문이었다.

운이 따라주었는지 그가 여태까지 마주쳤던 천외신계의 인물들은 모두 그에게 죽임을 당했다.

또한 그는 승룡장에 잠입했을 때 구령후와 적혈군의 인피를 쓰고 있었기 때문에 그곳의 투번 고수들은 그의 얼굴을 볼 수가 없었다.

그러므로 천외신계에서 그의 얼굴을 아는 자는 한 명도 없는 것이다.

그래서 그는 얼굴을 드러내 놓고 돌아다녀도 되지만, 학자들만 있는 백학서원 내에서 무기를 지니고 다니다가 누군가의 눈에라도 띄면 괜한 오해를 사기 십상이어서 조심을 기하는 것이었다.

그는 오전 내내 지하 연공실에서 소군에게 금봉신추를 가르치다가 이제야 바깥바람을 쐬러 나왔다.

그는 뒷짐을 지고 천천히 정원을 거닐면서 높고 파란 창공을 올려다보았다.

그러자 어김없이 떠오르는 얼굴이 있었다.

어머니 설란이 우아하면서도 자상하게 미소 짓는 모습이었다.

그리고 그 다음에 떠오르는 얼굴은 누나 화여옥이다.

수줍은 듯 청초한 모습의 미인이었던 누나. 화무린에게 부모보다 더 잘 대해주었던 누나.

그런 누나가 마녀가 되었다는 것과 어머니를 죽였다는 사실이 아직까지도 믿어지지 않는 화무린이었다.

그 다음에 떠오르는 것은 얼굴이 아니다.

형체를 갖추지 않은 것.

그러나 가슴속에 담아두기에는 너무나도 뜨겁게 활활 타오르는 것.

치절한 분노였다.

"으드득! 천녀황!"

순간 화무린의 두 눈에서 무시무시한 광채가 뿜어지면서 그의 악다문 입에서 이 가는 소리가 흘러나왔다.

만약 이럴 때에 비찰신번 고수가 화무린을 봤더라면 의심을 사기에 충분했을 것이다.

캬앙!

그때 어디선가 귀에 익은 울음소리가 들려왔다.

화무린이 쳐다보자 칠팔 장쯤 떨어진 장원의 담 위에서 하나의 백영이 허공을 가로질러 곧장 쏘아오고 있었다.

한눈에 봐도 아령이라는 것을 알 수 있었다.

캬아아!

아령은 쏘아와서 그대로 화무린의 품에 안겨들며 기쁜 소리를 질렀다.

“하하! 아령아! 네가 돌아왔구나!”

아령은 화무린의 품속에서 거세게 몸부림을 쳤다. 새빨간 혀로 그의 얼굴을 핥고 얼굴에 제 몸을 비비며 가릉거리는 소리를 냈다.

화무린은 아령이 몹시 꾀죄죄한 몰골로 변한 것을 보고 어디를 돌아다니다가 온 것인지 궁금했다.

“이 녀석아! 소군 누나가 널 얼마나 걱정했는지 아느냐? 어딜 가면 간다고 말을 해야지!”

그는 양손으로 아령을 붙잡고 얼굴 높이로 들어올려 짐짓 꾸짖는 시늉을 했다.

그러다가 문득 아령의 목에 무언가 대롱 같은 것이 매달려 있는 것을 발견했다.

아령의 목에는 질긴 마사(麻絲)로 꼰 줄이 목걸이처럼 묶여 있었고, 턱 아래에 하나의 대롱이 매달려 있었다.

그것은 마치 전서구 발목에 묶인 서찰을 담는 전한통(傳翰筒)처럼 생겼다.

화무린이 아령을 한 팔로 안은 채 목걸이를 풀고 대롱을 자세히 보자 한쪽에 뚜껑이 박혀 있었다.

뻑!

뚜껑을 열자 안에 돌돌 말린 종이가 들어 있었다.

화무린은 흥미로운 표정으로 종이를 꺼내 펼쳤다. 그곳에는 깨알만 한 글씨가 빼곡하게 적혀 있었다.

형, 저는 비홍이에요.

형이 떠난 지 벌써 십칠 일이나 지났군요. 아무런 말도 없이 떠나 버리다니, 너무했어요.

형이 떠났다는 사실을 알고 할머니와 어머니는 하루 종일 울기만 하셨고, 아버지는 며칠 동안 술만 마셨어요. 그리고 저는… 저는 지금도 이 편지를 쓰면서 울고 있어요. 너무 보고 싶어요.

형, 언센가 우리 집에 꼭 다시 올 거죠? 다시 만날 날을 손꼽아서 기다리고 있겠어요.

참, 그런데 이 예쁜 짐승은 아무래도 형을 잘 알고 있거나 형이 키우던 짐승인 것 같아요.

오늘 아침에 제가 집 밖으로 나가려고 문을 여는데 이 예쁜 짐승이 갑자기 집 안으로 뛰어들어 오더니 곧장 형이 쓰던 방으로 들어갔어요.

그래서 따라 들어가 보니까 형이 쓰던 침상에 깔려 있던 이불에 얼굴을 비비고는 형이 사용했던 물건에도 똑같이 하는 게 아니겠어요?

그리고는 밖으로 나가서 형이 처음에 숨어 지내던 곡창에 들어가서도 이리저리 몸을 비벼댔어요.

그뿐이 아니라 우리 가족 모두의 품에 안기기도 했는데, 특히 저를 잘 따랐어요.

게다가 신기하게도 이 예쁜 짐승은 사람 말을 너무 잘 알아듣더군요.

제가 형이 우리 집에서 지냈던 일과 얼마 전에 떠났다는 것을 설명하니까 가만히 듣고 있다가 고개를 끄덕이는 거예요. 정말 너무 신기했어요.

할머니께선 이 예쁜 짐승이 영물이라고 말씀하셨어요. 그리고 틀림없이 형이 키우던 짐승이라고 하셨어요.

형, 저는 이 예쁜 짐승이 반드시 형에게 돌아갈 것이라고 믿고 이 편지를 쓰고 있어요.

형, 어디에 계시든 건강하세요. 할머니와 어머니, 아버지가 안부전하라고 하셨어요.

아우 비홍 올림.

편지는 놀랍게도 심첩촌의 비홍이 쓴 것이었다.

편지를 읽는 내내 화무린은 가슴이 찡하게 저려왔다. 마치 멀리 떨어져 있는 가족의 소식을 전해 들은 것 같은 따스한 느낌이었다.

화무린은 심첩촌이 있는 남동쪽 하늘을 바라보았다. 그 하늘에 비홍과 할머니, 단상익 부부의 순박한 모습이 하나씩 차례로 그려졌다.

"이 녀석, 너 혼자 심첩촌까지 갔더란 말이니?"

화무린은 아령을 들어올려 얼굴을 바라보며 감탄을 금치 못했다.

날고 기는 고수 수백 명이 동원되었어도 화무린의 흔적조차 찾지 못했다.

그런데 한 주먹 크기밖에 되지 않는 아령이 심첩촌 비홍네 집까지 찾아갔다가 돌아왔으니 실로 놀라운 일이 아닐 수 없었다.

사실 아령은 화무린이 실종된 엿새 후에 소군과 함께 저룡하에 갔다가 아주 희미한 화무린의 냄새를 맡고 소군의 품에서 뛰쳐나갔었다.

아령이 급류로 뛰어든 이유는, 급류 복판쯤에 솟아 나온 뾰족한 바위 끝에 화무린의 찢어진 옷 조각 하나가 붙어 있었는데 그 냄새를 맡은 때문이었다.

그 후 아령은 저룡하를 따라 흘러내려 가다가 화무린의 냄새를 잃어버렸다.

그리고는 그것을 다시 찾아내기 위해 강변과 산속을 석 달 넘게 헤매다가 마침내 단상익네 집으로 찾아든 것이었다.

화무린으로서는 그런 사정을 자세히 알지는 못하지만 아령이 자신을 찾으려고 얼마나 고생했을 것인지는 미루어 짐작할 수는 있었다.

그는 아령을 품에 꼭 안고 얼굴을 가만히 비볐다.

비록 짐승이지만 화무린은 아령을 처음 만난 이후 지금껏 한 번도 짐승이라고 생각해 본 적이 없었다.

그에게는 아령이 소군 버금가는 가족이었다.

술 석 잔과 빰 한 대

　화무린이 잠시 시간을 내달라는 봉선의 전갈을 받은 것은 정오가 거의 다 돼가는 오시(午時:정오) 무렵이었다.

　그가 안내된 곳은 백학서원에서 가장 큰 전각 안에 있는 봉선이 거처로 사용하고 있는 방이었다.

　요리와 술이 차려져 있는 창가의 탁자 앞에는 봉선이 앉아 있었고, 그 옆에 은겸이 서 있었다.

　화무린이 실내로 들어서자 봉선이 즉시 자리에서 일어나서 환한 미소를 지으며 다가왔다.

　"어서 와요."

　봉선의 환대에도 화무린은 가볍게 고개를 끄덕여 보일 뿐 입을 열지 않았다.

봉선이 모두에게 친절한 사람이긴 하지만 화무린을 대하는 것은 친절 정도가 아닌 파격이었다.

게다가 화무린이 봉선에게 무덤덤하게 대하는데도 봉선은 조금도 개의치 않았다.

은겸이 봉선과 화무린에게 품는 의문은 아직도 진행 중이었다. 의문은 얼마 전보다 더 깊어진 상태였다.

봉선과 화무린이 마주 앉았고, 은겸이 봉선 뒤에 장승처럼 우뚝 서 있었다.

"당신도 앉으시오."

화무린이 은겸을 보며 조용히 말했다.

은겸은 듣지 못한 듯 꿈쩍도 하지 않았다. 봉선도 가만히 있었다.

화무린은 빈 잔에 술을 따르며 조용히 말을 이었다.

"거기에 서 있는 이유가 무엇이오? 봉선님을 호위하는 것이라면 별 의미가 없을 것 같은데."

무공 면에서 은겸은 봉선보다 약하기 때문에 만약 누가 봉선을 해치려 한다면 도움이 되지 못할 것이다.

그리고 화무린은 절대 봉선을 해칠 사람이 아니다. 그런 뜻을 알아듣지 못할 은겸이나 봉선이 아니었다.

"앉기 싫으면 나가시오."

이번에는 축객령이었다. 그러자 은겸의 눈썹이 꿈틀 꺾였다가 즉시 풀어졌다.

봉선이 온화하게 미소를 지으며 화무린에게 물었다.

"은겸님이 계셔서 불편한가요?"

"서 있기 때문이오."

"어째서 불편하지요? 은겸님은 우리를 방해하지 않고 그냥 말없이 서 계실 뿐인데요."

화무린은 간단하게 대답했다.

"당신이라면 아버지가 옆에 망부석처럼 묵묵히 서 계시는데도 술과 요리가 목으로 넘어가겠소?"

"……."

봉선은 깜짝 놀라 아무 말도 하지 못했다.

은겸의 눈썹이 다시 한 번 꿈틀거렸다. 그러나 조금 전하고는 달리 동공이 가볍게 일렁였다.

"하늘 아래에 평등하지 않은 것은 없소."

화무린이 중얼거리고 나서 단숨에 술잔을 비웠다.

봉선과 은겸은 똑같이 의외라는 표정을 지으며 화무린을 쳐다보았다.

화무린은 술잔을 내려놓고 나서 그 자신도 자신의 말에 슬쩍 어이없는 표정을 지었다.

방금 그가 했던 말은 심첩촌 비홍의 할머니가 자주 하던 말이었다.

독실한 불교 신자인 할머니는 온 가족이 모였을 때에 여러 가지 좋은 말을 많이 했었다.

그리고 화무린은 할머니의 가르침을 받은 단상익 부부와 비홍이 그런 것들을 직접 실천하면서 오순도순 살아가는 것을 석 달 동안이나 몸소 체험했다.

원래 화무린은 불교니 유교니 하는 종교를 탐탁지 않게 여기고 있었고, 그것은 지금도 마찬가지였다.

그렇다고 해서 좋은 말과 행동까지 알아보지 못하는 것은 아니다.

종교와 관계없이, 할머니의 말은 한마디 한마디가 금과옥조에 다름 아니었다.

화무린은 심첩촌에서 석 달 동안 생활하면서 알게 모르게 할머니의 언행에 크게 공감했고, 자신도 모르는 사이에 감화된 모양이었다.

할머니의 말 중 하나가 그 자신도 모르는 사이에 툭 튀어나오는 것을 보면.

"은겸님, 제가 더 나쁜 사람이 되기 전에 그만 자리에 앉으셔야 할 것 같군요."

봉선은 명령이 아니라 부탁조로 은겸에게 말했다.

침묵이 이어졌다.

화무린은 침묵을 즐기는 듯 혼자 천천히 술을 따르고 마시기를 반복했다.

그가 봉선과 자신 사이에 앉은 은겸에게 술을 따라주었지만, 은겸은 꼿꼿한 자세로 앉아서 술을 마시기는커녕 아직 젓가락질조차 하지 않았다.

봉선 역시 술도 요리도 먹지 않았다.

그러나 그녀는 경직된 은겸과는 달리 깊이 생각에 잠겨 있는 모습이었다.

"앞으로 어떻게 할 것인지 무슨 계획이라도 있나요?"

이윽고 봉선이 생각을 끝내고 화무린을 바라보며 조용히 물었다.

화무린은 말없이 고개를 끄덕였다.

"말해줄 수 있나요?"

봉선의 물음에 화무린은 술만 마셨다. 말할 필요도 없는 거절이었다.

"우린 고립됐어요."

봉선은 그럴 줄 알았다는 듯 개의치 않고 화제를 바꾸었다.

"본 천이 비록 묘봉산에서 큰 피해를 입었지만 머지않아 전열을 재정비하고 천외신계에 대한 총반격을 개시할 것이라고 믿어요."

구중천은 오래전부터 중원에 세 군데의 큰 거점과 수십 곳의 지부를 운용하고 있었다. 이곳 백학서원은 그 지부 중 하나였다.

봉선은 구중천의 잔존 세력이 세 군데 거점에 분산되어 전열을 재정비하고 있을 것이라고 추측했다.

"그때가 되면 우리도 힘을 보태야 하니까 충분한 휴식을 취해두는 것이 좋을 거예요."

결과적으로 봉선은 중요한 말을 하려고 이 술자리를 마련한 것이 아니었다.

설사 중요한 일이 있더라도 화무린에게는 말하거나 상의하지 않을 봉선이다.

결국 오늘의 모임은 그저 무료함이나 달래자는 것이었다.

이윽고 화무린이 나직이 입을 열었다.

"나는 아직 선천고수로서 소집되어 있는 상황이오?"

"그래요."

실제로 화무린은 더 이상 선천고수가 아니다.

성존의 친아들이면 구중천주의 조카이며 천상성계를 지배하는 성제의 친손자다. 그런 신분이 어떻게 일개 선천고수일 수 있겠는가.

그러나 봉선으로서는 그게 아니면 화무린을 붙잡아두고 있을 명분이 없었다.

그렇게라도 하지 않으면 당장이라도 화무린이 이곳을 떠나 버릴 것만 같았다.

화무린은 엷은 미소를 지으며 중얼거리듯이 입을 열었다.

"선천고수 같은 것은 내게 별 의미가 없소. 나는 언제든 마음이 내키면 이곳을 떠날 수 있소."

봉선의 표정이 가볍게 변했다.

"하지만 당분간은 이곳에 있겠소."

은겸은 화무린을 선천고수 정도의 멍에로는 붙잡아둘 수 없다는 것을 알고 있다.

또한 그가 이곳을 쉽사리 떠나지 않을 것이라는 사실도 잘 알고 있었다.

왜냐하면 소군이 이곳에 있기 때문이었다. 물론 소군보다 더 중요한 일이 발생한다면 떠나겠지만, 그런 일은 쉬이 생길 것 같지 않았다.

"그런데 당신은 왜 적혈군과 흑멸신을 죽였나요?"

봉선이 불쑥 물었다. 사실 그녀는 그 이유가 몹시 궁금했다. 그래서 자신이 짐작하고 있는 것과 일치하는지 확인하고 싶었다.

"부모님의 원수니까."

화무린은 짧게 대꾸했다. 목소리는 담담했지만 그 속에 응어리진 분노가 담겨 있다는 것을 봉선은 느꼈다.

'역시 대공(大公)께선 원수가 누군지 알고 계셨어.'

봉선은 자신이 짐작하고 있던 것과 일치했음을 확인했다.

대공이란 아직 혼인하지 않은 성제의 일족이며 남자에게 붙여지는 칭호였다.

그때 방문 밖에서 공손한 음성이 들려왔다.

"개방 안국 분타 부분타주가 화 공자를 뵙고자 합니다."

봉선은 화무린이 이곳에 온 이후 부분타주 강재가 자주 찾아온다는 보고를 받았었다.

그렇지만 그 이유가 단지 개인적인 친분 때문일 것이라고만 여기고 있었다.

화무린이 개방의 일개 부분타주와 무슨 계획이나 일을 도모하지는 않을 것이라고 판단한 것이다.

또한 그녀는 화무린이 그만 대화를 끝내고 부분타주를 만나기 위해 이곳에서 나갈 것이라고 짐작했다. 그러나 그녀의 짐작은 틀렸다.

"그를 이리 불러도 되겠소?"

화무린은 빈 잔에 술을 따르며 태연하게 물었다.

봉선은 뜻밖이라는 표정을 지었지만 굳이 반대할 이유는 없었다.

"어서 오시오, 강 형."

문이 열리고 부분타주 강재가 들어서자 화무린은 일어나 그에게 다가가서 덥석 손을 잡았다.

화무린이 백학서원에 온 후 강재가 두 번째로 찾아왔을 때부터 화무린은 그에게 스스럼없이 호형을 했다.

그렇다고 강재도 화무린에게 호형호제하지는 못했다. 개방의 제자들이 그렇듯이 그 역시 자신의 위치를 제대로 알고 행동할 줄 아는 사람이었다.

강재는 화무린에게 손을 잡힌 채 실내를 둘러보면서 적잖이 당황하는 표정이었다.

소군을 만나러 왔다가 은겸은 몇 번 본 적이 있지만 봉선은 초면이었다.

그는 은겸이 꼿꼿한 자세에 굳은 표정으로 앉아 있는 것을 보고 봉선이 은겸의 윗사람이라는 사실을 직감했다.

예전의 강재는 안국현을 손금보다 더 자세히 파악하고 있는 개방 안국 분타 부분타주의 신분이면서도 백학서원이 학문을 배우는 서원이라고만 철석같이 믿고 있었다.

그런데 안국현에서의 구중천 고수들과 투번 고수들의 대대적인 싸움이 벌어지기 직전에 은겸이 불쑥 안국 분타로 찾아와서 소군이 오면 백학서원으로 오라는 전갈을 남긴 일이 있었고, 그때부터 소군과 은겸은 계속 백학서원에서 기거하고 있는 중이다.

이후 은오검객 화무린까지 찾아와서 묵고 있는 것을 보고 나서는 이곳이 평범한 서원이 아닐 것이라고 막연하게 추측은 하고 있었다.

그렇지만 정확하게 무엇을 하는 곳이며, 소군과 은겸 등이 어떤 신분인지는 지금까지도 모르고 있는 상태였다.

궁금하긴 했지만 그렇다고 해서 소군이나 화무린에게 직접 물어본 적은 없었다.

화무린은 강재의 손을 잡고 당연하다는 듯 은겸의 맞은편이며 자신의 옆인 빈자리로 안내했다.

“시장할 텐데 요기나 하면서 얘기합시다.”

“아, 아닙니다! 저는 괜찮으니 선 채로 말씀드리고 곧 가겠습니다!”

강재는 크게 당황해서 자신도 모르게 큰 소리로 외치듯이 떠들었다.

개방 제자 거의 대부분은 몇 가지 장기를 갖고 있는데, 물론 개방이라는 특수한 집단에 몸담고 있기 때문에 후천적으로 터득한 것들로써, 그중 하나가 사람을 보는 안목이 뛰어나다는 사실이었다.

그런 점에서 개방의 말단 백의개에서 지금의 삼결 부분타주까지 장장 십이 년 동안 거지 노릇을 해온 강재의 안목은 더욱 뛰어나다고 할 수 있었다.

그가 보기에 은겸은 결코 평범한 인물이 아니었다. 그는 늘 그 점을 잊지 않고 있었다.

혹시 백학서원에 왔다가 은겸과 마주칠 때면 조금이라도 실수하지 않으려고 노력했다.

그런데 강재는 오늘 처음 본 봉선이 은겸과는 비교도 안 될 만큼 비범한 인물이라는 것을 한눈에 간파했다.

뭐라고 딱 꼬집어서 말할 수는 없어도, 만약 소군이나 은겸이 어떤 조직에 몸을 담고 있다면 봉선이 그 조직의 높은 윗사람쯤 될 것이라고 막연하게나마 짐작했다.

물론 강재의 안목으로 봤을 때 그들보다 화무린이 훨씬 더 뛰어나다는 것은 두말할 나위도 없다.

그는 이날까지 모든 면에서 화무린보다 뛰어난 사람을 본 적이 없었다.

"앉으세요."

그때 봉선이 강재에게 너무도 곱고 흰 손을 펼쳐 화무린의 옆자리를 가리키며 미소를 지어 보였다.

결국 강재는 그 자리에 앉을 수밖에 없었다. 차마 거절할 수 없어서가 아니라, 이곳의 분위기와 봉선의 위엄에 압도당했기 때문이다.

그는 아름다운 여자일수록 무섭다는 진실을 알고 있는 많지 않은 사람 중에 한 명이었다.

화무린은 강재 앞의 빈 잔에 술을 따르고는, 문득 생각난 듯이 술 호로병을 봉선에게 슬쩍 내밀어 보였다.

"한잔하겠소?"

은겸은 봉선이 술을 마시는 것을 한 번도 본 적이 없었다. 그래서 그녀가 화무린의 무례한 태도를 당연히 거절할 것이라고 생각했다.

"고마워요."

그런데 봉선은 섬섬옥수로 백옥 잔을 잡고 서슴없이 화무린에게 손을 내밀었다.

백옥 잔은 투명하리만치 희었지만 그보다는 봉선의 손이 더 희었다.

봉선은 화무린과 좀 더 친해지기 위해서는 술을 한두 잔 정도 마시는 것도 나쁘지 않다고 생각했다.

그녀는 도톰하고 붉디붉은 입술에 술잔을 대고 조심스럽게 한 모금 마시더니 곧 살짝 아미를 찌푸렸다. 매우 썼지만 못 마실 정도는 아니었다.

그때 화무린이 조용히 입을 열었다.

"그런데, 원래 우리끼리 술을 마실 때는 항상 세 가지 규칙이 있었소."

"뭔가요?"

봉선은 잔을 반쯤 비우고 내려놓으면서 아름다운 미소를 지으며 물었다.

술을 한 잔 받았을 뿐인데 화무린이 금세 허물없이 대하는 것 같아서 기분이 약간 좋아졌다.

화무린은 손가락 세 개를 펼친 다음 하나씩 접어가면서 친절하게 설명했다.

"첫째, 술을 마실 때는 공력으로 취기를 몰아내서는 안 되고, 둘째, 술자리에 있던 사람 중 누군가가 쓰러질 때까지 계속 마셔야 한다는 것이오."

봉선은 예쁘게 미소 지으면서 손을 저었다.

"그렇다면 나는 안 되겠군요. 두세 잔만 마셔도 인사불성이거든요."

화무린이 세 번째 손가락을 접었다.

“셋째, 술을 한 방울이라도 마신 사람은 앞의 두 가지 규칙을 무조건 지켜야 한다는 것이오.”

“…….”

이미 술을 마셔 버린 봉선의 입가에서 미소가 사라지는 대신 얼굴에 어이없는 표정이 떠올랐다.

“나는…….”

화무린은 탁자 밑으로 양 발을 뻗어 은겸과 강재의 발을 가볍게 툭 건드리면서 두 사람에게 물었다.

“은 숙부, 강 형, 우리끼리 술 마실 때는 언제나 그러지 않았소?”

강재가 언제 긴장했냐는 듯 즉시 이지렁스럽게 화무린의 말에 맞장구를 쳤다.

“그렇고말고요! 술을 마시다 보면 별별 사람이 많은데, 그런 규칙을 정해놓으면 술자리의 분위기가 망쳐지지도 않을뿐더러 예전보다 훨씬 더 친해지기도 하더라구요!”

사실 강재는 화무린과 술을 마신 적이 한 번도 없었다.

그가 긴장을 금세 떨쳐 버릴 수 있었던 것은, 봉선에게서 느끼는 압박감보다 화무린에게 느끼는 친밀감이 더 크게 작용한 때문이었다.

봉선은 강재가 한 말 중에서 ‘더 친해진다’ 라는 내용에 귀가 솔깃했다.

그녀는 은겸을 쳐다보았다.

은겸은 봉선을 쳐다보고 있지는 않았지만 그녀의 시선을 따갑게 느낄 수 있었다.

지금은 머리를 사용할 시간이 아니라 본능으로 대처할 순간이었다.

"그렇습니다. 우린 늘 세 가지 규칙을 정해놓고 술을 마셨습니다."

"좋던가요?"

은겸은 봉선의 목소리가 마뜩찮아 하기보다는 약간 기대에 들떠 있다는 것을 느꼈다.

그녀는 이미 세 가지 규칙을 엄수하면서 술을 마시기로 작정한 것 같았다.

"기대 이상이었습니다."

은겸은 원래 생각이 많고 말이 적은 사람이다. 그런 사람은 한마디 말을 하기 위해서 많은 생각을 하며 말을 축약하는 습관이 있게 마련인데, 지금 그는 생각조차 없는 말을 하고 있었다.

'기대 이상이라니? 미친놈!' 이라고 은겸은 속으로 자신의 배알없는 행동을 꾸짖었다.

그는 말을 마치고 나서 조심스럽게 힐끗 봉선을 쳐다보았다. 봉선의 시선은 이미 은겸에게서 떠나 화무린의 얼굴에 머물러 있었다.

은겸은 다시 화무린을 쳐다보았다. 그는 자신을 쳐다보고 있는 봉선에겐 신경조차 쓰지 않은 채 강재와 술잔을 부딪치는 여유를 보이고 있었다.

가증스러운 놈, 얄미운 놈, 버릇없는 놈……. 은겸은 화무린을 쳐다보면서 욕이란 욕은 다 갖다 붙였다.

그때 화무린이 은겸의 잔에 술을 따르며 미소 지었다.

"한잔하시오, 은 숙부."

은겸과 화무린의 시선이 마주쳤다.

화무린은 환하게 웃고 있었다.

그의 표정에서는 가증스러움이나 얄미움, 버릇없음이 추호도 담겨 있지 않았다.

은겸은 화무린이 보여주고 있는 환한 웃음에 답례를 해줘야 한다고 생각했다. 그것은 평소 그가 자랑하는 냉철한 이성에서 우러나는 '깊은 생각'이 아니라, 감정에 치우친 '단편적인 생각'이었다.

그리고 은겸은 자신도 모르게 화무린을 보며 입가를 씰룩거렸다.

강재가 보기에 그것은 '못마땅함'이었지만, 화무린은 그것이 한 번도 웃어본 적 없는 은겸이 애써서 지어 보이는 '미소'라고 생각했다.

쨍!

화무린이 은겸의 잔과 가볍게 부딪치자 봉선도 자신의 잔을 내밀었다.

화무린이 담담한 표정으로 자신의 잔을 그녀의 잔에 부딪

치자 그녀의 얼굴에 어린아이 같은 천진난만한 웃음이 환하
게 피어났다.

사실 화무린만큼은 아니지만, 은겸도 봉선이 취해서 흐트
러진 모습을 보고 싶었다.

잠시의 시간이 흐른 후 중인은 봉선이 거짓말을 하지 않았
다는 사실을 알게 되었다.

그녀는 세 잔의 술을 마셨을 뿐인데 벌써 얼굴이 빨갰으며
혀가 꼬이기 시작했다.

"아, 기분이 참 좋아졌어요! 여러분! 우리 끝까지 마셔요!
네? 만약 중간에 일어서는 사람이 있다면……!"

그러나 그녀는 말을 끝내지 못하고 탁자에 얼굴을 묻고 말
았다.

은겸은 가볍게 놀랐으나 그냥 내버려 두었다. 다른 때 같으
면 어림도 없는 일이었다.

그렇지만 지금은 이대로도 괜찮을 것 같았고, 그녀도 그러
기를 원할 것 같았다.

서너 잔의 술에 기분이 좋아졌을 리는 없을 텐데, 은겸은
마음이 푸근해지는 것을 느꼈다.

"그런데 강 형은 무슨 일로 날 찾아왔소?"

그때 생각난 듯이 화무린이 강재에게 물었다.

"어이쿠!"

강재는 술을 마시던 도중에 화들짝 놀라서 술을 엎지르고

말았다.

"대협께 급히 말씀드릴 것이 있어서 찾아왔는데 깜빡 잊고 있었습니다!"

찾아오자마자 화무린에게 말한다는 것이 실내의 분위기에 압도되어 잊고 있었던 것이다.

"대협, 반 시진 전에 본 방 청원 분타로부터 전서구가 도착했는데, 한 무리의 무림 군웅이 천외무적군에게 쫓기고 있다고 합니다!"

화무린과 은겸의 표정이 동시에 변했다.

"쫓기고 있는 사람들은 누구요? 그리고 그들의 위치가 어디쯤이오?"

은겸이 화무린보다 더 빨리 물었다. 그의 그런 반응은 강재가 예상하지 못한 것이었다.

"누군지는 모릅니다. 다만 쫓기고 있는 무림 군웅이 십여 리 정도의 긴 띠를 형성하고 있으며, 청원 근교에서 천외무적군이 그 꼬리에 따라붙었다는 것입니다."

그 말뿐이었지만 은겸은 어떻게 된 일인지 대충 짐작할 수 있었다.

묘봉산대혈전은 십팔일 전의 일이다.

구중천과 무림 군웅은 크게 패하여 뿔뿔이 흩어져서 도주했을 것이다.

그리고 천외신계의 천외무적군은 당연히 그들을 추적하면

서 도륙했을 것이다.

이곳 안국현에서 묘봉산까지의 거리는 사백여 리.

일류 급의 무림고수라면 아무리 늦어도 사흘이면 도착할 수 있는 거리다.

그런데 지금 쫓기고 있는 무림 군웅은 무려 십팔 일이 지나서야 이 근처를 지나고 있다는 것이다.

그것은 그들이 그동안 어딘가에 죽은 듯이 숨어서 지내고 있었으며, 이후 보름쯤 지나 잠잠해졌다고 판단하여 은둔지에서 조심스레 나왔다가 천외무적군에게 발각되어 쫓기고 있다는 추측을 가능하게 했다.

쫓기는 무림 군웅이 십여 리나 긴 띠를 이루고 있다면 매우 많은 숫자이며 일사불란하지 못하다는 뜻이고, 또한 지리멸렬하고 있는 중이라는 뜻이다.

은겸의 얼굴에 팽팽한 긴장이 떠올랐다.

"무림 군웅의 수는 어느 정도나 되고 천외무적군은 얼마나 되오?"

강재는 은겸이 예상외로 크게 긴장하자 자신도 모르게 자세를 바로 하고 목소리가 경직됐다.

"전서구로 보내진 서찰에는 무림 군웅의 수가 칠백여 명이며, 천외무적군은 이천 명이나 된다고 적혀 있었습니다."

굳어 있던 은겸의 얼굴에 낭패함이 떠올랐다.

북경 대회합에 운집한 무림 군웅은 모두 일류 급 이상의 고수들이다.

구중천에서는 무림 군웅 한 명이 투번 고수 한 명을 상대하는 것은 약간 힘겨운 싸움이 될 것이고, 무림 군웅 두 명이 투번 고수 한 명을 상대하면 손쉽게 죽일 수 있을 것이라고 예상을 했고, 그것은 '묘봉산대혈전'에서 사실로 입증됐다.

그런데 오히려 추격하는 천외무적군의 수가 쫓기고 있는 무림 군웅보다 세 배 가까이나 더 많다니, 은겸은 기가 막혀서 할 말을 잃을 지경이었다.

강재가 긴장된 표정으로 화무린을 쳐다보았다.

지금까지도 그는 화무린이 은오검객이면서 동시에 경무장주의 신분이라고만 알고 있다.

다만 소군과 은겸이 구중천 사람이든지, 아니면 구중천과 연관이 있을 것이라고 막연히 추측 정도는 하고 있었다.

일전에 화무린이 승룡장에 잠입했을 때 소군이 강재에게 전서구를 보내줄 것을 부탁했었고, 전서구를 받은 사람이 은겸이라는 사실을 나중에 알게 되었으며, 은겸이 도착한 직후에 구중천 휘하로 짐작되는 고수들 수백 명이 안국현을 수색 중이던 천여 명의 투번 고수들을 깡그리 도륙한 것으로 미루어 그런 추측을 했던 것이다.

그래서 이곳 백학서원이 혹시 구중천의 지부 정도의 역할을 하는 곳일지도 모른다는 생각도 조금쯤은 하고 있던 강재이다.

하나 설사 그의 추측이 맞는다고 하더라도 이곳의 힘만으로는 이천여 투번 고수들을 어쩌지 못할 것이다.

강재는 답답하고도 다급해서 그저 화무린에게 이 사실을 알리려는 마음으로 달려왔던 것이다.

만약 화무린과 은겸이 무림 군웅을 구하러 가겠다고 해도 강재가 말릴 것이다.

화무린이 아무리 천외신계의 구령후와 적혈군, 흑멸신을 죽였다고 해도 상대는 무려 이천여 명인 것이다.

그런데 강재가 쳐다보니 화무린의 표정이 차갑게 굳은 채 눈빛이 섬뜩하게 일렁이고 있었다.

'설마……'

강재는 자신이 괜한 얘기를 했나 가슴이 철렁했다.

은겸은 굳은 표정으로 봉선을 쳐다보았다. 그녀는 술 석 잔에 뻗은 채 깨어날 생각을 하지 않고 있었다.

"봉선님."

은겸은 봉선을 감히 건드리지는 못하고 허리를 굽혀 그녀의 귀에 입을 대고 조심스럽게 불렀다.

그러나 봉선은 꼼짝도 하지 않았다.

"봉선님!"

목소리를 조금 더 높였으나 깨어나지 않기는 마찬가지였다. 그녀는 아예 색색거리는 숨소리까지 흘리고 있었다.

그때 화무린이 일어나 봉선에게 다가가더니 그녀의 어깨를 잡고 가볍게 일으켰다.

은겸은 봉선을 깨우는 것이 급선무이기 때문에 화무린을 내버려 두었다.

화무린이 일으켰는데도 봉선은 얼굴이 능금처럼 빨개진 채 그의 팔에 뺨을 대고 자고 있을 뿐이었다.

짜악!

그때 화무린이 일말의 망설임도 없이 다짜고짜 봉선의 뺨을 거세게 후려갈겼다.

"으헛!"

얼마나 놀랐는지 은겸은 비명을 지르면서 벌떡 일어섰다.

"음……."

그가 막 화무린을 크게 꾸짖으려고 하는데 봉선이 낮게 신음을 흘리면서 깨어나며 상체를 곧추세웠다.

화무린은 잡고 있던 그녀의 어깨를 놓고 재빨리 옆으로 물러났다.

어쨌든 봉선을 깨우는 데에는 성공했다.

봉선은 머리가 지끈거리는지 손으로 이마를 짚으면서 얼굴을 찌푸렸다.

"아……."

그때 은겸이 급히 그녀에게 말했다.

"봉선님, 지금 이 근처에서 무림 군웅 수백 명이 천외무적군에게 추격당하고 있답니다. 정신 좀 차리십시오."

"천외무적군이……."

봉선은 몹시 취한 중에도 한 가닥 남은 의식의 끈으로 그 말을 중얼거렸다. 그러나 표정은 변함이 없었고 초점이 풀려서 허공을 부유했다.

세상에 술 석 잔을 마시고 비몽사몽하는 사람이 있다는 말조차 들어본 적이 없는 강재는 그런 봉선을 보며 어이가 없는 표정을 지었다.

"봉선님, 어서 공력으로 취기를 몰아내십시오."

은겸이 침착한 어조로 종용했다. 이곳에는 불과 수십 명의 고수밖에 없지만, 그들마저도 은겸 마음대로 이끌고 나갈 수가 없었다.

윗사람인 봉선이 버젓이 있고, 그들은 균천궁과 현천궁 휘하의 고수들이기 때문이다.

더구나 균천고수들은 구중천의 다른 고수들보다 실력이 월등한 만큼 자존심도 강해서 은겸이 비록 윗사람이라고 해도 쉽사리 명령에 따르려 하지 않을 것이다.

"취기라니요? 내가 취했나요?"

봉선은 정신을 차리지 못하고 횡설수설했다.

은겸은 간곡한 표정을 지었다.

"봉선님은 취하셨습니다. 그러니 어서 공력으로 취기를 배출시키십시오."

봉선은 눈을 깜빡거리고 고개를 갸웃거리더니 그제야 생각난 듯 손바닥으로 탁자를 쳤다.

"아! 생각나요! 나는 술을 마셨지요. 그런데 공력으로 취기를 몰아내면 안 된다는… 규칙이 있는데… 세 가지 규칙 중에 마지막 규칙이……."

그때 화무린이 봉선의 등 뒤에 서더니 무릎을 약간 굽힌 자세로 손바닥을 활짝 펴서 그녀의 등 명문혈에 밀착시켰다.

"무슨……."

봉선이 상체를 비틀거리면서 뒤돌아보려고 할 때 화무린의 손바닥을 통해서 부드러운 진기가 그녀의 체내로 파도처럼 주입됐다.

"아……."

그녀가 깜짝 놀라 상체를 꼿꼿하게 펴면서 입을 약간 벌리자 입을 통해서 희뿌연 수증기가 약간 흘러나왔다.

그녀의 얼굴은 더 이상 붉지 않았다. 화무린이 취기를 배출시켰기 때문이다.

그녀는 눈을 깜빡거렸다. 눈에는 취하기 전의 총기가 반짝이고 있었다.

"봉선님."

은겸은 강재에게 들은 얘기를 간략하게 설명해 주었다.

봉선의 표정이 싸늘하게 변하면서 지그시 입술을 깨물더니 곧 일어섰다.

"삼대주(三隊主), 들어오너라."

세 차례 정도 호흡할 시간이 지났을 때 방문이 열리고 한

명의 청의고수가 실내로 들어서더니 봉선에게 깊숙이 허리를
굽혔다.

"동원 가능한 수하는 모두 몇 명이냐?"

"속하 휘하에 이십이 명, 이곳에 상주해 있던 현천궁 소속
십이 명, 도합 삼십사 명입니다."

"즉시 대기시켜라."

"존명!"

청의고수, 즉 구중천 균천궁 직속 삼대주는 쏜살같이 밖으
로 달려나갔다.

봉선은 화무린을 바라보았다.

"당신은 이곳에 있도록 하세요."

쫓기는 무림 군웅이 칠백여 명이고 추격하는 투번 고수가
이천 명이면 필경 어려운 싸움이 될 것이다.

그러므로 봉선은 어떡해서든 화무린을 이곳에 남겨두어
보호하고 싶었다.

당연히 화무린의 대답은 냉랭했다.

"함께 가고 싶지 않다면 나는 따로 가겠소."

그는 말뿐만이 아니라 정말 방문 쪽으로 걸음을 옮겼다.

"아니에요! 같이 가요!"

봉선은 깜짝 놀라서 화무린의 팔을 잡기까지 했다.

지켜보고 있던 강재는 큰 감동을 받은 표정이었다.

조금 전에 부름을 받고 들어왔던 삼대주는 백학서원에 동

원 가능한 고수가 총 삼십사 명이라고 했다.

거기에 화무린과 봉선, 은겸, 소군까지 합친다고 해봤자 삼십팔 명이다.

그 누구라도 이런 상황에 처하게 된다면 무림 군웅을 돕고 싶은 마음이 아무리 간절하다고 해도 수적인 엄청난 열세 때문에 분루를 삼키면서 포기하고 말 것이다.

그런데 봉선과 은겸은 출전(出戰)하는 것이 너무도 당연하다는 듯이 행동했다.

그리고 이곳에 남으라는 봉선의 말에 화무린은 혼자서라도 가겠다고 말했다.

강재는 이들이야말로 진정한 영웅이라고 생각했다. 그는 감동으로 가슴이 뭉클거렸다.

화무린이 싸우러 가겠다고 하면 만류하겠다던 생각은 잊어버린 지 오래다.

봉선은 방문 쪽으로 걸어가다가 자신의 한쪽 뺨을 어루만지곤 가볍게 눈살을 찌푸리며 속으로 중얼거렸다.

'그런데 왜 이쪽 뺨이 이렇게 아픈 걸까? 마치 누구에게 호되게 얻어맞은 것처럼.'

은겸은 봉선의 뺨이 빨갛게 부어오른 것을 힐끗 쳐다보고는 모른 체 밖으로 나갔다.

第七十章

용(龍), 구름 위에 오르다

第七十章

천녀황의 가세가 아니었으면 '묘봉산대혈전'은 구중천과 천중인계의 승리로 끝났을지도 모르는 일이었다.

물론 혈옥녀가 이끄는 천외무적군 다섯 개 투번 삼만여 명에 가까운 대세력을 전멸시키려면 구중천과 천중인계도 최소한 절반 이상의 피해를 감수해야만 할 것이다.

그러나 전혀 예기치 않았던 천녀황과 그녀가 이끄는 삼만여 투번 고수의 가담으로 팽팽하게 유지되던 쌍방 간의 전세가 순식간에 기울어졌다.

구중천과 천중인계의 패색이 짙어지는 것을 확인한 구중천주는 싸움을 지속하면 전멸할 수밖에 없다는 사실을 깨닫고는 싸움을 포기하기로 결정했다.

그 즈음, 구중천은 전체 오천여 고수 중에서 이천여 명을 잃었으며, 이만여 명이던 천중인계의 무림 군웅은 칠천 명밖에 남지 않았다.

남아 있는 일만여 고수를 어떻게 하면 피해를 최소화하여 도주시키느냐 하는 것이 최후의 난제였다.

무조건 후퇴 명령을 내리는 것은 무림 군웅을 우왕좌왕하게 만들어 버릴 것이 뻔했다.

만약 그런 상황이 벌어진다면 천외무적군은 싸울 때보다 훨씬 손쉽게 무림 군웅을 도륙하게 될 것이다.

어떤 점에서는 적과 맞붙어 싸우는 것보다 퇴각하는 것이 훨씬 더 위험할 수도 있다.

싸움은 없던 전의(戰意)도 불태우게 하지만, 퇴각은 전의를 상실하게 할 뿐만 아니라 절망에 빠지게 만든다.

'묘봉산대혈전'에서 구중천은 염천제(炎天帝), 유천제(幽天第), 양천제(陽天帝) 세 명의 천제를 잃었다.

천녀황과 그녀의 제자 혈옥녀에게 당한 것이다.

남은 천제는 구중천주 자신을 비롯하여 여섯 명이었다.

구중천주는 살아남은 약 일만여 명을 천육백 명씩 여섯으로 나누고 자신을 비롯한 육천제(六天帝)가 각각 그들을 이끈다는 계획을 세웠다.

구중천주는 창천제와 합공하여 천녀황과 치열하게 싸우고

있는 중이었다.

갑자기 천녀황이 묘봉산에 나타났을 때, 구중천주 혼자 그녀를 상대했다.

그러나 채 백여 초를 겨루어보기도 전에 그는 심각한 열세에 처하고 말았다.

그때 염천제와 함께 혈옥녀를 합공하고 있던 창천제가 즉시 달려와 구중천주를 돕지 않았더라면 그는 심각한 위험에 처했을 것이다.

구중천주는 여덟 명의 천제들 각자보다 절반 정도 고강하다.

그런데도 창천제가 합세를 해서야 천녀황과 간신히 균형을 유지할 수 있을 정도였다.

그런데 사실 천녀황은 전력을 다하지 않은 상태였다. 그녀는 구중천주이며 천상성계 성제의 일족을 쉽게 죽이고 싶은 생각이 추호도 없었다.

그러기에는 오십 년 전에 받은 상처가 너무 컸고, 오십 년 동안 뼈를 깎는 고생을 한 것이 너무나 원통했다.

천녀황은 구중천주를 좀 더 농락한 후에 사지를 하나씩 자르다가 몸뚱이만 남았을 때 통렬하게 죽일 생각이었다.

원래 창천제는 염천제와 함께 어렵사리 혈옥녀를 상대하고 있었다.

그런데 그가 구중천주를 도우러 달려오는 바람에 염천제

는 얼마 지나지 않아서 혈옥녀에게 처참하게 죽임을 당하고 만 것이다.

너무도 가슴 아픈 일이지만, 창천제로서는 그렇게 할 수밖에 없었다. 그러지 않았으면 죽는 사람은 구중천주가 됐을 테니까 말이다.

구중천주는 창천제와 합세하여 천녀황과 싸우는 와중에 천리전음(千里傳音)을 전개하여 다섯 천제에게 퇴각할 것이라는 자신의 계획을 전했다.

다섯 천제는 구중천주가 세운 계획보다 좀 더 세부적인 계획을 짠 후 그것을 수하들에게 전음으로 지시, 자신들이 맡게 될 방, 문파의 수장들에게 전달하도록 했다.

그리고 다시 방, 문파의 수장들은 자기 휘하의 당주와 향주들에게 그 사실을 전했다.

마치 심장에서 나온 피가 온몸 구석구석 실핏줄까지 전해지는 듯한 그 과정은 채 일각도 걸리지 않았다.

이윽고 어느 한순간, 구중천주가 하늘로 높이 솟구치면서 천지를 떨어 울리는 천룡후(天龍吼)를 길게 터뜨렸다.

그것을 신호로 하여 여섯 명의 천제가 여섯 방향으로 일제히 쏘아갔으며, 그 직후 무림 군웅 일만여 명이 일사불란하게 여섯으로 나뉘어져 여섯 방향을 향해 맹렬한 기세로 흩어지며 쏘아갔다.

각 대열의 선두는 구중천의 천제와 그들의 심복이, 후미는 구중천 고수들이 맡았다.

천외무적군은 한순간 주춤했다. 아니, 그 주춤거림은 잠시 동안 이어졌다.

사생결단으로 싸우던 무림 군웅이 돌연 무기를 거두고 여섯 방향으로 쏘아가는 것을 쳐다보는 투번 고수들은 잠시 동안 어찌 된 영문인지 갈피를 잡지 못했다.

무림 군웅의 그런 돌발적인 행동이 어쩌면 또 다른 공격의 한 형태일는지도 모른다고 생각한 투번 고수들이 절반 이상이었다.

그러나 그것이 대대적인 도주라고 제일 먼저 간파한 사람은 역시 천녀황이었다.

“놈들이 도주한다! 추격하여 모조리 죽여라!”

그녀의 찌렁한 외침에 정신을 차린 투번 고수들은 일제히 추격을 시작했다.

천녀황의 목표는 구중천주였다.

그것이 십팔 일 전에 벌어졌던 ‘묘봉산대혈전’ 의 마지막 장면이었다.

*　　　*　　　*

창천제가 이끌고 있는 칠백여 무림 군웅은 최악의 상황에 처해 있었다.

묘봉산을 도주할 당시에는 천육백여 명이었는데, 반경 이십여 리에 달하는 싸움터를 완전히 빠져나오는 데에만 무려 이백여 명이 죽임을 당했다.

이후 남은 천사백여 명은 추적을 따돌리기 위해서 깊은 산속으로 숨어들었다.

그러나 한겨울 북방(北方)의 산중에 존재하는 것은 혹독한 추위와 메마른 나무와 시간이 지날수록 점점 가중되는 공포뿐이었다.

그들은 그곳에서 흔치 않은 산짐승이나 계류의 두꺼운 얼음을 깨서 작은 물고기 따위를 잡아먹고, 나무껍질이나 풀뿌리를 씹어 먹으면서 견뎠다.

그러나 보름이 한계였다. 가장 큰 문제는 굶주림이었고, 그 다음이 부상자들이었다.

결국 그들은 조심스럽게 산속에서 들판으로 나왔다.

그리고 무리의 마지막 한 명이 산에서 백 장 이상 벗어났을 때 매복해 있던 천외무적군이 급습을 가해왔다.

허기에 지쳐 있던 그들은 그곳에서 자그마치 사백 명을 잃은 후에야 겨우 도주할 수 있었다.

그러나 혹독한 굶주림과 추위를 경험했던 그들은 다시 산속으로 들어갈 생각은 꿈에도 하지 않았다.

그들은 줄곧 평야와 낮은 구릉 지대, 그리고 강을 건너며 남쪽으로 도주를 계속했다.

그러나 여태껏 그랬던 것처럼 지형도 계절도 그들 편이 아니었다.

그들 앞에는 셀 수 없이 많은 강이 가로놓였으며, 그 강들은 아직 얼지 않은 상태였다.

북경과 청원성이 있는 하북성의 성 경계는 동북쪽에서 북쪽을 거쳐 남쪽까지 완만한 곡선을 그으면서 산악 지대로 이루어져 있는 지형이었다.

하북성 동쪽 끝 발해만 바닷가의 만리장성이 시작되는 임유현(臨楡縣), 즉 해관(海關)에서 시작된 산악 지대는 북경을 북으로 감싸고 청원성의 서북쪽을 지나면서 방향을 급격히 남쪽으로 바꿔 뻗어 내렸는데, 하남성과의 경계까지 그 길이가 무려 천삼백여 리에 달한다.

북경에서 서쪽으로 그리 멀지 않은 운몽산(雲蒙山)에서 시작되는 백구하(白溝河)는 동쪽으로 백여 리쯤 흐르다가 갑자기 남쪽으로 방향을 바꾸어 수백 리를 흘러내리다가 대청하(大淸河)와 합류한다.

청원성 서쪽 오대산(五臺山)에서 발원하여 역시 동쪽으로 백오십 리가량 흐르다가 물길이 갑자기 북쪽으로 바뀌어 흐르는 저룡하는 사백여 리를 거슬러 오르다가 역시 대청하로 유입된다.

이 두 강은 각각 삼십여 개씩의 지류(支流)를 갖고 있는데, 그것들이 모두 서쪽에서 동쪽으로 흐르고 있었으므로 무림 군웅은 산속에서 나와 남쪽으로 도주를 하는 과정에서 그 강들을 모두 건널 수밖에 없었다.

그런 최악의 도주를 하면서 그들은 다시 삼백여 명의 무림 군웅을 잃어야만 했다.

화무린이 안국현에서 서남쪽으로 삼십여 리가량 이르렀을 때 전방에서 처절한 비명 소리가 들려왔다.

무기끼리 부딪치는 소리도 들렸지만, 그보다는 비명 소리가 더 많았고, 또한 끊이지 않고 계속 들려왔다.

화무린은 여태까지보다 더 빠른 속도로 비명 소리가 들려온 방향을 향해 쏘아갔다.

쉬이이!

그가 전개하고 있는 경공은 천황오무의 탄영비활이었다.

조금 전에 화무린이 칠성의 공력으로 탄영비활을 펼치자 봉선조차도 뒤처지는 사태가 벌어졌었다.

화무린도 봉선도 예상치 못한 일이었다.

그는 자신의 무공을 뽐낼 소인배가 아니지만, 마음이 워낙 급했기 때문에 봉선과 은겸, 소군 등을 뒤에 남겨두고 혼자 달려간 것이었다.

사실 그는 천외무적군으로부터 무림 군웅을 구해야겠다는 정의로운 마음 같은 것은 별로 지니고 있지 않았다.

그의 목적은 오직 하나뿐이었다. 천녀황이나 혈옥녀, 혈도신, 육천군 중 다섯 명의 행방을 알아내는 것이었다.

그러기 위해서는 그들의 행방을 알고 있을 만한 천외신계 인물을 만나야 하고 또 제압해야만 한다.

화무린은 그래서 이곳으로 달려온 것인데, 그것을 다들 오해하고 있었던 것이다.

다만 봉선만이 화무린의 속셈을 어렴풋이 짐작하고 있을 뿐이었다.

이윽고 화무린의 시야에 어떤 광경이 들어왔다.

그것은 천외무적군 투번 고수들에 의해서 무참하게 도륙당하고 있는 무림 군웅의 모습이었다.

그곳은 저룡하의 상류로 유입되는 수많은 지류 중 하나로써 당하(唐河)라는 이름의 강변이었다.

강폭은 십여 장 정도로 그리 넓지 않았지만 물살이 빨랐으며 화무린이 도착한 쪽은 강변이 자갈밭이었지만 건너편은 오륙 장 높이의 가파른 절벽이었다.

"크아악!"

"으악!"

강 건너 절벽 위에는 백오륙십 명의 무림 군웅이 모여 있었는데 변변히 반항조차 하지 못한 채 오십여 명의 투번 고수들에게 거의 일방적으로 죽임을 당하고 있었다.

시체들은 차례로 절벽 아래로 떨어져 내려 급류에 휘말렸는데, 강물은 무림 군웅이 흘린 피로 핏빛이었다.

강 이쪽 자갈밭에서도 일방적인 살육이 벌어지기는 마찬가지였다.

강 건너보다는 적었지만, 삼십여 명의 투번 고수들이 이미 강을 건너온 칠팔십 명의 무림 군웅을 힘도 들이지 않고 도륙하고 있었다.

강 건너의 무림 군웅은 투번 고수들의 도검을 피하여 절벽 끝에 모여 있다가 스스로 강물로 뛰어들기도 했고 밀려서 떨어지기도 했다.

그러나 이쪽으로 건너오지도 못하고 우왕좌왕하다가 세찬 급류에 휩쓸려 떠내려가기 일쑤였다.

화무린이 재빨리 상황을 판단해 본 결과, 이곳은 무림 군웅의 꼬리가 아니라 허리 부분인 것 같았다.

꼬리라면 무림 군웅의 수가 이렇게 많지 않을 것이다. 더구나 화무린이 보고 있는 중에도 강 건너 절벽 위쪽에는 무림 군웅이 속속 도착하고 있었다.

절벽 위는 꽤 넓은 평지였으며 그 뒤편이 숲인데, 그곳에서 무림 군웅이 계속 쏟아져 나오고 있었다.

그러나 그들은 곧 절벽 위 평지에서 벌어지고 있는 일방적일 살육을 발견하고는 크게 당황하여 주춤거리다가 좌우로 흩어져 달아났지만 숲으로 들어가 왔던 길을 다시 가는 사람은 거의 없었다.

그로 미루어 무림 군웅의 후미에도 투번 고수들이 따라붙었으며, 그들이 매우 가까운 곳에서 무림 군웅을 도륙하며 전진하고 있다는 사실을 유추할 수 있었다.

절벽 위 평지나 자갈밭에도 무림 군웅의 수가 투번 고수들보다 훨씬 많았고, 그들은 사력을 다해서 싸웠지만 싸움 자체가 되지 않았다.

무림 군웅은 너무 오랫동안 굶어서 힘이 없었고, 또 너무 먼 길을 도주하느라 극도로 지친 상태였다.

충분한 음식을 섭취하고 휴식을 취하지 않는 한 그들은 그저 이류고수 수준일 뿐이었다.

강가의 커다란 바위 위에 우뚝 선 화무린은 재빨리 강 이쪽과 건너편의 투번 고수들을 쓸어보았다.

강 이쪽에 있는 삼십여 명의 투번 고수들 중에서 머리에 쓴 철모의 정수리 부분에 뾰족한 침이 솟아 있는 자 여덟 명을 발견했다.

그들은 투번 고수 네 명을 거느리는 천외신계 서열 십구위인 번조장(幡組長)들이었다.

강 건너 절벽 위에는 열세 명의 번조장 외에 회색 경장을 입고 철모에 두 개의 침이 솟은 십팔위 번수장(幡守長)이 두 명 더 있었다.

일단 이곳에 있는 투번 고수들 중에서는 두 명의 번수장이 제일 높았다.

화무린은 그자들을 제압하기로 마음먹었다.

"도와주세요!"

화무린이 바위 위에서 강 건너 절벽을 향해 곧장 쏘아가려고 막 신형을 날리려는데 멀지 않은 곳에서 날카로운 여자의 부르짖음이 들려왔다.

그가 쳐다보자 자갈밭에 포위당해 있는 무림 군웅 중 한 명의 여고수가 화무린을 쳐다보고 있었다.

이십대 초반쯤으로 보이는 그녀는 어깨와 옆구리에서 피를 흘리고 있었다.

그녀는 화무린이 자신을 쳐다보자 다급하면서도 간절한 표정으로 다시 소리쳤다.

"도와주세요!"

물에 빠져 허우적거리면 지푸라기라도 잡는다던데, 지금의 그녀는 아마도 그런 심정일 것이다.

무림 군웅 속에는 여고수들도 더러 섞여 있었다. 무림을 구하는 일에 남녀의 구별이 있을 수 없기에 그녀들도 분연히 떨치고 일어난 것이었다.

"아악!"

화무린을 쳐다보며 소리치느라 아주 잠깐 한눈을 팔고 있던 여고수는 허리가 투번 고수의 도에 뎅겅 잘리면서 처절한 비명을 터뜨렸다.

여고수의 잘라진 두 개의 몸뚱이가 자갈밭에 피를 뿌리면서 나뒹구는 광경을 보면서 화무린은 문득 단상익의 아내를 떠올렸다.

어째서 지금 이 순간에 단상익의 아내가 생각났는지는 모를 일이었다.

그러나 만약 저 여고수가 이곳에서 죽지 않았더라면 언젠가는 사랑하는 남자와 혼인을 하게 될지도 모른다는 생각이 들었다.

그러면 단상익의 노모 같은 시부모나 친정 부모를 모시고 살 수도 있을 것이고, 비홍 같은 자식을 낳아 오순도순 행복하게 살 수 있을지도 모르는 일이다.

화무린은 둔탁한 것으로 뒤통수를 한 대 얻어맞은 듯한 멍한 표정을 지으며 자갈밭의 살육을 쳐다보았다.

그가 지켜보고 있는 중에도 자갈밭에서, 그리고 강 건너 절벽 위에서 무림 군웅이 구슬픈 비명을 터뜨리면서 죽어가고 있었다.

이곳에 있는 무림 군웅은 필경 누군가의 아들딸이며 형제이고 아버지, 혹은 누이이며 언니일 것이다.

이들이 죽는다면, 이들이 돌아오기를 간절하게 기다리고 있을 가족들은 절망과 슬픔에 빠져 평생을 살게 될 터이다.

만약 전쟁에 끌려갔던 단상익이 끝내 집으로 돌아오지 못했다면 그 아내와 노모, 그리고 비홍의 슬픔이 어떠했겠는가.

한 가지 분명한 사실은, 얼마 전에 화무린이 직접 보고 겪었던 비홍네의 행복하고 오순도순했던 모습 같은 것은 결코 볼 수 없을 것이라는 사실이다.

여고수의 간절한 외침이나 그녀의 죽음이 화무린을 갑자기 협의지사로 만든 것은 아니었다.

그러나 강 건너 절벽 위에 있는 두 명의 번수장을 제압하기 전에 잠시 이쪽의 투번 고수들을 쓸어버려 무림 군웅을 구해 준다고 해도 나쁠 것은 없을 듯했다.

그렇다고 해서 두 명의 번수장이 어디로 사라지는 것도 아니잖은가.

화무린은 발끝으로 바위를 가볍게 박차고 자갈밭을 향해 비스듬히 날아갔다.

그가 펼친 경공은 탄영비활이라서 추호의 소리도 기척도 없었다.

그는 격전장을 삼 장쯤 남겨둔 허공에서 두 손을 슬쩍슬쩍 가볍게 휘둘렀다.

누군가 그의 그런 동작을 봤다면 그저 모기나 파리를 쫓는 정도로만 여겼을 터이다. 그만큼 그의 동작은 대수롭지 않게 보였다.

“허억!”

무림고수 한 명의 눈이 부릅떠지며 혀가 말려 들어가는 듯한 다급한 외침을 터뜨렸다.

한 명의 투번 고수가 전면 허공 반 장 높이에서 쏘아 내리면서 그의 정수리를 노리고 검을 휘둘러 오고 있었기 때문이다.

무림고수는 더 이상 피할 기력도 엄두도 나지 않는 듯 두 다리만 후들후들 떨고 있었다.

우직!

"끅!"

순간 그를 향해 검을 그어오던 투번 고수가 갑자기 허공중에서 뚝 멈추는 것 같더니 목이 부러지며 얼굴이 등 뒤로 홱 돌아가 버렸다.

얼굴이 등 쪽에 있고 몸 앞쪽에는 뒤통수가 있는 괴이한 모습이 돼버린 것이다.

그와 동시에 그 주변에서 그것과 비슷한 소리들이 한꺼번에 터져 나왔다.

뚜둑!

"캑!"

빠직!

"커흑!"

격전장, 아니, 살육장 한복판에서 순식간에 다섯 명의 투번 고수가 이유도 모르는 채 나뒹굴었다.

죽은 모습은 한결같았다. 다섯 명 모두 목이 부러져서 얼굴이 등 뒤로 돌아간 괴이한 모습이었다.

투번 고수들의 움직임이 일제히 정지했다.

"위쪽이다!"

그들 중 한 명이 머리 위를 가리키며 다급히 외쳤다.

그러나 그 외침과 동시에 화무린이 오른손의 은오검을 떨치면서 독수리처럼 그들의 머리 위로 하강했다.

쏴아아아!

은오검에서 다섯 마리 은빛 까마귀와 다섯 마리 은빛의 용이 무지개처럼 지상을 향해 뿜어졌다.

항룡유운검법, 아니, 오룡검법이었다.

투번 고수들을 상대하는 데에는 굳이 파천혈인검이나 천지조화검을 전개할 필요가 없었다.

다섯 마리 은빛 까마귀와 은빛 용은 빛처럼 뿜어져 투번 고수 열 명의 머리를 박살 내거나 심장을 관통해 목을 끊어버렸다.

두말할 필요도 없이 열 명 모두 즉사였다.

화무린은 자갈밭에 소리없이 내려섰다가 어리둥절한 표정을 짓고 있는 투번 고수들 속으로 덮쳐 갔다. 순한 양 떼 속으로 덮쳐 가는 굶주린 늑대처럼.

"은오검객이다!"

그때 누군가 기쁨이 가득한 외침을 터뜨렸다.

아마도 은오검에서 은빛 까마귀가 뿜어지는 것을 보고 짐작했을 것이다.

"죽여랏!"

투번 고수 중 번조장 한 명이 곧장 쏘아오는 화무린을 가리키며 악을 쓰듯이 외쳤다.

촤악!

그러나 그는 손을 앞으로 뻗은 자세 그대로 머리가 세로로 쪼개졌다.

화무린은 굳이 검기를 사용하지도 않았다.

그저 잠영보를 전개하여 투번 고수들 사이를 한줄기 바람처럼 스치면서 육안으로 보이지도 않을 정도로 은오검을 휘둘러서 찌르고 베었다.

투번 고수들이라고 귀가 없겠는가.

그들도 은오검객이 혼자서 십이령후의 구령후와 육천군의 적혈군, 심지어 무쌍신의 흑멸신까지 죽였다는 사실을 알고 있었다.

투번 고수들은 공포심이나 두려움 따위를 결코 느끼지 않도록 철저한 훈련을 거쳤지만, 전의를 상실하지 않는 방법은 배운 적이 없었다.

자갈밭에 있던 무림 군웅은 모든 동작을 멈춘 채 그 자리에 서서 화무린을 쳐다보았다.

그들은 더 이상 공격당하지 않았다. 투번 고수들이 모두 화무린을 상대하고 있었기 때문이다.

화무린은 투번 고수들 사이를 무인지경처럼 누비면서 닥치는 대로 도륙했다.

그가 스쳐 지나가는 곳에는 어김없이 투번 고수들이 앞을 다투어 나뒹굴고 있었다.

무림 군웅의 경악과 감탄으로 물든 눈에는 화무린이 더 이상 인간으로 보이지 않았다. 무신(武神)이나 전신(戰神)쯤으로 보였다.

그들이 화무린의 신기를 보고 미처 탄성을 터뜨리기도 전에, 그리고 몇 번 눈을 깜빡거리기도 전에 화무린은 그 자리에서 사라졌다.

자갈밭에서 무림 군웅을 주살하던 투번 고수 삼십여 명은 이미 시체로 변한 후였다.

"저기다!"

그때 누군가 다급히 외쳤다.

무림 군웅이 쳐다봤을 때 화무린은 상체를 앞으로 약간 숙인 채 강물 위를 낮게 떠서 쏘아가고 있었다.

화무린의 활약으로 자갈밭 쪽의 무림 군웅은 오십여 명이 목숨을 건졌다.

파아!

그는 발끝으로 수면을 가볍게 박차면서 쏘아가다가 절벽 아래에 이르러 빛처럼 빠르게 절벽 위로 솟구쳐 올랐다.

그 즈음 절벽 위에는 투번 고수가 이백여 명으로, 무림 군웅은 삼백여 명으로 불어나 있었다.

무림 군웅의 후미를 추격하던 투번 고수들과 허리가 잘린 뒤쪽의 무림 군웅이 모두 한자리에 모인 것이다.

슈욱!

화무린은 강에서 절벽 위로 삼 장가량 숫구쳐 올랐다가 아래를 굽어보았다.

그곳 넓은 평지에는 무림 군웅이 투번 고수보다 수적으로 서너 배나 더 많았다.

그러나 포위하고 있는 투번 고수들은 마치 가을 논에서 추수를 하듯이 무림 군웅을 도륙하고 있었다.

그 상태라면 반 시진이 지나기도 전에 무림 군웅은 전멸될 것 같았다.

절벽 위에 있는 사람들은 피아(彼我)를 막론하고 아무도 화무린을 발견하지 못했다.

아니, 이곳의 상황이 워낙 아비규환이라서 화무린을 발견하기는커녕 강 건너에서 무슨 일이 벌어졌는지조차도 미처 알지 못할 정도였다.

문득, 화무린의 시선이 한곳에 고정되며 가볍게 놀라는 표정이 떠올랐다.

그곳은 무림 군웅이 모여 있는 한복판이었는데, 이십여 명의 고수가 서로 등을 맞대고 작은 원을 형성한 채 투번 고수들과 치열한 혈전을 벌이고 있었다.

그들의 행색은 다른 무림 군웅과 다를 바 없이 남루했지만, 싸우는 모습은 눈길을 잡아끌기에 충분했다.

다른 무림인들은 기진맥진해서 겨우겨우 싸우다가 죽임을 당하기 일쑤인데, 그들은 서슬이 시퍼레서 전력을 다해 수중의 검을 휘둘렀다.

더구나 그들의 검법은 독특한 데다가 위력적이라서 결코 호락호락하지 않았다.

또한 그들 중 다섯 명의 실력은 매우 출중하여 가끔이긴 하지만 투번 고수를 죽이기까지 했다.

그들은 모두 이십일 명이었다. 그들이 등진 자세로 등 뒤에 작은 원을 형성한 이유는 그곳 바닥에 쓰러져 있는 두 명의 동료를 보호하기 위해서였다.

그들은 바로 총관인 윤학이 이끄는 경무장의 제자들이었다.

북경 대회합에 경무장은 사십 명이 참가했는데 묘봉산대혈전에서 십구 명이 죽고 이십일 명이 살아남았다.

일전에 화무린은 총관인 윤학과 네 명의 당주에게 파천혈인검을 전수한 적이 있었다.

그리고 경무장의 모든 제자들에게 항룡유운검법, 즉 오룡검법을 가르쳤었다.

경무장주만이 익힐 수 있는 오룡검법과 오백 년 전의 대살성(大殺星) 혈객의 성명검법 파천혈인검을 배운 그들이 투번 고수에게 호락호락 당할 리가 없었다.

만약 경무장 제자들이 오룡검법과 파천혈인검을 삼사 년 정도 꾸준히 익힌 상황이었다면, 이곳에 즐비하게 깔려 있는 것은 투번 고수들의 시체였을 것이다.

쩌껑!

“우웃!”

투번 고수와 한차례 검을 부딪친 윤학은 가슴이 답답하고 검을 쥔 손아귀가 찢어지는 듯한 통증을 느끼고는 뒤로 비틀거리면서 두 걸음 밀려났다.

윤학은 적잖이 놀라서 전면의 투번 고수를 쳐다보다가 가볍게 표정이 변했다.

앞에서 덮쳐 오고 있는 자는 여태까지 상대하던 투번 고수와는 복장이 달랐다.

회색 경장에 회색 피풍의를 걸쳤으며, 철모에는 두 개의 뾰족한 침이 솟아나 있었다.

‘번수장!’

윤학은 흠칫했다.

‘묘봉산대혈전’ 에서 싸워본 경험에 의하면 번수장은 투번 고수보다 두 단계 높은 서열 십팔위지만, 무공 실력은 서너 배나 더 강했다.

그리고 더욱 중요한 사실은 번수장이 윤학보다 한 수 위라는 것이다.

쉬아악!

윤학이 미처 신형을 바로잡기도 전에 방금 일검을 부딪쳤던 번수장이 수중의 검을 머리 위로 치켜든 자세로 곧장 윤학을 향해 쇄도해 왔다.

윤학은 어금니를 힘껏 악물고 한 손으로 잡았던 검을 두 손으로 움켜잡으며 눈을 부릅떴다.

"와라! 이놈!"

그는 파천혈인검 중에서 소용돌이처럼 적의 급소를 꿰뚫는 와자식(渦刺式)을 일으킬 만반의 준비를 갖추었다.

파천혈인검의 무서움은 검기(劍氣)로 일으키는 절세적인 변화인데, 안타깝게도 윤학은 아직 검기를 일으킬 만한 공력을 지니지 못했다.

"……?"

그때 윤학의 얼굴에 의아한 표정이 떠올랐다.

쏜살같이 쇄도해 오던 번수장이 땅에서 두 자 높이 허공중에 떠 있는 상태에서 제자리걸음을 하며 팔다리를 허우적거리고 있었기 때문이다.

더 황당한 것은, 정작 번수장 본인은 그런 사실을 깨닫지 못한 채 필사적으로 두 다리를 휘젓고 있다는 사실이었다.

윤학과 번수장의 거리는 일 장 남짓.

파천혈인검이 아니더라도 검을 휘두르기만 하면 죽일 수 있는 거리다.

그러나 윤학은 번수장이 보여주는 느닷없는 괴변에 놀라서 미처 공격할 정신이 없었다.

문득, 윤학의 시선이 번수장의 머리 위 허공으로 향했다.

"……."

다음 순간 그는 두 눈을 부릅뜨며 경악하고 말았다.

번수장의 머리 위 이 장 높이에 우뚝 서 있는 사람은 다름 아닌 화무린이었던 것이다.

화무린은 번수장을 향해 무슨 동작이나 자세를 취하지도 않고 있었다.

그는 단지 번수장의 머리 위 이 장 높이 허공중에 우뚝 서 있을 뿐이었다.

그런데도 윤학은 번수장에게 벌어지고 있는 괴변이 화무린의 솜씨라는 사실을 믿어 의심치 않았다.

화무린은 아무런 자세도 취하지 않았지만, 그의 발바닥에서 웅혼한 무형지기가 발출되어 번수장을 꼼짝 못하게 옭아맸던 것이다.

스으으―

윤학의 표정이 극도의 기쁨과 반가움으로 변해 쳐다보고 있을 때 화무린이 선 자세로 느릿하게 하강했다.

그때 번수장의 철모 위에 솟아 있는 반 뼘 길이의 두 개의 침이 쑥 철모 속으로 박혀 버렸다.

"큭!"

다음 순간 번수장의 입에서 짓눌린 듯 답답한 신음성이 터져 나왔고, 뒤이어 그의 눈과 코, 입에서 꾸역꾸역 검붉은 피가 흘러나왔다.

철모에 솟은 두 개의 침이 그의 정수리를 뚫고 쑤셔 박힌 것이었다.

죽어서야 무형지기에서 자유로워진 번수장의 몸이 스르르 뒤로 넘어가고 있을 때 그 옆에 화무린이 소리없이 땅 위에 내려서고 있었다.

윤학을 비롯한 이십일 명 경무장 제자들의 시선이 일제히 화무린에게 집중됐고, 그들의 얼굴에 더할 수 없는 기쁨이 가득 피어올랐다.

화무린은 윤학 등을 향해 천천히 걸음을 옮기면서 부드러운 미소를 지었다.

그러자 윤학을 비롯하여 부상을 당한 두 명의 제자까지 이십일 명의 경무장 제자들이 화무린을 향해 일제히 무릎을 꿇으며 감격에 겨운 예를 올렸다.

"제자들이 장주를 뵈옵니다!"

경무장 제자들은 모두 무릎을 꿇은 채 고개를 조아리고 있었지만 자신들이 투번 고수에게 죽임을 당할 것이라고는 눈곱만큼도 걱정하지 않았다.

자신들의 절대자인 화무린이 버티고 있기 때문이었다.

실제로 화무린은 양손을 슬쩍슬쩍 움직이며 삼절제룡수를 전개하고 있었다.

빠직!

우둑!

"크악!"

"캑!"

꿇어 엎드린 경무장 제자들을 죽이려고 사방에서 공격해 오던 투번 고수들은 영문도 모른 채 목이 부러지고 골이 박살 나며 죽어갔다.

경무장 제자들을 굽어보는 화무린의 가슴이 뭉클했다.

화무린은 그들에게 북경 대회합에 먼저 가 있으면 자신도 곧 합류하겠다고 지시했었다.

그러나 그는 당쾌로부터 천녀황 일행에 대한 정보를 입수하자마자 안국현으로 달려갔고, 그 후 여러 달이 흘러 이제야 제자들을 만나게 되었다.

제자들은 장주도 없는 상황에서 '묘봉산대혈전' 을 치렀으며, 기나긴 도주 끝에 지금 이곳에 당도했다.

"크윽! 제자가 무능하여 천외신계와의 싸움에서 열아홉 명의 제자를 잃었습니다!"

윤학이 화무린을 우러러보며 비통하게 보고했다.

"아니다. 그것은 자네 잘못이 아닐세."

화무린은 착잡한 마음으로 고개를 가로저었다.

그렇다. 그것은 윤학 잘못이 아니라 장주이면서도 제자들을 내팽개쳐 두었던 화무린의 잘못이었다.

스릉!

화무린은 은오검을 뽑았다. 삼절제룡수로 상대하기에는 투번 고수의 수가 너무 많았다.

또한 지금부터 그에게는 경무장 제자들을 안전하게 보호해야 할 책임이 있었다.

"길을 열겠다!"

그는 절벽을 향해서 나아가며 은오검에 공력을 주입하여 슬쩍 떨쳤다.

우르르릉!

한차례 검을 떨쳤을 뿐인데 허공을 진동시키는 우렛소리가 터졌다.

그리고 은빛 찬란한 여덟 줄기의 검기가 부챗살처럼 전면으로 뿜어졌다.

윤학과 경무장 제자들은 걸음을 멈춘 채 경탄 어린 표정으로 그 광경을 쳐다보았다.

여덟 줄기의 은빛은 검기였다. 그것들은 쏘아가다가 은빛 까마귀와 은룡(銀龍)으로 변했다.

네 줄기는 은오(銀烏), 네 줄기는 은룡이었다.

퍼퍼퍼퍼퍽!

사오사룡(四烏四龍)은 정확하게 투번 고수 여덟 명의 머리통을 날려 버렸다.

그 광경을 보고 있는 윤학과 경무장 제자들은 가슴이 터질 듯이 벅찼다.

하늘에서 하강한 것처럼 나타나 빗자루로 쓸 듯이 투번 고수들을 주살하고 있는 사람이 바로 자신들이 모시고 있는 경무장주인 것이다.

그중에서도 윤학의 감격은 말로 다할 수 없을 정도였다.

지금 화무린이 펼치고 있는 초식은 오룡검법이라고 개명한 항룡유운검법이었다.

윤학은 부친이 항룡유운검법을 펼치는 모습을 여러 번 본 적이 있었지만, 지금 화무린이 펼치는 위력에는 비할 바가 못 되었다.

말 그대로 화무린의 전개가 월광이라면 부친의 그것은 반딧불이 정도에 불과할 것이다.

화무린은 전진하면서 또다시 은오검을 떨쳤다.

웅웅웅!

엄청난 공력이 주입된 은오검은 몸서리를 치면서 검기를 토해냈다.

아마 평범한 검이었다면 화무린의 공력을 이겨내지 못하고 산산이 부서졌을 것이다.

퍽퍽퍽퍽!

첫 오룡검법에 이어서 두 번째도 어김없이 여덟 명의 투번 고수를 거꾸러뜨렸다.

화무린이 만들어내는 사오사룡은 마치 살아 있는 듯 한 치의 실수도 없이 정확하게 투번 고수들만 골라서 죽였다.

화무린은 전후좌우를 향해 연속 네 차례 은오검을 떨쳤으며, 한 번 떨칠 때마다 사오사룡이 뿜어져서 도합 삼십이 명의 투번 고수를 핏물 속에 쓰러뜨렸다.

그것으로써 경무장 제자들이 나아가고 있는 주위 삼 장 이내에는 투번 고수들이 한 명도 남지 않았다.

"어서 강을 건너라!"

절벽 가에 이르러 화무린이 제자들을 등지고 서서 보호하며 외쳤다.

그가 다시 두 차례 오룡검법을 전개한 후에 힐끗 뒤돌아보니 윤학과 네 명의 당주가 우뚝 서 있었다.

"저희는 남겠습니다!"

윤학이 정의롭게 외쳤다.

화무린이 그들 뒤쪽을 보니 경무장 제자들이 부상자를 부축하면서 급류를 건너고 있는 광경이 보였다.

"여긴 위험하니 어서 강을 건너라!"

"미력하나마 장주를 도와 위험에 빠진 무림 군웅을 한 명이라도 더 구해내고 싶습니다!"

"……."

화무린은 순간적으로 대답할 말을 잃어버렸다. 그 자신의 목적은 번수장을 제압하는 것인데, 윤학 등의 목적은 무림 군웅을 구하는 것이었다.

사실 화무린에게 있어서 무림 군웅의 목숨 따윈 알 바가 아니었다.

구할 수 있으면 다행이고 구하지 못해도 어쩔 수 없는 그런 것이었다.

그러나 윤학 등은 아니었다. 그들은 목숨을 걸고 무림 군웅을 구하려 하고 있었다.

그것이 바로 골수까지 정의와 협의로 가득 차 있는 경무장 사람들의 사고방식이었다.

또한 그들은 자신들이 신처럼 따르고 있는 화무린이 위험에 처해 있는 무림 군웅을 도외시할 것이라고는 눈곱만큼도 생각하지 않았다.

그 즈음 무림 군웅은 거의 모두 절벽 가에 몰려서 조금이라도 빈틈이 생기기만 하면 앞뒤 생각하지 않고 강물로 뛰어들고 있었다.

화무린이 강 건너에 있던 투번 고수들을 모두 죽여서 그쪽은 안전지대가 됐기 때문이다.

투번 고수들은 절벽 가에 강을 등진 채 두 겹, 세 겹씩 방어막을 형성한 상태에서 밀려드는 무림 군웅을 닥치는 대로 주살하고 있었다.

또한 무림 군웅의 뒤쪽에서도 투번 고수들이 길게 늘어선 채 서서히 전진하면서 무림 군웅을 주살하고 있었다.

이른바 앞과 뒤에서의 협살(挾殺)이었다.

화무린과 윤학 등이 있는 곳은 절벽 가의 끝 쪽이었다.

조금 전에 화무린이 오룡검법으로 투번 고수들을 쓸어버렸기 때문에 그곳에는 투번 고수들이 없었다.

"다친 곳은 없느냐?"

화무린이 윤학 등을 빠르게 살피며 물었다. 그 자신은 모르고 있었지만, 그렇게 묻고 있는 그의 얼굴에는 자식을 염려하는 부모의 표정이 떠올라 있었다.

윤학 등은 크게 감격하여 가슴을 펴면서 우렁차게 대답했다.

"끄떡없습니다!"

사실 화무린이 대충 살펴보기에도 그들 중에 성한 사람은 아무도 없었다.

중상을 입지 않았다 뿐이지 다섯 명 모두 온몸에 자잘한 부상을 셀 수도 없이 입은 모습이었다.

그때 절벽 가 끄트머리에 있던 투번 고수 십여 명이 화무린을 향해 쏘아오고 있었다.

"내 뒤를 바짝 따르게!"

화무린은 짧게 외치면서 몸을 돌려 절벽 가를 따라 앞으로 쏘아가며 자신을 향해 달려오는 십여 명의 투번 고수를 향해 마주쳐 나갔다.

그러나 윤학 등이 뒤처지지 않고 따라올 수 있도록 그리 빠른 속도를 내지는 않았다.

화무린은 절벽 가의 투번 고수들을 빠른 시간 내에 쓸어버리기 위하여 파천혈인검을 펼쳤다.

그는 구성혈사의 여의단을 복용하여 임독양맥, 생사현관

을 소통한 이후 공력이 급증, 세 송이 꽃을 모아 정을 이룬다
는 삼화취정(三花聚精)의 경지에 도달한 상태였다.

생사현관이 소통된 이후에는 공력을 수치로 나타내기가
어렵지만, 지금 화무린의 공력 수위를 굳이 수치로 계산한다
면 약 사 갑자의 수준쯤일 것이다.

달려나가는 화무린이 은오검을 허리 높이에서 한차례 그
어대자 번쩍하면서 반월 형태의 섬광 두 개가 부챗살처럼 폭
사되어 나갔다.

조금 전에 그가 전개했던 오룡검법의 검기는 눈이 부실 정
도로 밝았는데, 지금 파천혈인검으로 발출된 것은 흐릿한 반
투명이었다.

다음 순간 놀라운 일이 벌어졌다.

은오검에서 뿜어진 반투명한 두 개의 반월, 즉 반월강(半
月罡)이 가장 앞서서 쏘아오고 있는 투번 고수 두 명의 허리
부위를 여지없이 잘라 버렸다.

두 명의 투번 고수는 자신들을 향해 쇄도해 오는 반월강을
발견하고 다급히 수중의 검으로 후려쳤지만 아무런 소용이
없었다.

반월강이 그들의 검과 허리를 동시에 잘라 버린 것이다.

그것뿐이 아니었다. 반월강은 최초의 두 명을 자르고서도
계속 수평으로 쏘아갔다.

그렇게 하여 화무린을 향해 달려오던 십여 명의 허리를 모

조리 절단해 버렸다.

더구나 그들 십여 명은 자신들의 허리가 절단된 사실조차도 깨닫지 못하고 있었다.

화무린과의 거리가 일 장으로 좁혀지자 그들은 일제히 몸을 날리면서 도검을 휘둘렀다.

그러나 그들은 지상에서 떠오르는 순간 상체와 하체가 분리되어 와르르 무너지듯 흩어져 버렸다.

"바… 방금 그것이 무엇이었습니까?"

화무린을 뒤따르던 당주 중 한 명이 경악한 얼굴로 윤학에게 물었다.

윤학 역시 경악을 금치 못하면서 무겁게 중얼거렸다.

"음, 검기가 아닌 것만은 분명한데… 어쩌면 검강인지도 모르겠다."

"검강!"

그들이 놀라느라 잠시 주춤거리고 있을 때 화무린은 절벽가의 투번 고수들을 빗자루로 쓸 듯이 주살하면서 전진하고 있었다.

투번 고수들은 아무도 그를 막지 못했으며, 그의 일 장 근처까지 접근하지도 못했다.

남아 있는 투번 고수는 삼사십 명에 불과했다.

무림 군웅은 이제 강을 건너 도망치려고 하지 않고 오히려 투번 고수들을 포위한 채 힘을 합쳐 싸우기 시작했다.

그렇더라도 투번 고수들은 여전히 강했으며, 그들 중에는 몇 명의 번조장과 한 명의 번수장이 포함되어 있어서 화무린만 아니라면 쉽사리 무너지지 않을 듯했다.

더구나 무림 군웅은 극도의 굶주림과 누적된 피로 때문에 의욕만 강할 뿐 제 실력을 발휘하지 못했다.

스읏!

윤학은 바로 앞에 있던 화무린이 순식간에 사라지더니 다음 순간 투번 고수들 머리 위에 나타난 것을 발견하고는 아연실색하고 말았다.

화무린은 투번 고수들 위에 우뚝 선 자세에서 빠르게 하강하며 은오검을 떨쳤다.

이렇게 모여 있는 적을 상대하기 위해서는 굳이 오룡검법이나 파천혈인검을 사용할 필요도 없었다.

그저 검에 공력을 주입하여 몸을 회전시키면서 휘두르기만 하면 됐다.

과연 그의 검에서 뿜어진 검강이 마치 잘 벼려진 낫으로 수수깡을 자르듯이 투번 고수들을 가차없이 베어버렸다.

"낭군님! 내 몫은 남겨둬!"

그때 한쪽 방향에서 낭랑한 외침이 터져 나왔다.

이제야 도착한 소군이 화무린을 향해 신형을 날리면서 외친 것이었다.

사실 그녀는 화무린에게 배운 금봉신추를 직접 실전에서

사용해 보고 싶었다. 더구나 금봉신추를 정랑편으로 펼치면 과연 어떤 위력이 나올지 무척 궁금하기도 했다.

"군아가 상대하기에는 너무 많아."

화무린은 중얼거리면서 은오검을 번뜩이며 다시 이십여 명의 투번 고수를 죽였다.

그래서 소군이 당도했을 때에는 여섯 명의 투번 고수만이 남아 있었다.

물론 그중에는 번수장도 포함되어 있었다.

당금 천하를 공포에 떨게 만드는 투번 고수를 두고 네 몫, 내 몫을 따지는 사람은 아마도 화무린과 소군밖에 없을 것이다.

"하앗!"

소군이 정랑편을 떨치면서 투번 고수를 향해 비스듬히 쏘아져 내릴 때, 화무린은 번수장을 향해 왼손을 뻗었다가 가볍게 당기는 시늉을 했다.

순간 번수장은 전력으로 질주하는 마차에 부딪친 것처럼 쏜살같이 화무린에게 날아왔다. 삼절제룡수에 의해 끌려오는 것이다.

번수장은 화무린의 반 장 앞에 뚝 정지했다.

화무린은 손도 대지 않았는데 그는 보이지 않는 밧줄에 꽁꽁 묶인 것처럼 꼼짝도 하지 못했다.

"으으……."

쐐애액!

순간 정랑편이 허공을 갈가리 찢었다. 채찍은 어느 한 명이 아니라 다섯 명 전체를 노렸다.

다섯 명의 투번 고수는 일제히 도검을 휘둘러서 채찍을 막거나 재빨리 몸을 움직여 피하려고 했다.

슈우우!

자신을 향해 쏘아오는 정랑편을 향해 수중의 도를 그어대던 투번 고수의 눈이 부릅떠졌다.

도가 채찍에 닿으려는 순간, 채찍에 눈이라도 달린 것처럼 도를 교묘하게 피하면서 투번 고수의 얼굴로 파고든 것이다.

퍼억!

채찍 끝이 가볍게 후려치자 투번 고수의 머리가 잘 익은 수박이 터지듯 산산이 박살 났다.

그런 식이었다. 채찍을 도검으로 막으려고 하면 그걸 피해서 후려쳤으며, 몸을 날려 피하면 피해간 위치에서 채찍이 미리 기다리고 있다가 골통을 부숴 버렸다.

"이야압!"

마지막 한 명 남은 자는 번조장인데, 과연 그는 다른 투번 고수와는 달랐다.

자신을 향해 맹렬하게 쏘아오는 채찍을 검으로 정확하게 맞힌 것이다.

그러나 단지 맞혔을 뿐이다. 그가 알고 있는 상식에 의하면 이런 경우에 검이 채찍을 잘라야 한다.

껑!

그러나 이 채찍은 오히려 검을 두 동강 내면서 번조장의 목을 휘감았다.

그리고 채찍 끝부분에 있던 두 개의 혈침이 번조장의 목 양쪽을 깊숙이 찔렀다.

화르륵!

소군이 채찍을 거두자 번조장의 몸은 거센 불길에 휩싸였다.

척!

소군이 화무린 옆에 사뿐히 내려섰을 때 번조장은 재가 되어 흩어지고 있었다.

과연 혈침의 극양지기는 대단했다.

그로써 강 양쪽에 있던 투번 고수들은 번수장 한 명만 남기고 모두 죽었다.

소군은 정랑편을 이리저리 살펴보며 감탄을 금치 못했다.

"낭군님, 이 정랑편, 정말 굉장해! 더구나 금봉신추는 기가 막힐 정도야!"

화무린은 미소를 지어 보이고는 번수장에게 시선을 던졌다.

"지금 너희를 이끌고 있는 우두머리는 누구냐?"

번수장은 무형지기에서 벗어나려고 전력을 다하는 바람에

얼굴이 붉게 달아올라 있었다.

그러나 번수장 정도 되면 누가 묻는다고 해서 순순히 대답하지 않는다.

그 순간 번수장의 입에서 쥐어짜는 듯한 고통스러운 신음이 새어 나왔다.

"끄으으……."

그를 옭아맨 무형지기가 서서히 조여들기 시작한 것이다.

그러나 화무린은 번수장을 향해 손조차 뻗지 않은 채 태연히 서 있을 뿐이었다.

화무린 뒤에 늘어서 있는 윤학 이하 경무장 제자들이나 주위로 몰려든 무림 군웅은 이 놀라운 광경에 벌어진 입을 다물지 못했다.

우두둑!

무형지기가 더욱 조여들자 번수장의 온몸의 뼈가 부러지기 시작했다.

"끄으으……."

두 눈알은 금방이라도 튀어나올 듯이 툭 불거졌으며 눈과 코, 입, 귀에서 피가 흘러나왔다.

"우두머리는 누구냐?"

번수장은 대답을 해야만 이 고통에서 벗어날 수 있을 것이라는 사실을 깨달았다.

그가 지금 경험하고 있는 고통은 천외무적군으로서 훈련

받은 한계치 이상의 것이었다.

"끄으으… 유… 육천군의 잔혼군이시다……."

"또 누가 있느냐?"

"흐아악! 시, 십이령후의… 십령후와 십일령후가 계시다……."

"그들은 지금 어디에 있느냐?"

화무린은 말을 할수록 표정과 목소리가 점점 차가워졌다. 원수 중 한 명인 잔혼군이라는 이름을 들었기 때문이다.

"크으으… 차… 창천제와 무아 선사… 철심협개를 죽이러…가… 셨다……. 어서 죽여다오……!" 윤학이 즉시 보충 설명을 했다.

"장주, 우리를 추격하던 천외무적군은 이천여 명 정도인데, 이곳에 이백여 명만 있고 나머지는 모두 선두를 공격하러 갔습니다!"

"창천제가 이 무리를 이끌고 있었나?"

"창천제가 누군지는 모르지만… 구중천의 절정고수 한 분이 묘봉산에서부터 우리를 이끌었습니다! 그분은 청포를 입었고, 백발이 성성한 신선 같은 모습이었습니다!"

소군이 짧게 외쳤다.

"창천제님이 틀림없어요!"

화무린의 칼날 같은 눈빛이 꿰뚫을 듯이 번수장을 주시했다.

"천녀황과 혈옥녀, 혈도신은 어디에 있느냐?"

"구… 구중천주를 추격하고 있다."

소군의 안색이 하얗게 질렸다.

"맙소사! 천주께서……!"

"그곳이 어디냐?"

"끄으으… 오… 대산… 어서 주… 죽여다오……."

화무린은 더 이상 번수장에게서 알아낼 것이 없다고 판단하여 무형지기를 거두었다.

퍼억!

"흐아악!"

순간 번수장의 온몸이 그대로 폭발해 버렸다.

원래 그는 무형지기가 두 번째 옥죌 때 온몸의 뼈와 내장이 모조리 부러지고 끊어졌었는데, 무형지기를 거두자 누르던 압력이 사라져 몸이 폭발해 버린 것이다.

"낭군님, 봉선님과 사부님은 선두 쪽으로 가셨어!"

소군이 강 건너를 가리키며 빠르게 말했다.

화무린은 즉시 윤학에게 명령했다.

"윤 총관, 군웅들을 이끌고 안전한 장소로 피신한 후 내가 돌아올 때까지 쉬고 있게."

"명령 받들겠습니다!"

윤학이 우렁차게 대답했다. 이 순간 그의 가슴은 심하게 요동치고 있었다.

하북의 소문파인 경무장이 마침내 오랜 잠에서 깨어나 웅비를 시작한 것이다.

"군아, 너는……."

화무린이 무슨 말을 하려 하는데 소군이 잘랐다.

"날 떼어놓겠다는 말은 하지 마."

화무린이 빙그레 미소를 지으면서 한 팔로 그녀의 허리를 안았다.

"절대 내 곁에서 떨어지지 마."

휘익!

화무린이 번쩍 신형을 날려 일직선을 그으며 강 위를 날아가는 광경을 윤학과 무림 군웅은 경탄의 표정으로 바라보았다.

그때 군웅 중에 누군가 감탄 섞인 일성을 터뜨렸다.

"이제 보니 장차 천하를 구하는 것은 구중천이 아니라 은오검객일 것 같군!"

그 말에 여기저기에서 공감을 표했다.

윤학과 네 명의 당주는 아득히 멀어지는 화무린을 보면서 기쁨 때문에 심장이 터질 것만 같았다.

『구중천 제6권 끝』

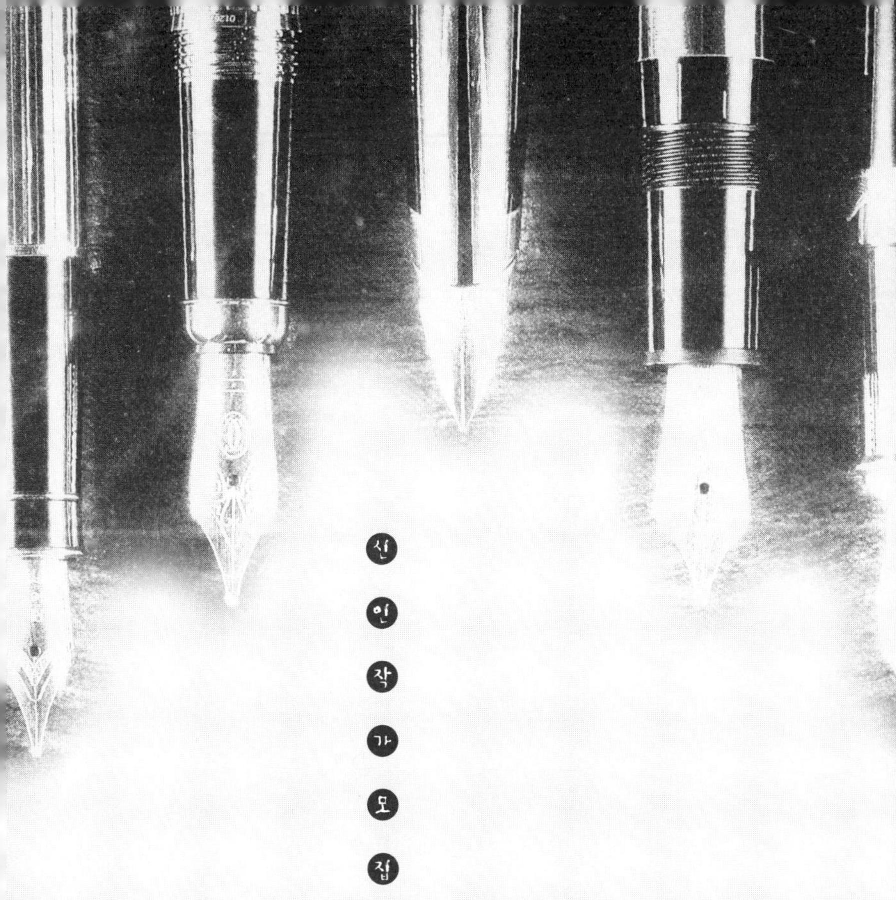
신

인

작

가

모

집

무한 상상 · 공상 세계, 청어람 신무협&판타지

「표사」, 「소환전기」를 뛰어넘는
참신한 재미와 쾌감을 선사한다!

청바지와 박스티 같은 무협 소설!
쉽고 재미있는, 편한 무협을 즐겨라!

『잠룡전설』
(潛龍傳說)

잠룡전설(潛龍傳說) / 황규영 지음

"주유성?
영웅이지. 하늘이 내린 사람이야.
그 사람 게으르다고?
에이, 난 그런 소문 안 믿어.
게으름뱅이가 어떻게 그런 엄청난 일들을 해?"

강호에 내린 희대의 겁난.
하늘은 엄청 센 놈을 영웅이랍시고 내린다.
하지만…….
젠장! 엄청난 게으름뱅이다!!

무한 상상·공상 세계, 청어람 신무협&판타지

설봉 新무협 판타지 소설!
절대로 놓칠 수 없는 2006년 최고의 걸작!!

마야(魔爺) / 설봉 지음

강렬하다……!
절대적 무협 지존!
『마야』
(魔爺)

소사(小事)로 시작되어 천하대란(天下大亂)으로 이어지는 끝없는 피의 역사…

북검문(北劍門)과 남도문(南刀門)의 탄생이었다.

두 세력은 장강을 경계 삼아 전쟁을 방불케 하는 싸움을 벌이고 있다.
삼십 년…… 삼십 년 동안이나…….

그리고 절대 죽을 것 같지 않던 그가 죽었다.

"나를 죽인 건…… 큰 실수야.
나보다 훨씬 무서운… 곧… 곧 너희를…….”

지금 유전자가 말하는 사랑과 성의 관한 솔직 대담한 진실이 펼쳐집니다!

남편의 후광을 등에 업는 것은 까마귀와 인간뿐…

모두에게 바보 취급받던 독신 암컷이 단번에 인생대역전을 해서
서열 1위인 수컷의 아내 자리를 차지하게 될 수도 있다는 말입니다.
모든 여성이 이상형의 남자와 결혼할 수 있는 것은 아닙니다.
적당한 선에서 타협하여 적당한 사람과 결혼하지요.
하지만 솔직히 말해서 당연히 멋진 남자가 더 좋지 않겠습니까?
따라서 여성은 생각합니다.
'그럼 어떻게 하지? 유전자만이라면 가질 수 있어!'
그리하여 장기계획형이나 단기승부형과 같은 여러 가지 방법의
외도가 생겨나는 것입니다.
물론 모든 여성이 이를 실행에 옮기지는 않습니다.

하지만 기회가 있다면 어떨까요?
다른 조건과 이미 타협을 봤다면?
남편이 사소한 일은 눈치 못 채는 둔한 남자라면?
뭔가 유전자의 음모가 느껴지지 않습니까?

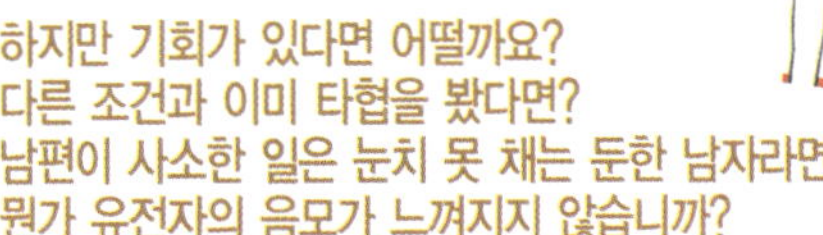

실패를 모르는 남자 선택법!
「내 남자친구는 왼손잡이」 법칙

어째서 여성은 왼손잡이 남성에게 마음이 끌리는 걸까요?

여기서 기억해야 할 것은 몸의 좌우와 뇌의 좌우는 원칙적으로 반대 관계라는 점입니다.
따라서 왼손잡이 남성은 우뇌가 발달했습니다.
발달했다는 사실이 왼손잡이를 통해 반영된 것입니다.

그리고 두 번째로 생각해야 할 것은 우뇌는 남성 호르몬의 일종인 테스토스테론에 의해 발달한다는 점입니다.
요약하자면 왼손잡이 남성은 우뇌가 발달했는데, 그것은 테스토스테론 수치가 높기 때문입니다.
그것은 다름 아닌 생식 능력이 높다는 것을 의미하지요.

「내 남자 친구는 왼손잡이」에 감춰진 의미는… 내 남자 친구는 생식 능력이 높아… 인 것입니다.

초등학생이 반드시 읽어야 할 좋은 책 49권

각 학년별로 초등학생이 반드시 읽어야할 좋은 책을
선정하여 통합논술의 기본이 되는 '올바른 독서법'을
일깨워 줍니다.

교과서와
함께하는
초등학교 통합논술

초등1학년 | 값 12,000원 / 초등2학년 | 값 9,500원 / 초등3학년 | 값 11,000원 / 초등4학년 | 값 9,500원 / 초등5학년 | 값 9,500원 / 초등6학년 | 값 11,000원

♣ 혼자 할 수 있어요.

엄마가 책 읽는 방법을 가르쳐 주어도 좋아요.
독서지도하는 선생님이 가르쳐 주어도 좋답니다.
"초등 교과서와 함께하는 **통합논술 시리즈**"는
아이 스스로 독서할 수 있도록 꾸며진 책이에요.
엄마와 선생님은 요령만 가르쳐 주시면 된답니다.

♣ 교과서의 중요한 내용이 총정리되어 있어요.

각 학년별로 중요한 교과 내용이 함께 수록되어 있어요.
초등학생은 교과서 내용을 충실하게 공부해야 합니다.
아울러 그와 병행한 독서가 대단히 중요하지요.
"초등 교과서와 함께하는 **통합논술 시리즈**"는
두 가지 방법 모두 알려준답니다.

♣ 이 책은 훌륭하신 선생님들이 함께 쓰신 책이랍니다.

동화작가 선생님들이 쓰셨어요. 소설가 선생님도 쓰셨답니다.
국어 논술독서지도 선생님들도 함께 쓰셨지요.
"초등 교과서와 함께하는 **통합논술 시리즈**"는
엄마의 마음으로 모든 선생님들이 함께 꾸민 책이랍니다.

입소문을 통해 아는 분은 다 알고 계십니다!
올 한해 공인중개사 최고의 화제작!

1~2권 합본 | 이용훈 지음
3~4권 합본 | 이용훈 지음
5~6권 합본 | 이용훈 지음
용어해설 | 이용훈 지음

수험생 기본 필독서
만화 공인중개사

제목 : 만화공인중개사 쓰신 분에게 감사드립니다.

학원을 두 달 다녔어요. 근데 과연 그 숫자 외우기 그런 게 몇 문제나 나올까 생각을 했어요.
아니라는 생각이 드네요. 학원강의를 뒤로하고 서점을 갔어요. 내 머리에 가장 이해될 수 있는
책이 없나 하구요. 거기서 만화를 발견했어요. 무조건 세 번 봤어요. 3개월 걸렸어요. 문제집을 보라고
했는데 그건 시행을 못했어요. 근데 합격을 했네요.
어떻게 감사의 말을 해야 될지…….
도서관에서 만화책 들고 다니니까 사람들이 비웃더라구요. 만화책으로 공인중개사를 공부한다고
미친 사람처럼 보더라구요. 근데 그거 다 감수하고 했던 내가 자랑스럽습니다.
어떻게 감사의 말을 해야 할지… 정말 감사합니다.
부디 행복하세요. 제 나이 41살에 좋은 스승을 만난 것 같습니다.
엎드려 감사드립니다.

—본사 홈페이지에 독자분이 올린 메일 中 에서 발췌—